新西兰之恋

LOVE IN NEW ZEALAND (A NOVEL IN SIMPLIFIED CHINESE CHARACTERS)

B杜

British Library Cataloguing-in-Publication Data. A CIP catalogue record for this book is available from the British Library.

ISBN 978-1-913080-11-2 (ebook)
ISBN 978-1-913080-10-5 (print)

For my family

第一章／天使报佳音

初夏，微风吹过白杨树的臂膀，稀稀疏疏的树叶奏起沙沙的乐章，是个晴朗的好天气，不冷也不过分酷热，然而坐在诺大客厅里的我却热得冷汗直流。

"胡语玫的脸瞬间羞红，她是个十足的肉食主义者，她从未想过什么吃术……素，吃素的问题，沙立人的话虽未必冲着她折……责备，不过，也够闹……扎人的。他们……"

" Well, Miss Zhang，非常感谢妳大老远来到寒舍，妳是A大的学生吧？"

男主人气宇轩昂，说话中气十足，虽然身着休闲服饰，但看得出经过细心的搭配，是个好看的中年大叔。

"还……还不算是，我的英语程度还……还不够好，现在还……还在语言班学习，不过只要我的雅思成绩达到6.5分，就可以上A大一年级。"我易紧张的毛病又犯，讲话支支吾吾，像足三岁学语孩童。

男主人说语言就是要多听多讲，不要闭门造车，何况我已经在新西兰这个母语是英语的国家，他相信我的英语程度应该很快得到提升。

我谢了他，说自己也希望如此。

"现在国内的家庭都富足起来，来这里学习的孩子都不缺钱，不像我那时候，如果不在校外打工，马上就有断粮的可能，更别提高昂的学费了。"他说。

我赶紧解释我家不富有，来这里学习是因为新西兰的学费跟英美比起来便宜一些，治安也好，所以……

"妳知道我给的时薪并不高，妳倒不如去中国餐厅端盘子或到比萨店送外卖，赚的钱还比我这里多。"他建议。

哎！我怎么会不知道？端盘子、洗盘子、做卫生……这些没有技术含量的活，乡下阿妈都干得来，我没有理由做不了。真正让我却步的是厨师间的淫声秽语和餐厅老板的毛手毛脚，这足以让我这个来自保守家庭的乖乖女，吓得三天不敢出门。

送外卖就更别提了，一来我不会开车，二来我从小就是个大路痴，加上新西兰的市区道路动不动就是单行道，很可能五分钟的路程，左拐右绕又多出20分钟，顾客不投诉我才怪！

也是凑巧，那天下完课，我在中国城的茶餐厅里吃了一碗云吞，桌上恰好有前面客人留下的中文报，这类报纸通常是免费的，在琳琅满目的广告中穿插几条旧新闻，便是海外华人慰藉乡愁最好的良方。

【征普通话流利妇女一名，为视力不佳的老人朗读书报，时间报酬面议】

当我看到这则广告时，心喀噔了一下，我已经快付不出下个月的房租了，这莫非是天使来报佳音？

而现在……情况似乎不太乐观，我的糟糕表现即使上帝来了也救不了，我等着男主人跟我说不，然后我可以昂首微笑而去。当然，我已决定要躲在棉被里好好地大哭一场。

"妳知道的，广告上说得很清楚，我要的是普通话流利的。"

"我讲的就是普通话，"我干笑两声，"当然，今天我太紧张了，所以说得不太流利。"

男主人表示他不是这个意思，而是我的南方腔太重，而且说话不带情感，他的母亲听起来可能不会太悦耳。

果然天使没来报佳音。

"很抱歉我没能达到您的期望，还是谢谢您给我这个面试的机会。"

我努力把即将溢出的泪水给逼回去，然后站起来和男主人握了握手，打算以"虽败犹荣"的战士之姿离开这座豪宅。

"胡语玫怎么了？妳怎么不继续念下去？"坐在贵妃椅上的花白老人终于开口说话。

男主人看了我一眼，样子有些尴尬地说："妈，张小姐待会儿还有课，所以不能念给您听。"

"你以为我老糊涂了？她不是刚到？继续念下去！"老人命令着。

"妈，您不是喜欢北方口音吗？明天约的就是地地道道的北京女孩，咱们看看再做决定，好吗？"男主人仍试着力挽狂澜。

然而老人对儿子说的话充耳不闻，她布满青筋的手向我伸来，我赶紧握住，顺势坐在她身旁。

"妳听到我的鸟在叫吗？"她问。

我倾听了一会儿，回答没有。

老人有些感慨地表示她的鸟越来越不叫了，可能和她一样老，所以叫不动了。

"奶奶一点儿也不老，会长命百岁多活20年。"我说。

"呵呵！叫我奶奶，好,好，我这个儿子长这么大，也没生个一儿半女叫我奶奶，"她忽然在我耳边压低声音，"学人家当什么丁客族，妳说这是不是不孝？"

男主人大力咳嗽两声，说："Miss Zhang，请继续念刚刚未完成的章节。"

这……难道我被录用了？

那个好看的男人无奈地表示他母亲是老板，她说了算。

我开心地欢呼起来，拥抱了身旁的老人，站起身来也想拥抱男主人，但理智告诉我要含蓄一点儿，所以只是用力握住他的手，嘴巴不停地说着："谢谢！谢谢！……"

男主人给了我一个不太自然的笑脸。

啊！天使真的报了佳音。

第二章/吃河豚的何丽

何丽穿着宽大的男士白衬衫，刚好盖住她圆翘的屁股，底下露出两条光溜溜的大腿，神情恍惚地走进我的房间。

我还在为老师布的功课焦头烂额，她就那么大喇喇地躺在我床上。

"再也没有，再也不会有一个男孩子，让我那么……那么的欲仙欲死。"她长长地叹了一口气，仿佛还沉浸在方才的战役之中。

我不动声色，眼睛盯着莎士比亚，并且努力去消化那些拗口的语句。

她转过身来，非常兴奋地说："告诉妳，昨晚在酒吧，那双蓝眼睛一直望着我，我知道他在看我，要看就给他看呗！没多久他走过来请我喝酒，还说我长得像他的小学老师，呵呵！我哪有那么老？他又说他的小学老师没把他的九九乘法表教好，到现在他还不知道5乘以5是多少，我说哪有那么笨的人？"

"所以妳就把学生带回来指导？"我问。

"嗯！现在他五位数的乘除法都会了。"

"真厉害！"

"厉害的还不只这些，他的生物学得不错，知道用什么体位女人最舒服，一个晚上他变了好多花样，把我翻过来翻过去，折腾得我……嘻嘻！"

我的老天！真是口无遮拦，我还以为她的菜是那个糖果店老板。

何丽睨了我一眼，说早八百年前的事还提？而且糖果店老板是清粥小菜，她要的是加了芥末的大龙虾，噢！不，是……河豚，明知吃了可能会死，还是挡不住诱惑地咬上一口……

她舔了舔嘴，仿佛真的吃到河豚肉。

见我不吱声，何丽话锋一转，压低声音问："妳……那个了没？"

"哪个？"

"就是那个那个……"

我用三秒钟离开李尔王，再用三秒钟想何丽的"那个"。

"噢！妳说那个，我的那个要和老公分享，因为身体是圣洁的。"

"Oh my God！妳该不会是教徒或女德班学员吧？都什么时候了，还有那么严重的处女情结！"她一脸不屑。

"何丽，"我坐直了身子，调好音量，试着不让自己那么老生常谈，"我真不觉得妳这样做是对的，那些男孩子只是利用妳、占妳便宜，压根儿不会和妳结婚。"

"结婚？"她扬起声，"我还那么年轻，结什么婚？再说利用，还不知道谁利用谁呢！爽了就没被利用，没爽才是被利用，OK？"

她敏捷地跳下床，动手翻找我的床头柜。

"妳找什么？"我问。

"发夹，妳上次戴的，有可爱猫咪的那一个。"

我打开抽屉，把她要的东西拿出来，被她一把抢过去。

"妳好坏，好东西藏起来也不和我分享。"她马上把发夹别在头发上，"学校那些韩国棒子最喜欢可爱型的妹纸，下课后我带泡菜给妳吃，嗯？"

第三章/富家子弟莫亦辰

下课铃响，我疾步走出教室，心情低落到不行,为何总是那样坏运气？

上礼拜二我奋战到凌晨两点，何丽和她的韩国棒子也在那时偃兵息甲。今天发成绩，莎士比亚给了我一个大D，何丽得了C，连看似弱智的中东和非裔学生，考的也比我好，我是怎么了？真想捶捶自己的笨脑袋。

Ke Ke Ke的声音在耳边吹过，我无暇顾及，快步疾走，忽然一个小纸团击中我的后脑勺，我突地转身……

"赶着参加妳前男友的丧礼吗？"莫亦辰小跑步过来，"叫了妳老半天！"

被纸团击中并不疼，但我的心很疼，豆大的眼泪狂奔而出，再也止不住。

"妳……妳别……我……我怎么……很疼吗？可可。"他吓得手足无措，伸出手来抚摸我的后脑勺，仿佛这样就能减轻我的疼痛。

我把他的手推开，要他滚远一点儿，我心情不好。

"原来妳哭是因为没来得及参加前男友的丧礼。"他又嘻皮笑脸起来。

"什么前男友？告诉你几百次，我没有男朋友，没有～没有～"我几乎是声嘶力竭。

"没男友也不是什么世界末日，瞧妳哭得……对了，刚刚听同学说图书馆里有一本《Allegories in Shakespeare》，上礼拜考的答案都在里面，我们一起把它找出来，嗯？"

莫亦辰考了个A，不明白他为何还要看解析，我拒绝他的同情，借口待会儿得去赚钱，没空！

"妳是每星期二、四下午四点到六点的班，今天星期三，You are free."他说。

我瞪大了双眼。

"在Tuhaere Street上,妳当双目失明可怜老太太的贴身丫鬟。"他继续炫耀。

我难以置信到无法言语的地步。

他的头微微倾向我，压低声音说："不用崇拜我，我的真正身份是中央情报局特工，代号oo7。"

"莫—亦—辰—"我几乎是从牙缝里嘶吼出来。

"Here."他举起右手，仿佛回应上课老师的点名。

我问他知不知道偷窥别人的隐私是极其不道德的事？他点点头。

"而且你说错了三件事，一、老太太的家不在Tuhaere Street上。二、老太太没有双目失明，她只是视力不好。三、我不是贴身丫鬟，我的工作是念书给老太太听。"

"不在Tuhaere Street上，那在哪里？"他问。

"在……"

我看到莫亦辰从背包里拿出纸和笔，该死！我又上大当了。

"你不是oo7吗？ 自己找去！"我转身想走。

"别，逗妳玩的。"他拉住我的马尾，害我差点儿跟跄倒地。

待我站定，无名火已烧得我面目全非。

"莫亦辰你听好，我明明白白、清清楚楚地告诉你，我来新西兰是为了学习，不是来玩。你要找人玩，别找我，一堆廉价、拜金的女孩等着你挑。"说完，觉得意犹未尽，我继续发飙，"我没钱，我得养活自己，不像某些富二代，一生下来，什么都替他准备好了。"

等我发泄完毕，莫亦辰的笑脸没了，他正色地说："我父母有钱怎么了？ 他们也是辛辛苦苦、起早贪黑挣来的；我诞生在那样的家庭怎么了？ 我父母从来不鼓励我乱花钱，每个月的开销我不见得比妳多；同学间开个玩笑怎么了？ 妳以为闭门造车、杜绝社交就能考出好成绩？ 别以为妳很不幸，别人就该为妳的不幸买单！"

"你……你……莫亦辰，我再也不理你了！"被他训得哑口无言，只有逃离现场才能掩饰我的尴尬。

他没有追来。

第四章/何日君再来

"可可，妳来了，老太太在花园里等妳呢！"园丁老王戴着一顶大草帽，正在修剪灌木丛，他笑呵呵地和我打招呼。

"王叔叔好。"我收起洋伞，塞进背包里。

此时的何丽若看到我大好晴天还撑伞，恐怕要大大地批评我一番："国外现在流行的是健康的小麦色，妳那白苍苍灯管式的惨淡，指不定要被人误会患了多年的肺痨！"

我几乎能看到她鄙视的神情。

"好，好。"老王用大剪子咔嚓一下，然后后退一步，检查剪歪了没？

我问他今天是什么发型？

"什么发型？噢！妳说树的发型，呵呵！妳真逗，我胡乱剪的，没什么发型。"

"王叔叔剪的发型可好看了，改天请你帮我剪。"

"哈！我剪妳的头发？那成什么样了？不成，不成，人又不是树，剪坏了怎么办？"老王赶紧挥手拒绝。

我笑说他太谦虚了，又问老太太在哪里？

"今天天气好，老太太说想到花园里坐坐，我太太扶她过去的，估计已在那儿待了好一会儿了。"

园丁老王的太太是毛家的厨子，我吃过她准备的下午茶，牛油饼很香酥，苹果派很正宗，连伯爵茶也泡得出醇厚的口感。

"那好，我走了，拜！"

跟老王告别后，我踩着大理石铺成的小径往花园走去，经过车库时，我往里一瞄，今天兰博基尼和阿斯顿·马丁都不在，只停了辆毛奶奶的mini，代表毛先生和毛太太都出门了。

我往前绕到车库后，眼前的一切豁然开朗。瞧！右手边是私人网球场，配上照明设备，连晚上也能场上驰骋。离开球场，我的眼光落在正前方，那里有个五十米长的游泳池，此时工人正拿着水管清洗池子，池边深蓝色大遮阳伞下有两张白色躺椅，其中一张搁着一条红白相间的大浴巾，毛太太今天肯定游泳了，因为毛先生的浴巾是蓝白相间的。

再看左手边，那里有一排两米高的树丛，被老王修剪成古城墙，现在我就要穿越城墙去找毛奶奶。

就在小桥、流水、假山、鱼游一样不少的传统中式园林里，我看到一位老太太坐在凉亭的石椅上，头发梳成巴巴头，身上穿着一套粉色丝质的家居服，鸟笼就搁在石桌上，黄色金丝雀在笼子里一上一下有气无力地拍打着，听不到它婉转的歌声。

"宝贝儿，你唱个小曲儿给我听，你已经很久很久没唱了。王妈给你买的饲料你不爱吃，我又让她买别的牌子，你还是不乐意，这样挑食可不行，年纪大了，自己得爱惜自己，不然很快就要见阎罗王啰！"她喃喃说道。

"奶奶，我来了。"我放低声量，因为上了年纪的人很容易受到惊吓。

"可可，妳来了，"毛奶奶伸出双手，我马上迎了过去，"看到妳，我真高兴！"

"今天天气好，是该出来晒晒太阳。"我说着场面话。

毛奶奶仰望天空，感叹天气是很好，可惜她看不到蓝色的天空，能看到的只是长满泡泡的蓝光……

啊？原来奶奶的世界模糊一片。

"奶奶，我告诉您哈！太阳在您的右后方，今天天空的颜色是淡蓝色的，上面有两朵云，一朵像……像汉堡，另一朵像……像雪糕。"

"呵呵！可可中午饭吃了什么？现在是不是肚子饿？"毛奶奶问。

我羞红了脸，答中午吃了咖喱鱼蛋，还喝了鸳鸯奶茶。

"怎么只吃那么点儿？这走十分钟的路不就消化完毕？不成，我让王妈给妳准备吃的。"

"不用，真的……"我话没说完，毛奶奶已经拿起石桌上的无线对讲机，吩咐王妈给我准备华夫饼，上面加上蜂蜜和香草冰淇淋。

啊！我好爱吃华夫饼，新西兰的蜂蜜又是全世界公认的极品，想到香草冰淇淋，嗯～yummy！

在等待美食的到来中，我念了一会儿报纸，又读了两章张小娴写的爱情故事，听毛奶奶说她挺喜欢吃法国菜，我又上网查了千层面和奶油蔬菜烩饭的原料和作法。

我是越念越觉得饥肠辘辘，华夫饼怎么还没来？

当王妈捧着热腾腾的华夫饼过来时，我简直等不及要一口吞下肚去，还好我没忘记该有的礼貌，切了二分之一的饼到奶奶的盘子里，说："奶奶，您先吃。"

"我不吃，妳吃。"毛奶奶把盘子又推回来，"我吃的不多，吃多了胃疼。"

我只好不客气地大快朵颐一番，还好奶奶看不见我的馋相。

"他也喜欢吃华夫饼。"毛奶奶说。

"谁喜欢吃华夫饼？"我塞了一口饼，含糊不清地问。

"送我贝壳的那个人。"

"谁送您贝壳？"

毛奶奶不再说话，过了一会儿，她哼起歌来，是邓丽君的《何日君再来》。

好花不常开，好景不常在，

愁堆解笑眉，泪洒相思带，

今宵离别后，何日君再来？……

顿时，笼里的黄色金丝雀似乎注满了活力，它用力拍打翅膀应合奶奶的歌声。

"这是个有故事的老太太。"我不禁想着。

第五章/冰释前嫌？也许是

又一堂课结束了，同学们叽叽喳喳、三三两两地离开教室，我的下一堂课在红楼，上的是工艺课。

新西兰的工艺课是结结实实的"工人活"，绝不是动动剪刀和画笔那样简单的事。听学长、学姐讲，修工艺课的同学们never ever 被当掉，所以为了语言班的成绩能好看一些，我不得不修了这门营养学分。

红楼位于A大西边的角落，走路得花十多分钟，我看见何丽往我这边瞧。

"拜托，别告诉我恶耗。"我边默祷边加快收拾的速度好赶紧上课去。

"嘿！该交房租了。"何丽还是走过来。

何丽是我的二房东，每个月月初，当大房东跟她催缴房租时，她负责先交齐租金，转身再向我和另外一位香港来的女研究生收费。当然，天下没有白干的活，何丽占据了屋內最大、采光最好的房间，缴的租金也最少。

"噢！"我泄气地把所有的东西一股脑地全扫进书包里。

"别拖喔！这个月我的手头也很紧。"她说。

何丽在校外一家名为"Blue Cat"的酒吧里当侍应生，就是给客人送送酒和小菜，客人多半会给小费，逢酒吧搞活动，她每推销一瓶酒，还能拿到百分之十的回扣，总之她赚的钱比我多得多。

"知道了。"我回应着。

真是一元钱逼死英雄好汉，我嘴巴答是，心里却思索着该不该再找份兼职还是从此三餐以方便面裹腹？

走到楼梯口，我看见莫亦辰正往上走，我还没来得及转身遁逃就迎上他的目光。

"嗨！"他露出阳光般的笑脸。

我抓紧书包，感觉全身僵硬无法动弹。

他递过来一本《Allegories in Shakespeare》，我赶紧挥手说不用了。

"妳知道这种又厚又重的书最适合做什么？"他问。

真是败给他了，我现在哪有心情猜谜语？他给我三秒钟的时间思考，而我一点儿都不想抢答。

"答案是……最适合盖在泡面上，保证一点儿热气都不会漏，还有，万一枕头被偷，可以拿它当临时枕头用。"

"这个小偷有毛病啊！偷人家枕头。"我竟然较起真来。

"是啊！现在有毛病的人很多，妳要当心。"他笑了笑，再次把书递过来，"我用我的名字借的，只能借一个月，逾期得罚款，妳归还时只要投入图书馆前台右侧的投书孔里就行了。"

我把书握在手里，心中五味杂陈。

"妳下节课在红楼上？"他问。

"嗯！"

"我在这栋楼，史密斯小姐的课，超难过。"

"嗯？"

"超级难通过的意思。"

"噢！"我接不下话。

"那……回头见了。"

望着他远去的背影，我心中戚戚然，正想往相反的方向走去，谁知莫亦辰突然调转回头，屹立在我面前。

"妳知道吗？这是我们认识以来，第一次妳没有骂我。"

是吗？我努力回想和他相处的画面,终于找到答案。

"那是因为你一直不正经说话的缘故。"

"那么从现在起，我正正经经地说话，好吗？"他问。

我想了想，摇头答不好，因为这样就不像他了。

莫亦辰听了有些失望，但很快控制住情绪，只见他往后退一步，清了清喉咙："可可，我警告妳，这本书妳若不按时归还，害我被罚款，我就偷妳的枕头去抵债！"

"见你的鬼！"

"我可不是鬼，妳的前男友才是，妳不是刚替他举行过公祭？"

"莫—亦—辰—"我气得咬牙切齿。

"拜啦！"他扮了个鬼脸，转身扬长而去。

第六章/初恋古龙水

由于自己的成绩一直呈现缓慢成长的迹象，我把罪过归之于床太柔软、何丽太聒噪、桌子太小以及咖啡不够热，其实心里再清楚不过，是"虎头蛇尾，缺乏积极性"让我的学习之路倍感艰辛，所以如何让懒散的自己处于一种"不得不念书"的氛围里成了当务之急。

我通常是最早到图书馆的人之一，刚开始只是我这条支那小黄鱼，然后欧巴鱼来了，吃寿司的鱼来了，笃信阿拉的鱼来了，戴眼镜的魚、刺青的魚、黑色的鱼、白色的鱼……通通游入图书馆。

有那么几秒钟我会自问自答：

" 妳在哪里？ "

" 我在新西兰。 "

" 妳在做什么？ "

" 我在努力不让自己被当掉。 "

. . .

于是我狠狠地读了两个 CHAPTER，直到一条喷了古龙水的鱼游到我身边坐下。

这味道是如此熟悉，我定眼一瞧，惊喜地握不住笔-是他。

～

要介绍这位生命中最重要的男人出场，我必须带你回到毛宅，和你从头说起。

在一个再平常不过的日子里，老太太说想看台湾作家刘墉的作品，她还说毛先生的书房里就有一本，于是王妈把我带到楼上。这是第一次我上到毛家的二楼，与楼下铺的酒红色木地板不同，这里铺的是雪白的羊毛地毯，所以走起路来能像猫咪一样，静悄悄。

"这里就是先生的书房。"王妈把一扇镂花木门打开，我走了进去，"我不知道老太太要的书搁在哪里，我猜就放在书架上，妳慢慢找，不过先生挺不喜欢别人弄乱他的东西，所以除了老太太要的书，其他的东西都别碰，好吗？"

"好的，拿到书我马上下楼。"我应允着。

王妈满意地离开。

这是个约40平米大小的房间，毛先生的书桌紧临窗户，桌上的东西摆放整齐，桌面一尘不染，仿佛诉说它的主人是个一丝不苟、爱干净的人。

书架占据触目所及的所有墙面（如果不是早有所知，我会误以为来到一个小型图书馆），大部分都是法律方面的书，中英文都有，我这才发现原来当一名大律师需要读那么多的书，不禁对毛先生肃然起敬起来。

寻觅一番后，虽然发现一些非法律方面的书籍，但可惜没找到刘墉的书，正想下楼时，我的临别最后一瞥看到毛先生的桌上摆着一个相框。

像毛先生那样严肃的成功人士，桌上会摆着谁的照片呢？直觉告诉我不是毛太太，也不是毛奶奶。

想起王妈的叮咛，她说别乱碰，但没说别乱看，所以……

我走向毛先生的书桌，映入眼帘的是毛先生和一位三十几岁男子的合影，两个人都身着高尔夫球装，毛先生的手搭在那位男子的肩上，男子则依偎在他的胸膛，由于拍摄角度的问题，那个男子只露出半张脸。

"是毛先生的表弟吗？"我猜想着，但又感觉不对。

"可可，妳找到老太太要的书了吗？"王妈在楼下喊着。

"没，我这就下去。"我大声回答。

由于没找到刘墉的书，毛先生又到欧洲出差，我想着何不到A大图书馆碰碰运气？毕竟我们学校也有中文系。

于是在一个晴朗的午后，小猫小狗正贪婪地在阳光下睡午觉的时刻，我穿梭在一排又一排的书架中找寻刘墉大人。经过不断地寻寻觅觅，我的火眼金睛终于发现它傲立在某排书架的最上层，不禁欣喜若狂，但随后便发现了一个大问题：160公分高的我该如何做到180公分高的人所能及之事呢？

我决定踮起脚尖，伸长手臂，做最大限度的努力。

就在这时候，一股男性特有的体香混合着古龙水的香气逼近我，我的书被一只大手拿了下来……

" Thank you !"

" 不客气。"

噢！原来是中国人。

我直视眼前的这个男人，马上被他深刻的五官所吸引，心弦被撩拨了一下。

大部分的人都拥有一张类似某某人的脸，很难让人记住，但这男人不，他的每个部位都带有独特性，散发着只有成熟男人才会有的魅力，我称之为英气。肤色是健康的小麦色，牙齿很白，声音像大提琴一样低沈，最重要的是，他有一双会说话的眼睛。

"妳该不会是我的学生吧？"这是个问句，但他的眼睛告诉我，他知道我不是他的学生。

我摇摇头。

"也是，中国人应该不会到国外的大学上中文系，妳说呢？"

原来他是中文系的老师。

"有中国人读A大中文系吗？"我反问。

他答目前没有，但不保证以后不会有，很多中国父母只要求孩子有一个大学文凭，至于学什么，那不重要。

啊！我的父母也是如此，但……我真不想拿一个新西兰某大学中文系的文凭回国，那会被邻里笑话的。

"呜、呜、呜……"我听到他的手机发出震动的声音。

"Excuse me."

他急着到图书馆外接电话，由于通道狭窄，即使我侧着身子，但要让身材魁梧的他通过还是有困难，于是他把手搁在我肩头，想挪出适当的位置。

我不得不说当他碰触我身体时，我全身起了痉挛，像通了电流似的。这是他给我施的魔法，因为从那时候起，学校的男孩子一个个都像涂了奶油的娃娃，引不起我的兴趣了。

～

我不只一次想和他在诺大的校园中再次相遇，所以开始留意起自己的穿着，也会替干燥的嘴唇细心地涂上口红，甚至有到中文系旁听的冲动，但他却似一缕轻烟，飘散在茫茫人海里。

如今这个生命中第一个被我称之为男人的男人就坐在我身旁，我的激动可想而知，他的每次呼吸都是爱的呼唤，书本上的字如巨石般，我再也啃不动。

我闭上眼睛，努力让自己平静下来，待我能再次思考时，突然忆起早上的语法课，赶忙收拾桌上物夺门而出。

就在走出图书馆，下完阶梯时，我听到路人接听手机的说话声。

上下摸索一番后，我发现我把手机落在图书馆里了。

"不行，我得回去拿。"我很快做出决定。

当我气喘吁吁地爬完阶梯时，我看到那个古龙水男人正冲着我笑，手中晃动着我的手机。

"谢谢！"接过手机，我脸红了。

"好可爱。"

"什么？"

"喵呜。"他学猫叫，然后指着我的头顶。

噢！原来说的是发夹。

"这是我在New Market的印度商店买的，就在KFC旁，六块钱一个。"我说。

他饶富趣味地看着我："Do you know you are really cute？妳把购物地点告诉我，妳认为我一个大男人需要买发夹吗？"

我嗫嗫地答也许他可以买来送给老婆。

他大笑两声说自己没有老婆。

"那么……你可以买来送给女朋友。"我试探性地问。

他没有马上回答。

"拜托，说你没有女朋友。"我向上帝请求。

他给了我一个狡黠的笑脸，说："我的女朋友要像猫咪一样可爱，妳帮我介绍，嗯？"

啊！在新西兰的土地上，我的王子终于骑着白马风尘仆仆地来到我跟前，递上一朵红玫瑰。

从此我一直戴着那支猫咪发夹，连何丽也不借，因为那是……那是爱的承诺。

那一年我19岁，在A大。

第七章/蓝猫传奇

"可可，妳再不出来，酒-吧-就-要-打-烊-了—了—了—"何丽斜靠在酒吧更衣室的门外，不断地敲打着门。

站在落地镜前的我无视她的催促，兀自嘟嚷着："这是什么烂制服？！"

瞧！黄色紧身T恤配粉红短裤，再套上半筒白色运动袜，然后脚踩黑色恨天高，这就是我一身的行头。

那个色眯眯的爱尔兰酒吧老板还在我们的T恤胸口挖了一个大缺口，保证一弯腰就能春光无限，而夹在两胸之间的是只蓝色的，邪恶的，丑陋无比的，猫。

我对着镜子扮了一个鬼脸。

店名叫"Blue Cat"，所以酒吧里养了我们这几只蓝色的猫，但只有我是名副其实的忧郁猫。（注：Blue 除了是蓝色的意思外，还可以作"忧郁"解。）

"在酒吧当服务员和在餐厅是一样的，甚至空姐做的也和我们没什么差别，说白了就是送送东西、擦擦桌椅，非常简单。"何丽边吞云吐雾边有感而发，"也是啦！老板是色了点儿，但有我在怕什么？妳想当烈女，没人会强迫妳人尽可夫。"

要接受自己在酒吧工作的事实的确做过很多思想斗争，毕竟那个场所总让人浮想联翩，但我终究抵不住现实的压力，即使后来毛先生给了双倍的时薪，我仍得为每个月的捉襟见肘而犯愁。

于是我跟着何丽开始过起酒吧的夜生活。

~

酒吧营业时间是下午5点到凌晨1点，由于侍应生中有很多大学在校生，临到考试、作业写不完或有亲密约会时，只要能找到代班的人，老板多半睁一只眼闭一只眼，所以对我来说还是挺方便的。

5点到7点，我们还能慢悠悠地工作，因为客人不多，7点以后，市区的酒鬼就陆陆续续来报到。10点以前还算正常，10点以后整个酒吧就乱成一团，每天打烊后，酒吧的男侍应生总要把几个不醒人事和嘴巴胡言乱语的客人往外一扔。

自从在酒吧上班后，我对喝酒的男人深恶痛绝，因为在酒的国度里，人的尊严往往被践踏得体无完肤。

~

我打开更衣室的门，何丽对我行注目礼。

"啧啧啧……"她边摇头边把我往更衣室里推，左右目测一番后，一双咸猪手便往我的胸口探去。

"啊～干什么妳！"我大叫。

一番左搓右揉后，她满意地点点头，只见我的小小乳房已经被挤成两座小山，总算看得到乳沟。

"告诉妳，男人是下半身思考的动物，妳越性感，他们就越听话。"

"我–不–要–"

我正想动手让胸部回归正常，何丽一把抓住我的手："可可妳听好，酒吧老板已经多次暗示妳太营养不良，如果想保住这份工作，就照我说的做！"

呵！真吓坏我了，很少看她这么义正辞严。

"对了，妳得去买好一点儿的内衣，那会让妳的胸部有料很多。"何丽扶着门板，转身对我说。

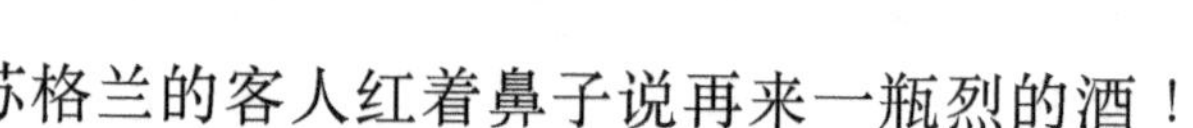

苏格兰的客人红着鼻子说再来一瓶烈的酒！我刚给了他烈的，那端德国佬又叫嚣："Where is my fish and chips ?"，于是我转身到厨房拿炸鱼和薯条。

整个晚上我忙得像只勤劳的小蜜蜂。

"嘿！妳的莫札特来了。"何丽在我耳边低语。

我转头望向吧台，莫亦辰正坐在那儿。

"你来做什么？"我走过去好奇一问。

"来看酒家女。"

"谁是酒家女？你才是酒家男！"

"好，好，我收回，可以了吧？！"他喝了一口7-up，"我出任务来的，妳看到坐在留声机旁边的那个娘娘腔没？"

我转头望过去，的确有那么一个伪娘。

"他是俄国特务，我已经跟踪他好几天了。"说完，他点了个头，仿佛说-是真的。

"噢！我佩服得五体投地，为了国家，你是出生入死，在所不惜。"

"好说，好说，能者多劳嘛！"

他竟听不出我话中的揶揄。

"不跟你说了，再说老板要骂人了。"

我看见那双爱尔兰的贼眼已经飘了我好几次，还是赶紧转身走人为妙。

～

风风火火地熬到凌晨一点，我把最后一包大垃圾袋丢到店后的垃圾箱，全身无力地回到吧台，何丽还在和最后一位客人打情骂俏，我故意咳嗽两声。

"噢！可可小宝贝儿妳来了，This is Co Co. This is John."她介绍双方人马。

那个Kiwi红着眼和我摆摆手，算是打过招呼。

"John说他刚买了一张水床，睡在上面好像躺在海面上，起起伏伏，伏伏起起，呵呵呵……"

何丽把店里的啤酒当水喝，竟然喝高了。

"走了啦！"我扶起何丽，不想她被大野狼活吞下肚。

"去！"她用力推开我，"滚妳的蛋，我要和John回家试试他的水床，然后起起伏伏、伏伏起起，呵呵呵……"

即使我像一只可怜的小狗对她摇尾巴乞求怜悯，何丽还是无情地走了。

她走了，我怎么办？我们通常结伴回家。这下好了，我像极了小红帽，就要一步步地走进危险的丛林里……

～

我匆忙溜回店里的厨房，左看右瞧，找到一把水果刀（虽然我更钟情大厨的切肉刀，但毕竟大到无法塞进兜里，只能退而求其次）。

待累积好足够的勇气，我才一头钻进黑暗之中，边走边发泄："何丽，我恨死妳了，再信妳，我就是笨蛋加三级！"

忿怒让我无暇多想，等我能分辨身后的足音时，不巧已离开大马路，弯进小巷子里了。

（噢！什么狗屎好运全让我碰上了！）

我握紧兜里的小刀，腿也不由自主地小跑步起来，没想到身后的足音也加速追赶，等我跑到巷尾即将转弯时……

"可可，危险！"

听到熟悉的声音，我自然而然地放缓脚步，说时迟哪时快，一辆摩托车从转弯处呼啸而过。

我吓得双腿打颤，如果刚刚仍继续往前跑，那么后果……

"莫亦辰，干什么装神弄鬼？！"惊吓过后，我终于有余力指责始作俑者。

"谁装神弄鬼来着？妳不知道女孩子半夜在外溜达很危险吗？"他问。

"我这是溜达吗？我是回家好吗？"简直气死我了！

他看着我好一会儿后，问我是不是缺钱？

这个莫亦辰真会戳人痛处，哪里痛，戳哪里。

"不关你事！"我将脸撇向一旁。

"酒吧的工作很不适合妳，看妳把自己搞成什么样？人不人，鬼不鬼的。"

"你才人不人，鬼不鬼，我正正当当赚钱怎么了？"

"可可……哎！妳什么时候才会长大？"他双手一摊，"来吧！我送妳回家。"

本来我还想高傲地拒绝，但半夜独自回家的确让人害怕，所以不置可否地接受他的好意。

到了家门口，我抢先一步说："不要以为我会邀请你上去坐坐，我们房东很可怕，不准我们带朋友回家。"

莫亦辰无力地笑了笑，说："知道了，我不上去。"

他没有和我舌战，倒让我有些意外。

停了几秒钟，我决定还是表现出应有的教养，向他道谢后，转身跑回公寓。

"噢！可爱的小屋，我竟然还能安全地回到你的怀抱。"回到屋内，我忍不住呐喊，心中感慨万千。

此时，我忽然想知道莫亦辰离开了没？于是走向窗口往下一探，发现那人还站在原地。他看到我，很高兴地挥舞双手，像个天真无邪的小孩，我也对他摆了摆手，报以微笑。

"莫亦辰其实是个好人。"我心想。

第八章/毛奶奶说～

"奶奶，您今天想看哪本书？"

可可铜铃般的声音在我耳边响起。

"帮我查查皇后镇。"

"是新西兰南岛的那一个吗？"

"是的。"

我听到可可拿起电脑开始打字的声音，答答答……答答答……

"奶奶您为什么对这个地方感兴趣？您去过那里吗？"她边打字边问。

啊！我去过那里吗？那是我魂牵梦萦，记忆中最美的地方。

～

"晓兰，我儿子就麻烦妳了，他第一次出国，人又闭塞，英语也不行，他到妳那儿，各方面就请妳多照顾。"

"美凤姐，瞧妳说的，妳儿子就是我儿子，哪有不照顾的道理？"

美凤姐是我的发小，在那个吃不饱的年代里，母亲塞给她的一个窝头，她会掰成两半分我吃，那样的情谊是天打不动，牢牢实实的。

为什么离开中国？噢！我是八零年初和柏豪还有十岁的景然来到人生地不熟的新西兰，我们算是改革开放后最早一批到这里的中国移民。

刚开始我们租住在一个经过改装的车库里，白天柏豪出去打工，景然英语不行，降了一级，被塞进公立小学读四年级，我呢？从一个私人的中国家庭工厂批了几件半成品的衣裳，一件件给缝上钮扣，一件五毛钱，动作麻利点，一天我可挣个七、八块钱，然后到中国城的肉店买一块肥溜溜的五花肉，晚上炖红烧肉给他们父子俩吃。

柏豪是个精明的售货员，很快便被提拔为经理，然而他的豪情壮志岂仅此而已？很快他便独当一面开起自己的家电公司，然后一步步地开了分店，我们也从车库搬出来，住上人人称羡的花园洋房。

所以当美凤姐打越洋电话将她的儿子托付给我时，我是百分百的乐意，不说我们的经济许可，景然也大学毕业，在一家律师事务所当见习生，我有大把的时间消费。

印象中她的儿子小凯比景然大上五、六岁，今年也应该三十左右。美凤姐一再叮咛我，她的儿子太内向，到现在还没有女朋友，如果新西兰有合适的中国女孩，不妨替他介绍介绍。

我嘴巴答应但心里却想着："现在的孩子，婚事哪能由着你？"

当我在奥克兰机场第一次见到小凯时，他和我印象中那个青少年有些出入，个儿抽高了不说，脸上的痘痘也没了，相同的是，他依然是个羸弱、没有自信的忧郁男孩。

"妳是……兰姨？"

"是的。"我对他微笑。

他的肩上背了个沈甸甸的大帆布袋，手上拿着一架看似专业又所费不赀的照相机。我想起美凤姐说的，此行他是替一家旅游杂志拍照片，同时试着写专栏。

我将他安置在楼下的客房里，为他置了新的寝具。

原以为小凯的到来能让我平淡的日子增加一些光彩，可惜他出奇的沈默，除了用餐时间打过照面外，其余不是出外摄影便是待在他的房间里足不出戶，十足的宅男。

有一天中饭我吃多了，便在花园里跳起新学到的佛朗明哥舞，借以消化我日渐突起的肚腩。当我恣意徜徉在舞步当中时，忽然听到轻微的咔嚓声。

我望向声音出处，客房落地窗后的小凯正放下相机深深地看着我，嘴角有了笑意。

这是隔了十几年之后，我第一次见他笑。

从那以后，他待在餐桌上的时间明显拉长。因为知道他喜欢吃华夫饼，所以时不时我会做给他吃，我们的谈话通常从当天的华夫饼说起，在他眼中，我的华夫饼每天都有不一样的滋味。

我应该替他的改变感到高兴，这孩子不仅话多了，人也有了精神，但他眼中流露的异样光芒还是让我有些许不安，尤其当我发现他的目光经常逗留在我身上，不论我在屋内的哪个角落……

一个阳光午后，小凯兴冲冲推门进来："兰姨，今天我去海边摄影，看到这个漂亮的锣贝，妳看！"

他像个孩子似地炫耀手中的宝贝。

这是一个雪白无瑕的大贝壳，在海水的冲击下竟然还能如此完好，让人不禁赞叹大自然的神奇。

"嗯！的确很漂亮！"我由衷赞美。

"送给妳！"

"送给我？为什么？"

"因为……因为兰姨做华夫饼给我吃。"

我笑说做华夫饼有什么难的？这个礼物实在太贵重，我承受不起。

他拿着贝壳愣在那儿，完全不知所措，我的拒绝显然泼了他冷水。

"那么谢谢你了，"我伸手接住他的贝壳，"生平没接受过这么贵重的礼物，啧啧啧！真是太豪华了。"

他抬起头开心地笑了，啊！他还是个大孩子。

日子如果能这样平淡无奇地过下去，那就不是人生了。

当小凯提出要我陪他去南岛的皇后镇摄影时，我的第一个念头是拒绝。他接着说他英语不好，寸步难行，我机会教育他一番后，又觉得有负美凤姐的嘱托，转而陪他南下。

我订了两间单人房，在这方面我还是有顾忌的。

头两天我陪他到处摄影，他也帮我在秀丽山水间留下倩影。

第三天的晚上，他在一家临湖的西餐厅订了位，叫什么来着？噢！"La Bella"。他说他请客，我觉得他太慎重其事也太浪费了，所以当我们步出餐厅，来到湖畔的红旗下时，我决定说说他，教他节约的大道理，冷不防他从口袋里掏出一根红色蜡烛，点了火，唱着：祝妳生日快乐，祝妳生日快乐……

今天是我的生日？我自个儿都忘了，真是太惊喜了。

虽然没有蛋糕，但我吹熄了烛火。

"小粉蝶儿，生日快乐！"他很真诚地说，然后在我的额头上轻轻一吻。

事情如果到这里结束，我会说这是个 happy ending，但始料未及的是，他接着吻了我的眼，我的鼻，然后小心翼翼地吻了我的唇。他的动作是那样轻柔，仿佛怕弄坏一件易碎品，等到他的舌悄悄地伸入我的唇齿之间时，我瞬间被融化，柔弱地似乎要瘫了下来。

"每年的这个时候，我会在这个地方给妳同样的吻。"他抱着我深情款款地说。

戳破了那层窗户纸，我才意识到现实的可怕。首先，他和我相差15岁，说是母子恋也不为过；再说柏豪，他虽然不是个有情趣的男人，但绝对称得上是尽责的好丈夫；还有景然，他会怎么看待我这个母亲？他一向视我如天如地；而最最重要的是，小凯是不是认真的？他会不会只是在我身上寻找一个母亲的影子？

所以皇后镇之行后，我刻意避开他炙热的眼光，开始和他玩起躲猫猫。我知道他的内心正痛苦地煎熬着，尤其他是那样内向且敏感的孩子，但我又何尝不受折磨？

事情后来的发展已经超出设想，当我听到美凤姐在电话中骂我贱货，诱拐她的宝贝儿子，并且马上要飞来新西兰押他回国时，我才发现小凯这个傻孩子把他的情愫全给招供了。

没两天，美凤姐便带着杀气把小凯带走，我知道从此我和她四十多年的情谊已彻底玩完，不复存在了。

"别忘了我们的皇后镇之约。"他神情哀伤地告别我，然后被他母亲粗鲁地塞进出租车内。

从此我背负着不仁不义的荡妇之名，没有人相信我和小凯之间只有一吻。伯豪到死也没有原谅我的出轨，而我在景然眼中慈母的形象也瞬间瓦解，他依然尊敬我，但我和他之间的鸿沟再也无法愈合。

"奶奶怎么睡着了？"可可压低声音问。

"上了年纪的人都这样，动不动就睡着，咱们别吵醒她，我去拿个毛毯过来。"王妈小声地回答。

啊！我竟然睡着了？最近总是这样，我已经分不清哪个是梦境，哪个是现实，会不会有一天我睡着睡着就再也醒不过来了？

醒不过来也好，我这辈子也活够了，只是在死之前，我还想再见小凯一面。二十多年过去了，他应该也有五十好几了吧？当年的承诺，他会不会还信守着？

起风了，风拂过我布满皱纹的脸庞，我把思念洒在风中，请它一定，一定捎给远方的忧郁小爱人……

第九章/爱的守候

我没有想到毛奶奶这么快就睡着了。

"老太太这一睡，一时半会儿是不会醒的，可可妳可以先回去。"王妈说。

"可是……"

"妳放心，毛家是大户人家，不会斤斤计较，妳的薪水照发。"

我赶紧表示自己不是这个意思，而是没跟奶奶道别就走，这样很不礼貌。

"呵呵！老太太醒来，我会告诉她，可可说：'奶奶，我走了。'"王妈故意学我的南方腔，模仿得维妙维肖，真笑坏我了。

走出毛宅，我来到公交站牌下，平常总要等上半小时以上的公车，没想到一下子就来到，我不禁为自己的好运气而沾沾自喜。

公车快速行驶在宽阔的马路上，沿途不是花园洋房就是绿草如茵，黑白相间的乳牛与白色绵羊点缀其间，果真处处有美景啊！

一个转弯，车子上了 Crestwood Drive,那里有很多 Motel 且家家各有特色。当我还在比较哪家最现代、哪家最古典时，一辆阿斯顿·马丁从一栋原木建筑的汽车旅馆开了出来，我看到驾驶座上坐着毛太太，副驾驶座上是个蓄着大胡子的高大洋人。

会不会是我看错了？毕竟整个新西兰开阿斯顿·马丁的不只有毛太太。

公车很快驶过汽车旅馆，我不得不把头伸出窗外看个究竟，车牌号"NZ6666"证实我第一眼的准确性。

怀着不解与不安，我下了公车走进学校南门。就那么凑巧，毛先生的"NZ8888"就停在停车场。

这一天是怎么了？平常碰不着面的人全到齐了。

我走向文学院的走廊，尽头望过去就是篮球场，几个大男生正为了个球，你争我夺、气喘吁吁。

刚想弯进办公室，我忽然注意到篮球场左侧树阴下两个熟悉的身影。

"是毛先生和汤老师，他们怎么会认识？"我迷惑了。

噢！让我解释一下，汤老师不姓汤，他叫Tony，Tony 就是古龙水先生，因为音似，所以我喊他汤老师，他也不以为忤，反而说挺有意思的。

毛先生和汤老师谈话大概有一会儿了，只见毛先生伸出右手和汤老师握了一握，然后将他拉向自己，接着以左手捶打他的后背，汤老师拼命挣扎后也报以老拳，两个大人好像孩子般嬉戏着。末了，毛先生走向停车场，还频频挥手 Say Goodbye，汤老师则站在原地直到看不到兰博基尼才依依不舍地走回文学院。

“可可，妳来了。”他跳上阶梯，笑容满面，“这么快就来帮我的忙，真是谢谢！”

汤老师正在写博士论文，需要人帮忙，这当然不是说我厉害到可以指导博士生写作，而是汤老师以前学的是繁体字，偏不巧现在世界各国的中文，除了少部分地区外，都以简体字教学，所以汤老师现在是边教课边自学简体字。临到博士论文这么重要的课题，他必须确认自己的简体字万无一失，所以功课一向马虎的我便自告奋勇地担当起这项重责大任，毕竟我的简体字还是上得了枱面的。

“好呀！现在就开始。”我愉悦地应答着。

其实我来文学院不是为了帮汤老师，而是Miss O'Brian说我的报告缺乏组织性，内容又太贫乏，必须重写。眼看后天就是截止日，我是来求她宽限两天，没想到在这里遇到汤老师。

～

“妳坐下来，这就是我的论文。”汤老师把File调出来，密密麻麻的中文字，让我好生亲切感。

然而接下来的校对却很不顺利，汤老师就站在我身后，左手搭在我的椅背上，身子往前倾，眼光注视着电脑屏幕。我又闻到他身上的古龙水味道还有那极具诱惑的呼吸声，让人一时意乱情迷。

我用力眨了一下眼睛，想摒除这些干扰好赶紧投入工作。

“噢！原来是这个叶，不是草字头的葉，可是为什么是这个叶呢？完全猜不出是植物。”

“嗯……”

“噢! 对不起，我不是问妳，要问也应该问当初的造字者。”他赶紧澄清。

嘘～还好不是问我，不然我还真答不出来。

等我把最后一个字也校对完毕时，太阳已西沈，天际冒出几颗小星星。

"可可，辛苦妳了，没想到时间已经这么晚，这样吧！我请妳吃晚餐，Pizza爱吃吗？"

~

我借口上厕所，跑到里面打手机给何丽，要她无论如何今晚帮我代班。

"妈的，现在才说，我有约会，不行！"她一口回绝。

"何丽妳行行好，上礼拜五是谁代妳的班？妳就权当投桃报李吧！"我几乎要跪下去。

"我投桃报李？妳有没有想过莫札特怎么办？他来了不就扑了个空？"

打从上回的惊魂事件之后，只要是我上班的日子，准午夜12点钟，莫亦辰就像公主变回灰姑娘一样地出现在酒吧內，点一杯7-up等我下班。

何丽跟我一起走时，他就在身后保持二十步的距离；当何丽公休或又见色忘友时，他就与我并肩而行。

"你不用每次都送我回家。"我提醒他。

"我哪是送妳回家？而是今晚喝太多咖啡睡不着，出来走走，回去好睡个好觉。"

这是比较正常的回答，大部分的时候，他会把中情局的故事又拿出来掰一掰，总之，他的意思是"护送"只是为了达到另一个目的而不得不为之的假象罢了。

"我不管，今晚妳不帮我代班，我就跟妳切！"在何丽咆哮前，我赶紧挂了手机。

开什么玩笑？！我连 Miss O'Brian 都可以抛诸脑后，更何况是经常不正经的莫亦辰？

在厕所我揽镜一照，把眼屎去除，涂上口红，再把猫咪发夹重新戴好。走出厕所，我要汤老师迎接的是一个美丽、容光焕发的张可可。

~

我不爱吃Pizza，但汤老师喜欢，他大口大口地咬着意大利葱油饼，我忽然觉得Pizza的滋味也挺好的，奇怪，以前怎么没发觉？

他喝了一大口可乐，也是，吃了那么多饼，不喝口饮料岂不难受死了？

可乐喝光，我为他再斟一杯，喝完第二杯，我又为他斟上第三杯。

"我怎么觉得自己身在居酒屋，旁边坐着一位日本艺伎？"他露出诡异的笑容。

"说什么嘛你，谁是艺伎？"我涨红了脸。

"对不起，失言了，我的意思是妳怎么不吃，光是招呼我？"

我答我吃了呀！只是吃的不多。

"难怪妳这么瘦，妳要赶紧胖起来，不然风一吹就飞了，到时谁帮我校对简体字？"

听汤老师这么一说，我赶紧多塞了两张饼，把自己的胃给吃撑了。

走出比萨屋，汤老师说他还有事得先走，问我可以自己回家吗？

"没问题，我是女汉子！"我自信满满地说。

没想到他的前脚刚走，我的武装后脚就卸了下来，开始感到害怕。

"这是哪里啊？！"我路痴的本领又显现出来。

刚拨了何丽手机号的前三个号码，我停住了，何丽不是帮我代班吗？现在打给她，她不气疯了才怪！

我捶打一下自己的笨脑袋，正因为这一捶，脑中闪过一个人。

"我以为妳今晚有班。"莫亦辰问。

"是……有啊！我请何丽帮我代班。"

"何丽还不错，"他停了一会儿，"今晚妳去One Tree Hill 了？"

"……嗯！"

他问我是一个人去的吗？我答跟朋友一起。

"谁？"他又问。

我大冒肝火，直言他若不愿意前来救驾，大可明说，不要问东问西，像调查户口似的！

莫亦辰停下脚步，正色地说："可可，为什么妳总是曲解我的好意？没错，这是妳的私事，妳爱跟谁出去就跟谁出去，但这么晚了，那个人毫不犹豫地把妳丢在那儿不闻不问，妳认为他值得妳把他当朋友吗？"

"他问过我要不要他送？我答不用。"我像母鸡护卫小鸡那样地保护着我的古龙水先生。

"但妳后来还是找我当救兵。"

说得我哑口无言。

"那算了，我自己回家！"说不赢莫亦辰，我只好用遁逃这一招。

"妳往哪儿去？"他拖住我，将我往另一边推去，"是这边。"

哎！谁让我是个大路痴？无奈之下，我跟着他走过一条又一条的小巷。

到了公寓门口，莫亦辰说："笑一笑。"

我给了他一个比哭还难看的笑脸。

"晚安，祝妳有个好梦！"他柔声地说。

此时我的手机音乐响起，来电显示是"古龙水先生"，我来不及和莫亦辰道别便匆匆进屋。

"到家了吗？"天籁之音响起。

"嗯！"

"很抱歉，我应该送妳回家的。"

听他这么一说，我立刻原谅他了。

"没事，我很快就到家。"我答。

"那……晚安，祝妳有个好梦。"

那一晚我睡得特别香甜，因为我和我的古龙水先生手牵着手一同入梦。

以后当我被爱生生撕裂时，总想起这一幕，当时的我有多么痴心及义无反顾……

第十章/求婚舞步

酒吧內 Heavy Metal 的音乐震耳欲聋，加上偶尔传出的爆笑声，两者早把我炸得昏头转向，更别提香烟与雪茄的气味了，简直刺鼻到令人作恶。何丽说错了，酒吧的工作和餐厅或机舱里的活儿是不一样的，在酒吧工作，人的寿命会少十年。

"莫札特带着妳的情敌来了。"何丽有些幸灾乐祸起来。

我抬头看了一眼时钟，才十点，他怎么来了？

目光扫射了一下，我看见莫亦辰不在他惯坐的吧台位子，反而坐在角落的二人卡座上，他不是一个人，有个金发碧眼的芭比陪他。

我走了过去，发现莫亦辰没有点他惯喝的 7-up，反而要了啤酒，和那洋妞的口味一模一样，这个堕落的酒鬼！

我站在那儿三秒钟，等着莫亦辰介绍。

莫亦辰看看我又看看洋妞，再看看我，终于大梦初醒。

" Oh！This is Co Co. This is Angela."

拜托，你反应也太慢了。

"Hi, nice to meet you."洋妞先开口。

"Nice to meet you."我回敬。

"她是我女朋友。"莫亦辰扬起眉梢对我说，样子颇为得意

这小子平常讲话虚虚实实，让人分不清真假，此时的我注视着他的双眸，想看出个端倪。

"是真的，不信妳问她。"莫亦辰的下巴指指洋妞，那个芭比颇感趣味地听我们说普通话。

"Congratulations!"我转向洋妞。

"What?"洋妞一副丈二摸不着边的模样。

我没解释，她转向莫亦辰寻求解答，后者耸耸肩，然后伸出食指在太阳穴上画圈圈，意思是我疯了，这让我大为光火。

"Sorry, I take it back."我看了一眼她的男伴，"He is a bad boy. Be careful."

洋妞这下子气急败坏，她知道我们肯定讲了一些她不知道的事。

我无暇顾及她的感受，迳自离开。

酒吧的工作还是和平日一样繁重，我必须以小跑步的速度才能应付此起彼落的吆喝声。突然，一个工人模样的肥仔吹了一声长长的暧昧口哨，这意味着有一个性感尤物走了进来，我转头望过去，竟然是毛太太和......大胡子。

大胡子也不是省油的灯，左右手齐发问候肥仔的妈，肥仔快快然闭上嘴。

毛太太是我见过最美的女人之一，如果用花来比喻，大概也只有牡丹能匹配她的美。这样的美人，很少有男人能镇得住，偏偏毛先生就是那万中择一，他们两人站在一起简直是

天造地设的一对璧人，这个大胡子给毛先生提鞋还嫌粗糙呢！

我有些害怕毛太太会认出我来，但事实证明我多虑了，酒吧的灯光本来就昏暗不明，加上毛太太是带着几分醉意前来，根本无视我的存在，这倒有利我的观察。

一眼望去，毛太太简直就是来放纵的，与大胡子大声谈笑、举止亲昵不说，竟然还把手搁在男人大腿内侧靠裆部的地方来回抚摸。

"这是女人对男人索爱的前戏，那个部位是男人的死穴，会让他们无法自拔。"这是性爱大师何丽的经验谈。

也许何丽是对的，没多久大胡子便起身，一手扶着毛太太，另一手拿着毛太太的随身物，两人跌跌撞撞地离开。

"何丽，我出去一下。"我把堆满酒杯的托盘一股脑地塞进她怀里。

"去哪儿？正忙着呢！"

"马上回来！"我大声回应。

冲出酒吧，我很快发现那两个你侬我侬的身影。

"不会在下个路口转弯吧？！那里有家酒店。"我心想。

这下子我可真的成了007了。

我意气消沉地回到酒吧，原以为毛先生和毛太太是幸福的一对，毛先生那么成功，毛宅又那么漂亮，毛太太还有什么不满意的？

当我还在兀自神伤时，忽然忆起莫亦辰，眼光一扫，卡座上已换上两个阿飞。

"准12点他会回来吧？"我自问但无法自答。

～

我和何丽走在寂静的回家之路，身后少了熟悉的足音，凭良心讲，还真不习惯呢！

"怎么样，失落了吧？"何丽坏坏地笑。

"说什么啊妳！"仿佛被别人偷窥了祕密，我狡辩起来。

我失落了吗？也许有吧！我以为只要我一回眸，莫亦辰永远会在灯火阑珊处等我……

～

我盘腿坐在床上，为今晚的怪异感觉感到不安，没想到我的古龙水先生适时来解惑。

" HELLO."

" 我。"

" 嗯！"

" 在干嘛？"

" 在思考。"

手机那头传来大笑声，我问他笑什么？

"没什么，我觉得妳太有趣了。"

有吗？我是个有趣的人？

" 就想问妳明天下午能不能再帮我校对另外一份报告？"他说。

我答没问题！

"嗯！真乖。"

我问他乖小孩有礼物吗？

"有，注意听着......啵、啵、啵。"

天哪！我的古龙水先生竟然在手机那端给了我三个吻。

"够了吗？"他问。

"嗯！"我傻傻地回应着。

"那明天见了。"

挂上手机，我高兴地在床上打滚。

这是我的初吻，我的初吻哪！莫亦辰你就好好地跟你女朋友过二人世界去，我不需要思考了，因为我有我的古龙水先生。

我迫不及待地在床上舞起韩国劲舞团的求婚舞步，舞姿曼妙，一如MJ......

第十一章/生日礼物

那封白色邮件就搁在案上，像团火球般炙热着我的双眼。这已是我第三次参加雅思考试，前两次都差临门一脚，这一次若再没达标，注定新的学期我又得重回语言班一年。

我捧起犹如巨石般沉重的信封，颤抖地撕开它。

密密麻麻的英文字母和数字顿时排山倒海而来，我用力眨一下眼，借以摒除这些干扰，等睁眼再瞧，终于找到total的位置，上面写着：score 6.5。

按捺住心中的雀跃，我立马再看明细：听力6分，阅读6.5分，写作6.5分，口语6分，总分6.5分，真是太感谢雅思的四舍五入，让我勉强达到A大的标准。

"哪～过了！过了！"我高兴地手舞足蹈，脑门一热，找来手机拨打家里的电话。

"……喂！"母亲含糊不清地应着，也难怪，现在是中国的深夜。

"妈，是我，小可，我的雅思过了，过了！"我兴奋地说。

母亲还在半梦半醒间，问我什么过了？

"雅思，就是英语能力测试，我过了，刚刚拿到的成绩。"

"雅思过了，雅思过了，"母亲喃喃自语，"那么……意思是妳正式成为A大的学生，是吗？"

我答是，明年二月我就是A大一年级的新生了。（注：新西兰的学校开学日为每年二月份。）

"喂！起来了老头子，小可雅思通过了，她要读大学，是大学生了，我们家终于也出了个大学生，呜呜呜……"母亲竟然在电话那头哭了起来，我也触景唏嘘不已。

从小我就是个头脑不太灵光的孩子，为了我的学业，母亲竟然孟母三迁，硬把我塞进重点学校里，可惜我的表现依旧平平，没能让父母脸上添光。一路走来，可说是跌跌撞撞，如今这个一无是处的我，终于也要读大学了，怎不令人激奋？

"小可，赶紧看看成绩单上的名字是不是妳的？会不会寄错了？"父亲把话筒抢过去，紧张兮兮地问。

听老爸这么一说，心里的警报器哇哇作响，我赶忙翻看成绩单。

"……没错，是张可可，是张可可。"我放下心来。

"老太婆，是可可没错，是可可，呜呜呜……"现在换成父亲老泪纵横。

我这才明白过去的我让他们操了多大的心，以致于这小小的成功都能让他们感动泪流，噢！我真是太不孝了。

我们仨就这么又哭又笑地折腾半天，直到母亲发现这长途电话费得多少钱？我才慌忙挂断。

挂上电话，我的内心仍激动不已，很想找人分享喜悦，第一个想到的是……

我拨打古龙水先生的手机号，可惜对方关机了。

"也许他正在上课吧？！"我猜想。

但怎么办？我是如此想快点儿见到他，告诉他这个天大的好消息。

～

站在汤老师的办公室外，透过门上的玻璃，我看见里面空无一人。

学校老师的办公室都是每人独立一间，约五、六平米大小，而且向来不锁门，真是信任人哪！

我转了一下门把，走进汤老师的小天地。

空气有些闷热，我开了窗，发现窗台上有一抹灰尘，再回首环顾屋内，虽然大致各就各位，但仔细一瞧还是有些凌乱。

"汤老师怎么可以在这么糟糕的环境下工作？"我两手叉腰，兀自埋怨起来。

在走廊的尽头，我很快发现打扫工具，借用了这些工具，我扫了地，抹了桌子、椅子，掸了四处的灰尘，再把大大小小的书本归类排好。桌上的《希区考克小说选》被汤老师翻看到一半，我拿了张小黄贴贴在第86页上，这样他回来后可以很快找到那一页。

好不容易打扫完毕，当我直起身子审视自己的劳动成果时，心中不禁涌起一丝甜蜜，汤老师看到后肯定会非常高兴。

我微笑着，眼光往下一扫看到他的抽屉。

"里面会不会很乱？"我心想。

"不行，妳不可以翻看别人的抽屉。"天使说。

"学校老师的办公室向来不锁，这表示里面不会有贵重物品，看看无妨。"魔鬼反击。

"不管贵不贵重，翻看别人的抽屉都是不礼貌的，别打开！"天使又说。

最后魔鬼战胜天使，我打开了左边的抽屉，里面不外文具之类的东西。合上左边的抽屉，我又打开右边的抽屉，除了几本笔记本散落其间外，角落还有一个墨绿色的铁盒子。我掀开盖子，里面躺着一个相框，和毛先生书桌上的一模一样。

奇怪，汤老师怎么也会有同样的照片？

凝视着照片好一会儿，我突然灵光乍现，那半张脸的男子就是汤老师，难怪有些面熟。

我又看了照片许久，仍然看不出个所以然，直到听到快速而有力的脚步声，我才赶紧把照片放回原处。

～

"是哪个小天使把我的办公室打扫得这么干净？我都快认不出来了。"汤老师几乎是在走进办公室的第一时间内嚷嚷起来。

我涨红了脸，心里喜滋滋的。

随后，他把上课用的书本往桌上一扔，气喘吁吁地从背包里掏出一瓶可乐，大口大口地喝起来。

"真热，渴死我了，学校也不安个冷气。"他说。

我看见汤老师的额头冒出斗大的汗珠，真是的，老师上课多辛苦，学校真不体谅人！

"抱歉，不知道妳会来，所以只买了一瓶，要不，我现在到 Tuck Shop 给妳买。"

"不，不用了，我不渴。"我赶紧拒绝。

"今天怎么来了？"他又喝了一口可乐问。

哎！我怎么把这么重要的事给忘了？

"今天收到成绩单，我的雅思考了6.5分，意即我将成为A大正式的学生了。"我宣布。

"Congratulations! 这真是个大大的好消息，我可以抱妳一下吗？"他问。

在我还没来得及反应前，他匆匆拥抱了我三秒钟，而这三秒钟却长得足够让我用一辈子去记住它。

"有没有想过读哪方面专业？"拥抱过后，他问。

"我想读园艺，因为从小就喜欢花花草草。"我心不在焉地答，因为注意到今天的汤老师穿着一双英伦风味的黄褐色皮鞋。

他说这是个好选择，他也喜欢花草，最喜欢的是紫丁香。

"我也是，"我兴奋地附和，"有人说紫丁香太香，但我就喜欢它浓郁的味道。"

"我记住了，可可喜欢紫丁香，下次有机会我一定买来送给她。"他承诺着。

"谢谢。"我又看了一眼他的新鞋，"你的皮鞋很适合你。"

汤老师抖动一下脚上的鞋，说是朋友送的生日礼物。

"是……是很好看。"我说。

还好，差点儿问他是谁送的，虽然我挺想知道的。

"噢! 谢谢。"他不太在意地答。

会送汤老师皮鞋的人有以下特点：

一、知道他的生日日期。

二、 知道他的脚大小。

三、 知道他的品味。

综合以上三项，这个人肯定和汤老师的关系不一般，我不禁有了微微的醋意。

不行，我不能被比下去，我也得送汤老师生日礼物，但送什么好呢？我想起那股特殊的香氣。

第十二章/再会吧！可可

Pharmacy的售货员让我闻了好几款的古龙水，但都不是那熟悉的味道。

"Sorry . Those are not what I am looking for."我歉然地表示这些香水都不是我在找的。

"Wait."那个女售货员要我稍等，然后到收银台拿钥匙打开展示橱窗，里面有大大小小的瓶瓶罐罐。

她拿出那瓶占据最明显位置的亮黑色瓶子，将瓶口喷头对准一张小纸片喷了喷，再递上来让我闻。

嗯！就是它，我的脸上有了笑意。

"How much is it? "

"It's 600 dollars ."

我很快心算一下，折合人民币三千多元，是我一个月的生活费。

～

我揣着包装精美的礼品袋离开Pharmacy，一路上天人交战，一会儿责骂自己猪脑袋，花那么多钱买了一小瓶古龙水，接下来的一个月注定得餐餐就方便面；一会儿又觉得自己好运气，买到一份绝佳的礼物，汤老师收到后肯定会开心地飞上九重天……

就这么在理性与感性间游走，直到听到冰淇淋车发出叮叮当当的音乐声，我才平静下来，正想走过去瞧瞧是否有我喜欢的蓝莓口味时，毫无预警的，我看到莫亦辰了……

"Hi, 好久不见。"那个瘦了很多，满脸胡渣的人缓缓地对我说。

是真的好久不见，自从他交了女朋友后便不管我死活，加上我们修的课不尽相同，即使必修的英语课，他也经常姗姗来迟，而老师一说下课，他马上拔腿就跑，我们已经许久许久没有像这样面对面说话了。

"嗯！的确好久不见。"我回应着。

"53天，我们有53天没说过话了。"他答。

有那么久吗？我迷糊了。

看他一副失魂落魄的样子，我忍不住问原由。

"我失恋了。"他苦笑。

我安慰他洋妞不靠谱，他找错对象了。

"她不是我的女朋友，她是我的英语口语老师。"

我心里犯嘀咕，莫亦辰啊莫亦辰，你无病呻吟个啥？

谁知他黯淡的眼神突然有了光彩："可可，我不在的日子里，妳……想念我吗？"

"想，"这是真话，"像想念朋友一样地想念你。"

他说他要的不只是朋友。

"是……不只是朋友，是……好朋友。"我显得慌乱。

他上前一步："可可，我……"

我赶紧后退，扬了扬手中的礼品袋，假装兴奋地说："莫亦辰，这是我买来送给我男朋友的生日礼物，花了我600元哪！"

我等着他揶揄我，然而他没有。

"是不是Tony？"他问。

我喏喏答是，仿佛考试作弊被抓包了。

"我……很高兴有人照顾妳了，甩掉妳这个大包袱可真不容易，现在……现在终于有人接手了，以后……以后如果妳又迷路，还是可以打给我，我一样会飞来救驾。"他低头看了眼腕表，故作惊讶，"糟糕！我得出任务了，再见，可可。"

他真的跑了起来，边跑边频频回首："可可，再见……再见，可可……再见……再见……"

第十三章/心痛

我走上毛宅的车道，王妈正提着菜篮子出门。

"可可，老太太在家庭房等妳。"她说。

新西兰的房屋设计，讲究点儿的住宅会有两个平日活动或社交的房间，一个是客厅，另一个则是家庭房。前者长期维持干净整齐，方便朋友的忽然到访；后者是全家欢乐聚集的场所，通常备有电视、卡拉Ok或游戏机等，所以相对凌乱些。

"王妈，妳买菜去了？"我问。

"嗯！今天晚了，不知还有没有好东西？"她嘀咕着。

我知道路口有一家韩国人开的杂货店，卖一些生鲜水果和凉渍小菜，王妈待会儿肯定上那儿去了。

"那我进去啰！"

告别王妈，我一脚跳上门廊。

在入口处，我脱下脚上的帆布鞋换上客用拖鞋，意外发现鞋柜內躺着一双细根高跟鞋。

"毛太太在家吗？"我心想。

关好身后的门，楼上突然传出呕吐声，我抬头向上望，正思忖该不该上楼查看一下，又一长串排山倒海的呕吐声传来，仿佛要把肠胃里的东西都一倾而出，我决定还是上楼瞧瞧。

踩着羊毛地毯，这是第二次我上到毛家二楼，左右巡视一番后，我很快发现声音出处，毫不犹豫地走向那扇半掩的门。

推开房门，我看到毛太太正披头散发地坐在厕所的地砖上，马桶里一堆秽物。我走过去按下冲水阀，然后蹲下身关心地问："毛太太，妳还好吗？"

她拢拢额前的发，露出一张不施胭脂的秀丽脸庞，答："没什么，喝多了。"

"妳需要什么？我帮妳去拿。"

她颇为自弃地说再给她酒，随便哪个，就在地下室的酒窖里。

"毛太太，妳不能再喝了，酒很伤身体的。"我整理一下她的乱发。

"跟心比起来算什么？只有喝醉了，我才能忘记心痛的感觉。"

"妳有什么好心痛的？该心痛的是毛先生。"一说完我就后悔。

毛太太抬起头来深深地看着我。

"我……我在'Blue Cat'工作。"我嗫嗫地解释。

"既然这样，妳大概什么都看到了吧？！"

我无奈称是，并且表示她现在收手还来得及，趁毛先生还没发现……

"我收什么手？！是他先外遇的！"她颇为生气，却把我惊到不行。

"呃……也许，也许他跟他女朋友不是认真的。"一时真找不到安慰的话。

"女朋友？呵呵呵！对，女朋友，他跟他女朋友出双入对、甜甜蜜蜜，把我一个人晾在这儿，妳知道什么是行尸走肉吗？我就是行尸走肉，没有明天，没有未来……"说着说着，她抽抽答答地哭起来。

好不容易我才帮一身狼狈的毛太太换上干淨的衣物，然后扶她上床，她倒挺合作的，不一会儿的功夫便沉沉入睡。

望着她憔悴的面容，我的眼光往下一扫，发现毛太太左侧脖子上有个明显的吻痕。

"这个大胡子也太狠了，毛先生回来后看到了怎么办？"我心想。

听说男人能允许自己寻花问柳，却要求太太必须忠贞不二。

我把毛太太的睡衣领子拉高，刚好盖住脖子上的草莓，此时楼下的大座钟沉重地敲了几下，我才注意到夜幕已低垂。

"晚安，毛太太，也许在梦里，那个风姿绰约的妳将不再孤独。"我如是想着。

第十四章/小粉蝶儿

当我走进家庭房，毛奶奶正躺在她惯坐的贵妃椅上,胸口搁着好大一个本子，她的双眼紧闭，仿佛睡着了。

"奶奶～"我轻声唤她。

"噢！可可妳来了。"老太太坐直了身子。

我紧挨着她坐下，问她胸口上的东西是什么？

"这个啊！是相簿，自从眼睛不行以后，我再也不能看了，妳来了正好，帮我看看相片。"

"好啊！"我愉快地应着。

接过相簿，我发现这是一本老旧到可以进博物馆的东西，四个角落都已经磨损不堪，但本子却亮得发光，老太太应该经常抚摸它。

打开第一页，赫然是奶奶年轻时的照片，黑白的。

"奶奶，这是您？好美呀！"我夸赞着。

"人家都说我长得像胡蝶，噢！不，不是会飞的蝴蝶，而是三十年代著名的电影演员，妳大概没印象。"

啊！我当然没印象，那时我还没出生呢！

"毛爷爷也很帅。"我看了右手边那一张。

"是啊！不仅帅还很聪明，村子里就出了他这么一个大学生，那时候大学生可稀奇了！"

听得我脸上讪讪的，话说现在的大学生一抓一大把，饶是这样，还费了我好一番功夫才挤进去呢！

我翻页，是毛奶奶和毛爷爷的合影，两人都穿着军装，脖子上系了红领巾，手持毛语录，当我知道这是结婚照时，还真吓了一大跳！

"当时的结婚照都这么拍的。"老太太解释道。

然后是一张男婴光着屁股的照片。

"呵呵！这是毛先生，真可爱！"

"嗯！谁看到景然都说他可爱，胖嘟嘟、圆乎乎的，让人恨不得咬上一口。"毛奶奶的脸上布满笑意，"他出生就有十斤，我生他时没少受罪。"

啊！天下的母亲提到自己的孩子都是骄傲的，即使当时痛得死去活来。

接下来是毛先生的个人成长史，从蹒跚学步到叛逆少年，再到翩翩美男，然后是睿智而世故的中年大律师；背景也从落后乡村到繁华小镇，再到首都京城，然后是优美胜地新西兰。

我一页一页地翻，一张一张地讲，大部分的时间毛奶奶只是听着，偶尔插上几句纠正我的描述。

"这是哪里啊？好美！简直就是天堂！"我惊叹。

瞧！远山披上了白皑皑的雪衣，像给抹茶蛋糕淋上厚厚的奶油，浩瀚无垠的天空此时也蓝得透亮，而近处绿绒绒的草地就更不用说了，柔软得让人忍不住想在上面打个滚。毛奶奶，噢！不，是个风韵犹存的少妇，她身着粉色长裙，就在这片绿毯上摆了一个飞扬跋扈的舞姿……

我把照片内容描述给毛奶奶听，她着急地把相簿接了过去，峋嶙的手指试着在上头找寻，我把她的手移到那张美丽的相片上。

我从来不知道人的手会有那么多的感情，她一遍又一遍地抚摸，像呵护一只柔弱的猫，怕一用力就会把它弄疼了似。

我不想打扰奶奶的回忆，只是静静地等着。

"小凯帮我拍的照片。"她说。

小凯？谁是小凯？

"那天我们到了皇后镇，他说想拍几张新西兰人滑雪的照片，我们开了一个多小时的路程还是没找到他说的滑雪场，于是下车，想稍作休息再上路。"毛奶奶停了一会儿，似乎还在记忆中搜寻，"下了车，他说这地方真美，拍张照留念吧！我站着让他拍，他非要我摆一个佛朗明哥舞中的经典动作不可，还说看我跳舞就像看到一只粉色蝴蝶翩翩起舞。"

"原来这里就是皇后镇，难怪有人说那是新西兰最美的地方。"我喃喃说道，"对了，小凯是谁？"

我没头没脑的一句问话让老太太又陷入沉思。

"小凯是……"

她带我重返二十多年前，那个与忧郁少年初见的时刻。

～

"奶奶，后来您再也没见过他，是吗？"我问。

老太太摇摇头答没有，那个年代的人还很保守，精神出轨已是相当大的罪恶，她不能再伤害伯豪和景然，而且小凯也有自己的路要走，应当开始新生活。

"但您一直没忘记过他。"我下了结论。

"是的，他走了，把我的心也带走，从此我不再跳舞，少了小凯这个知音，我再也不需要别人的掌声。"

我和奶奶都沉默了下来……

大概过于冷场，老太太突然指示我到她房里拿一样重要的东西，并且千叮咛万嘱咐要小心拿着，因为它很易碎。

"好的，奶奶您放心。"

走进奶奶的房间，我很轻易就找到五斗柜以及柜子内古色古香的木盒。

"奶奶，是这个吧？！"

我一坐下，老太太便迫不及待地伸手去接，可见这是多么宝贝的东西。

她接过木盒后，抚摸了一下盒面才打开，原来里面有个用白色手绢包裹的雪白贝壳。

"真漂亮！"我由衷赞美着。

"是很漂亮，小凯送我的。"老太太很骄傲，"他说他走了一天的沙滩，从几千几万个贝壳中挑出这个精品。"

说来真令人感慨，毛家身家少说也上亿，而这个有钱的老太太最钟意的竟是一文不值的贝壳……

"奶奶，我们把它收好放回去，免得磕坏了。"我伸手过去。

"不，我要拿着。"她像个倔强的孩子，"可可，今天念书的时间已经到了，妳先回去吧！"

我抬头看了一眼时钟，时间的确已经到了，老太太真精明。

"那……奶奶，我走了。"

她摆了摆手，算是听到了。

我走到玄关处回头一望，老太太把贝壳搁在胸口，仰天冥思。

啊！她在想念小凯。

我又想起照片中跳着佛朗明哥舞的女郎，岁月荏苒，那个忧郁小王子是否还记得当年的小粉蝶儿？

答案啊答案，在无止尽的思念里……

第十五章/两个亚当

刚下公车我便一路狂奔，尽管使出吃奶的力气，我还是被冰雹打了好几个响头。

今天的还算小，大概只有核桃般大，据说新西兰曾下过最大的冰雹有整个哈密瓜那么大，这搁谁头上绝对是个灾难，难怪去年有个学长被打到头破血流，想必不是空穴来风吧？！

这一天，老太太说想看《红楼梦》，屋外的冰雹就在书中女眷的窃窃私语里弹尽；等到刘姥姥诙谐一出场，天空终于露出一道曙光；不料这厢黛玉刚葬了花，可怕的乌云忽地又笼罩回大地……

我的心情也随着屋外的阴晴不定而忐忑不安，毕竟谁也不愿在大雨中踽踽而行，尤其还伴随着大小不一的冰雹。

"怕是快下大雨了，今天就念到这儿吧！妳赶紧回去。"

老太太虽然眼睛不好，但空气中大雨欲来的气息，她还是闻得出。

"那……奶奶我走了。"我有些不好意思。

"快走，快走，如果不是司机老刘生病了，我会让他送妳一程，哎！邵萱又碰巧回国探亲，景然也不知回家了没，要不，我喊他一声？"

想到要和毛先生坐在同一辆车里，我宁愿被雨打湿。

"奶奶，真的不用了，公车一下子就来，别麻烦了。"

"那……好吧! 路上小心。"老太太挥挥手。

"知道了，奶奶再见！"

我拿好东西走到玄关，刚脱下拖鞋准备放回鞋柜时，我看到那里除了平常常见的鞋外，还多了一双黄褐色皮鞋，英伦风味的。

是他吗?

我站直了身子，深吸一口气，没错，是他，我闻到古龙水的味道了。

像被下了降头般，我蹑手蹑脚地走向二楼，空气中开始弥漫着不寻常的气味，除了古龙水之外，还有别的什么，是种极不舒服的组合。

上到二楼，整层一片死寂，我开始怀疑自己是否过度敏感？然而我没迟疑太久，因为古龙水的香气像鬼魅般引领我继续前进。

" Tony , could you give me some water? "

是毛先生的声音。

" Yes, sure."

门咿呀地被打开，我看到古龙水先生穿着睡衣站在门口，上衣敞开着，露出腹肌。

我的视线越过他的肩膀，看到毛先生正背对着门趴在床上，白色床单盖住臀部，他的上身赤裸着。

视线重新回到汤老师身上，我多么希望他能解释解释，然而他惊慌失措的表情彻底摧毁最后一根救命稻草。

我冲下楼去，赤足跑在泥泞的水泥地上，狂泄的大雨像足我此刻的心情，我早已分不清脸上是雨还是泪。

我听见哗啦啦的雨声、车子的喇叭声、哗啦啦的雨声、车子的喇叭声、哗啦啦的雨声……然后是刺耳的紧急刹车声，有人将我拦腰一抱。

" Fuck you !"

我听到司机的咒骂声。

汤老师将我用力塞进路旁的红色电话亭里，将大雨挡在亭外。

我一边无声地流泪，一边怒视着眼前的男人。

"可可～"他握住我的肩膀。

"啪！"我一甩手，给他一个耳括子。

他捂住脸庞，神情哀伤地犹如失怙的小孩，我骤然心软，我怎么舍得打他？

"汤尼～"我伸出手轻轻抚摸他被打的脸庞，"对不起，我爱你胜过我自己。"

我凑上唇轻吻他的脸，像无数次梦里的情景一样，然后是他性感的双唇，它像想像中一样柔软，紧接着抱住他强壮的身躯，那是我生命中的大树……

"可可……可可，Stop !"他捧住我的脸，制止我的侵略。

我像被迫中止献花的粉丝，无助地看着他。

"可可，我爱David."他说。

这句话无疑是颗炸弹，将我炸得粉碎。

"不，不是的，那不是真爱，如果是，人类早就灭亡了。"
我呐喊着。

他沉默地看着我，像看一只掉进河里的狗。

我再次投入他怀里："汤尼，我爱你，我爱你很久很久了，打从图书馆的第一次相遇，我就无可救药地爱上你。"

他似乎被吓到了，但我管不了那么多，继续表白："相信我，我会给你幸福，我会让你快乐，今天的事情我们把它忘掉，重新来过。"

我把头深深埋入他的胸膛，想听听他的心跳频率是否和我一样？

然而他再次推开我，要我冷静，同时表明我们之间只有师生情谊，再无其他，请不要混淆了……

"不，不是的，"我用力摇头，"你爱我……就像我爱你一样……"

我忍不住哽咽起来。

"很抱歉让妳误会了。"我的古龙水先生一副无可奈何的模样。

完了，完了，我就要败北了。

"不是误会，"我一副壮士断腕的决绝，伸手用力扯开自己的前襟，然后粗鲁地去解他的裤头，"你要的，我也可以给你！"

"啪！"

我从来不知道被打的滋味是如此苦涩，我捂住火辣辣的脸颊，伤心而羞愧地望着他。

"妳真贱！"我的古龙水先生说。

这突来的一句话简直是万箭穿心。

看他推开电话亭门，在大雨中疾行而去，我嘶吼着要他回来，然而那背影却渐行渐远，直至完全看不见。

雨依旧淅沥沥地下着，我全身无力地跌坐在地上，形如槁木、心如死灰……

看他推开电话亭门，在大雨中疾行而去，我嘶吼着要他回来，然而那背影却渐行渐远，直至完全看不见。

雨依旧淅沥沥地下着，我全身无力地跌坐在地上，形如槁木、心如死灰……

第十六章/小偷

何丽刷的一声把窗帘拉开，瞬间的光亮让我不由自主地以手遮挡。

"今天吃滑鸡饭，叉烧饭卖完了。"何丽打开饭盒盒盖，叉上叉子递给我。

我有一搭没一搭地拨弄饭盒里的食物。

"告诉妳，那条爱尔兰猪有够恶心的，给我们换新制服，妳猜怎么着？是条连身围裙喔！前面看还算正常，后面……乖乖，他就让我们穿一条露出半个屁股的短裤，妈的，这还是正常的营业场所吗？我怎么觉得自己成了AV女优了？"何丽边动手整理我的房间，嘴巴也没闲着，叽叽喳喳地说个不停。

"还有啊！下个月有校际运动会，我参加一百米赛跑，开什么玩笑，我从小就是体育尖子生，这种学校运动会，实在是 a piece of cake."

"再告诉妳……"

我望向窗外，何丽的说话声越来越模糊……

天还是一样蓝，太阳还是一样灿烂，而我的心却已不再是一个多月前那颗圆润饱满的心，它已经碎成无数个小碎片，想把它黏回从前的样子，根本是不可能的事。

时间回到那个大雨滂沱的夜晚，我也不知是怎么回的家，一进门，何丽就被我的鬼样子给吓着，以为我被哪个大野狼给啃了。

我失魂落魄地躺回床上，当夜便发烧近四十度，口中念念有词，紧急被何丽送进医院，住了一个多礼拜的病房才获准回家休养。

毛宅早托了个借口不去，酒吧的工作也被老板紧急叫停，学校当然也请了病假，现在的我哪还有什么心情上课？

"妳怎么不吃？"何丽甩了扫把，双手叉腰怒视我，"妳已经瘦成皮包骨，就算饿死了，那个男同志也不会多看妳一眼！"

听何丽这么一说，我的眼泪像断了线的珍珠，滴滴答答地落下来。

"瞧妳这副没出息的样子！"她把椅子拉过来反着坐，"妳知道妳的毛病出在哪儿？"

何丽直视我，我低下头不想回答。

"妳的毛病出在没和男人上过床，所以把他们过度美化了。其实啊！关了灯，所有的男人都一样，只有技术好和技术不好的差别。"

见我依旧不吱声，何丽另起炉灶。

"本来不想讲的，见妳这副死样，就给妳报个猛料。"她把我的滑鸡饭接了过去，塞上一口，含糊不清地接着说，"Jack妳知道吧？嗯……也许妳不知道，但这不是重点，重点是他和汤尼是同学，一直到博士班喔！他说汤尼的家境一般，虽然拿奖学金，但不是全额，所以得打工才能支付开销。"

我还是闷不吭声。

她突地转头，嘴巴瞄准垃圾桶，咻的一声，鸡骨头踉跄进桶。

"哪～"她高举右手，仿佛自己是神射手，"说到哪儿？噢！打工。妳猜怎么着？大二下半年他突然富贵起来，穿的、用的都是名牌，宿舍也不住了，住进酒店公寓里……现在知道了吧？"

我望着何丽，许久说不出话来。

"这也不懂？他被包养了。"她换了一个坐姿，"妳想呀！他一个博士生，就算偶尔教教课，能有多少银两？擦得起六百元一瓶的古龙水？"

"他被毛先生包养了？"我重复这句话。

"没错，妳的白马王子没妳想的那样完美！"何丽把最后一口饭塞进嘴里，摸摸肚子，"讨厌，都是妳啦！今天本来是节食日，被妳害惨了……算了，下一餐再减吧！"

她起身，捡起地上的扫把胡乱扫一下，算是交差了。

"噢！差点儿忘了，"何丽拉开背包拉链，从里面取出三本笔记本，碰的一声扔到床上，"这是昨天上课的笔记，莫亦辰要我转交给妳。凭良心讲，这男人待妳不错，他自己物理系的课不上，巴巴地去上园艺课，妳啊！别不知足了。"

说完，她头也不回地走了，像风一样，一扫而过。

沉默了许久，我拿起床上的笔记本，一翻页，莫亦辰娟秀的字跃然纸上，他把重点都分门别类记录下来，让人一目了然，比我自己写的还要好。

就这么翻呀翻的，我翻到最后一页，看到那里有一幅四格漫画，一个小男孩伸出手臂向上天抗议："祢天天哭，什么时候才能把太阳还给我们？"

上天答："这不是我的错，太阳被可可偷走了。"

最后一格是个悬赏告示：**通缉犯可可偷走太阳，有知情者速与莫亦辰联系，赏金一百万韩元。**

看完后我不禁莞尔，一百万韩元不过是五千多元人民币，真是典型的莫氏幽默啊！

放下笔记，我望向窗外，外面的世界是一片光明，我多么希望自己是那个偷走太阳的小偷，那么我就不用在黑暗中舔噬伤口，因为它……很痛，很痛。

第十七章/我是妳的债主

一个早上，我仿佛是被聚光灯聚焦的明星般，不仅同学们对我嘘寒问暖，连老师也好奇为什么我会消失一个半月？我一一感谢他们的关心，也耐心地回答他们所提的问题，还好没人问我："下那么大的雨，妳怎么就巴巴地淋雨回家？"

我的同学和老师们都还算是有教养地保持应有的距离。

走出教室，太阳温柔地洒在我身上。啊！久违了的太阳，我终于把你还给了大地，莫亦辰再也不用通缉我了。

"可可～"

听到熟悉的声音，我转过头去，莫亦辰正大踏步向我走来。

"Hi."我弱弱地与他打招呼。

"很高兴妳回来上课了，再不回来，恐怕我得转系了。旷课太久，我的老师和同学都以为我回中国了呢！"他露出洁白的牙齿，给我温暖的笑容。

"对不起……谢谢。"我说。

莫亦辰笑问我这是说对不起还是说谢谢？

"都有，最多的是感谢。"

"快别这么说，大家都是同学，又是好朋友，不说别的，就凭都是中国人，中国人帮中国人，天经地义，哪来那么多繁文缛节？"

我答不是每个中国人都会帮我抄笔记还有代垫高昂的医药费，而且听说他连我这两个月的房租也缴了，我实在欠他太多……

"瞧妳说的，出外靠朋友，朋友这时候不利用一下，什么时候利用？"

"钱我会还你的。"我嗫嚅地答。

"当然得还，不还我就全球通缉妳！"他又打哈哈起来。

为了表明还钱的决心，我赶紧声明自己已经在中国城找到端盘子的工作，今晚开始上班。

"妳的身体还没有完全好，等恢复后再上班也不迟。"

"不，我要赶紧忙碌起来，这样就没时间想东想西了。"

他深看我一眼后，说："那好，不过……在妳忙碌起来之前，是不是该对妳眼前的这位债主表示感谢？"

感谢？我一时不明白。

"当然得感谢了，"他抬手看了一眼腕表，"现在是吃午饭时间，请我吃个饭不过分吧？"

坐在茶餐厅里，莫亦辰点了一桌子的菜，连服务员都睁大眼睛问是不是待会儿还有朋友要来？简直羞死人了。

"尝尝这个。"他把一勺百花羹舀到我碗里。

我还没喝，他紧接着又夹了一根烧鹅腿到我盘里，说这个也不错。

"椰汁怎么还没来？"他嘀咕着。

无奈正是餐厅最忙活的时刻，无人理睬他。

他举起右手，等待被招呼，同时不忘提醒我别喝软饮，光是糖水，没什么营养；茶也别喝，有咖啡因，对我这种大病初愈的人很不合适。

"Yes."服务员终于走过来。

莫亦辰交待一番后，那人点头走了。

我抱怨今天这一餐又得多花两个工作日才能还清债务，他答没办法，谁让我虎落平阳……

"糟糕！我好像把自己比喻成狗了。"他呵呵呵地笑了起来。

我说没关系，我还满喜欢狗的。

"真的？"

"真的。"

不知为什么莫亦辰听了喜形于色，看他这么开心，我也高兴了。

走出餐厅，莫亦辰手上拎着四、五个打包盒，他说他先帮我拿着，等我回去以后还可以热着吃上两餐。

"我以为富二代都很浪费。"我有感而发。

"也不知道是谁帮我安上这个头衔，如果说富二代都很浪费，那我肯定不是富二代,因为我父母绝不允许浪费的事在我家发生，但是该花的，他们一点儿也不吝啬。"

"真好，赚得多又不浪费，财富积累就更快了。"

莫亦辰说财富多只是更容易得到想要的东西，但不是你想要就一定能得到，譬如你不能拿着钱强迫一个人"真心"爱你……

我想起何丽说过汤尼被毛先生包养一事，如果我拿钱包养我的古龙水先生，他会答应吗？我摇摇头，心情一下子跌到谷底。

"想什么？表情怪怪的。"他问。

"没什么，"我看见家就在前方，"你就送到这儿吧！"

"好的，这个妳拿着。"他把中午的打包盒交给我，"别把塑料盒也放进微波炉里，有毒。"

我答知道了，正想转身走人，谁知他又有话要说。

"可可，钱妳晚点儿还没关系，如果妳又病倒了，我还得再付医药费、房租，然后代妳上课，所以妳好好的，就是对我最大的回报。"

我无力地笑了笑，对他摆摆手,转身进屋。

"别—忘—了—我—是—妳—的—债—主—"莫亦辰把双手围成话筒状，对我喊了起来。

啊！我欠他太多，而他要的恐怕我又给不起。

青春的转轮呀! 你到底要把我带向何方？我迷茫了……

第十八章/生龙活虎

我很高兴生活又回到寻常的轨道，不同的是，我刻意过起苦行僧的生活，不仅物质生活降到最低（往往一条法棍就打发一整天），而且每天的行程就是三点一线，家—》学校—》打工餐厅—》家，然后隔天一睁开眼睛又重复昨天的生活。

没错，我想通过身体上的磨难来忘却心里上的疼痛，现在我才明白为什么有人会自残，因为心痛到麻木，惟有让身体感到疼痛，才能证明自己还活着。

当老师说我的成绩有明显进步时，我一点儿感觉也没有，真的，什么兴奋、失望、惊讶、忿怒……通通都没有，仿佛他说的是别人，不是我-张可可。

"可可，妳很不快乐。"莫亦辰说，同时将一盆栀子花交给我。

"快乐跟不快乐要怎么定义呢？我觉得自己还好，你怎么就觉得我不快乐了呢？"我反问，然后将盆栽一一摆好。

A大明天有个义卖会，所得捐助非洲落后地区儿童，各系都提供了可供义卖的东西，譬如二手书、二手衣、爱心蛋糕、棉花糖、炒饭、炒面……等等。

我们园艺系也提供了近五十盆盆栽响应，这本来是上课的课题，既然适逢盛会，就拿出来爱心捐献了。

"可可，妳………"

"什么都别说了，让我静一静。"

我站起身想接住他递过来的另一盆盆栽，眼前的一幕却让我惊呆了。莫亦辰也被我的怪异神情给震住，一转头，追随我的目光。

那个既熟悉又陌生的久违的男人，就这么大喇喇地走进会场，他的身旁围绕着五、六个女学生，各种肤色都有，正和他开心地说笑。啊！他永远是个光源，吸引着四面八方扑面而来的飞蛾，连我的魂儿也被他勾了过去。

等我定下神来，赶紧背对他蹲下，把排好的盆栽又重新排一次，手忙脚乱中，弄翻了好几盆。

"可可，妳过来。"莫亦辰粗鲁地将我拉起。

尽管我一再试着挣脱，还是抵不住一个大男孩的力气。他拉我走向汤尼，就在那人回首的前一刻，适时放开我的手。

汤尼看到我，眼神中有一丝惊讶，但很快控制住，表现出为人师表的气场。

"你们来了，真是太好了，义卖会就是越多人参与越好，所谓众志成城。"他说。

"蛇门斯中知成称？"一颗黑珍珠操着怪腔怪调的普通话，好学不倦地问她的老师。

汤尼正要解惑，被莫亦辰抢了个先："让我来解释，众志成城就是……"

他顺势将女孩们带开，留下我和汤老师。

"妳好吗？好久不见。"是汤尼先开的口。

"很好，好得不得了，吃得饱、睡得香，你好吗？汤尼。"我逞强着。

"我也很好……听说妳生病一段长时间了。"他问。

我笑着说人又不是钢铁，当然会生病。这次的确是比较严重一点儿，但我年轻，很快就恢复了，瞧！没事的。

"听到妳没事，我就放心了。"他答。

该说的場面话都说完，我和古龙水先生陷入无话可说的窘境。

"那……我去忙了，工作还没做完呢！"

就在我即将转身前，他突然蹦出一句："可可，我很抱歉说了那句话……"

"哪句话？"我故意摆出非常无知的表情，"啊！真糟糕，生了一场病，记忆力差很多，现在都想不起来了。既然你说抱歉，肯定不是什么好话，还是趁早忘了吧！"

"那好，忘了吧！"他犹豫了一会儿，"如果妳愿意，我还是需要妳帮我校对文件。"

听他开口邀请，我差点儿要满心欢喜地接受这份差事。

"不了，学校的功课满重的，而且我还在外面打工，没那么多时间。再说我也不是惟一的人选，A大有很多中国来的学生，你一定很容易找到适合的人。"我很艰难地拒绝他。

"那好，不勉强，"他仿佛松了口气，"看到妳又生龙活虎，我很高兴……真的很高兴。"

我给了我的古龙水先生他想要的笑脸，但一转身，天真可爱的表情便被打回原形，比哭还难看。

"我生龙活虎？哈！要不要告诉你，我已经死过多少回？"我在心中呐喊，眼泪也不争气地掉落下来。

第十九章/圣诞无眠夜

莫亦辰问我圣诞假期回不回去？他打算这学期一结束就搭机回国。

我无奈地摇摇头。

新西兰的圣诞假期从十二月中旬放到隔年一月底，足足有一个半月，时间长得足够买张机票回中国转转。

天知道我多么想念远方那个小而温暖的家，想念父母和家里的小狗，想念小镇上美味的家乡菜，想念……但一想到回去一趟，光飞机票就得七、八千块人民币（这够我两个月的开销），只好安慰自己没回去也没关系，反正可以在 Skype 上见到亲人，不致于太糟糕。

何丽也不回去，理由不是没钱，而是她又碰上她的真命天子，她打算趁这一、两个月集中火力将他拿下，所以这个假期至少还有个人陪我（如果何丽没把她的王子拿下的话）。

～

我打工的地方在中国城，但城里可不只卖中国的东西，举凡东南亚、日韩、中东、印度、南美……等国的美食杂货都可以在这里找到，可以说是南北大杂汇。

下午五点，我推开おいしい餐厅的大门，店主kumiko开心地和我打招呼。

这是一家日式炸物料理店，我姑且翻译成"美味餐厅"，主要卖日本油炸食品和日式火锅，当然也卖日本清酒，不过酒精含量不高，这可以从客人离店时的清醒程度判断出来。

我换上日本和服，系上腰带，穿上白短袜，然后夹着木屐，磕磕叩叩地忙碌起来。

你若问我为什么选择在日式餐厅工作，我可以给你两个理由，一是工作环境干净，二是工作人员有礼。

来日本餐厅消费，一般都不便宜，但物超所值，炸物用的油绝不隔夜使用，不仅厨房井然有序，桌椅更是一尘不染，厕所就更不用说了，只要有那么一点儿肮脏，我们的老板娘就会轻声细语地请我们服务员马上、立即、毫不迟疑地去清理干净。

都说日本男人好色，但我觉得他们是骨子里色，外表还是彬彬有礼，所以只要我和他们保持一定的距离，基本上可以排除被性骚扰的可能性。

"いらっしゃいませ"当今天的第一位客人进入餐厅，我们全体员工，包括站在料理台后的料理长，一律高声齐呼。

我端上热呼呼的绿茶和热毛巾，这是待客的第一步，然后恭恭敬敬地递上精美的菜单，这上面有图片和中、日、英三种文字介绍，所以基本不会出差错。

偶尔有热情的日本客人会叽叽喳喳地用日语和我交谈，我也不担心，因为料理长或老板娘会亲自过来接待。

我在日本餐厅工作还算愉快，每天十一点钟打烊，时间上不致于太晚，不像酒吧，回到家都近两点了，隔天还要上课，那真不是人过的日子。

今晚是圣诞夜，Kumiko 宣布提早打烊。

下班途中，当我看到五彩缤纷的灯饰时，心中尚没有太大的感伤，等到走过寻常百姓家的窗口，一家人团聚的温馨画面才大大地刺激到我，我忽然感觉特别的寂寞与空虚，还好弯进巷口，我便惊喜地发现一个熟悉的人影，她就在前方不远处。

"Ok? You are Ok. I am not Ok." 何丽扯着嗓子对手机那头嘶吼起来。

接着对方不知讲了什么，惹得她在挂机前补上一句脏话。

"干嘛火气这么大？"我拍拍她的肩膀。

"这小子不上道，他说跟前女友还没断干净，所以我得排在 waiting list 上，而名单上的我，前面还排了两个。妈的，他以为他是帝王选妃，我哪来那么多美国时间和他耗？"何丽忿忿不平地说。

我建议她找自已 waiting list 上第二号人物补上得了。

"嘻嘻！生我者父母，知我者可可也，妳怎么知道我就是这样想的？"

"噢！我怎么知道？这不是想当然尔的事吗？"

"少气我了，"她推我一把，"看来今晚我们又成了独守空闺的可怜人！"

开了门，我们看到室友Tracy 和她哲学系的小男友正坐在客厅里。

"Merry Christmas！"何丽开心地大声祝福眼前的两位。

只见男生还勉强地回了一句：" Merry Christmas !"， 而我们那个不苟言笑，香港来的女研究生却连虚应一下也不屑，迳自拉着小男友进屋。

"喂! 妳有病是不是？还是怕我吃了妳男友？"何丽变脸，甚至还想敲Tracy的房门理论一番，被我给拉住。

"看到没？"何丽指着门，" 她那是什么嘴脸？好像我们欠她好几百万不还似的。"

好不容易我才把生气的人给安抚住。

我梳洗完毕躺在床上，何丽蹑手蹑脚地溜进来，然后一头钻进我被里。

"圣诞夜让我们也好好温存一下。"

她抱着我做睡前谈话，东拉西扯的，好不容易才走入梦乡。

看着睡在身旁的何丽，我忽然想起我的古龙水先生，今晚的他是不是也抱着毛先生入眠？想到这儿，我的心仿佛被无数个小虫子啃噬着。

啊！圣诞夜，又一个无眠夜......

第二十章／走了一位室友

我闭上眼睛，任澎湃的思绪在脑海里驰骋……

圣诞老公公背着装满礼物的大包包，顺着烟囱溜进公寓，呃！不对，哪来的烟囱？重来～

圣诞老公公背着装满礼物的大包包，挨家挨户地按门铃，叮咚！我跳起来应门。

"哪位？"我问。

"快递。"他操着芬兰口音。

我打开门。

"妳是张可可吗？"一位穿红衣的矮胖老人和蔼地问着。

"是。"

"在过去的一年里，妳表现良好，所以圣诞老人協会决定颁发一样礼物给妳。"说完，他从大袋子里掏啊掏，掏出一个金色小盒递给我。

怀着好奇心，我小心翼翼地打开盒盖，盒中突然冒出一缕白烟，待烟散去，眼前伫立着我那魂牵梦萦的人儿。

"可可，从今以后我是妳的仆人，听候妳的差遣。"汤尼颔首弯腰，态度谦卑。

我欢呼一声，跑过去拥抱我的古龙水先生……

"我吾跟妳供啦，妳系稀线！"忿怒的男声划过寂静的夜空。

"我稀线？你逼嘅！"失控的女声操着高八度的广东话回敬。

"分手啦！"

这句话无疑是颗重磅炸弹，因为紧接着便传来乒乒乓乓的什物落地声，夹杂一位歇斯底里女人的咒骂。

"碰—"有人甩门出去，一切又回归宁静。

这么大的争吵声，何丽只含糊不清地嘟囔两句，翻身又沉沉入睡。

古龙水先生这厢早已吓得烟消云散。

我瞪大双眼想搞清楚事情的来胧去脉，同时竖起耳朵聆听后续发展。

等了好一会儿，连老鼠走过的足音也没有。

"警报解除了。"我兀自下了结论，然后再次陷入半梦半醒间。

古龙水先生这次穿着全白的燕尾服，手持一朵红玫瑰，聚光灯打在他身上，他张开双手欢迎我。我毫不迟疑地飞奔

过去，抱住他结实的胸膛，再把头埋入他的心窝，呃！不对，这不是古龙水先生，他的身上没有迷人的古龙水味道，反倒有刺鼻的臭味。

我抬起头来，那可人儿竟变成穿着长斗篷的死神，把我从睡梦中惊醒。

等我拭去额头上的冷汗，好不容易能够再度思考时，瞬间又吓得魂飞魄散。

是瓦斯！

我踉跄滚下地，跌跌撞撞地冲向厨房。

黑暗中，我手忙脚乱地关了瓦斯、开了窗户，等我半爬着来到大门口，刚扳下门把，人也顺势倒了下去……

～

不知哪儿来的消毒水味道？我睁开双眼转头查看。

我的右手边，何丽手上插着两条管线，脸色苍白；我的左手边，Tracy 戴着氧气罩，胸脯正有规律地一上一下起伏。

这是怎么回事？

我的眼光重新回到白花花的天花板，气虚地无法言语，人也再次失去知觉。

～

"妳想赴黄泉，干嘛拖着我们陪妳送死？！"何丽双手叉腰，怒气冲冲地质问。

"我就是看不惯妳俩怎么了？一个花痴，一个作，早死早除害！"Tracy 一副有理的样子。

"妳……妳，好一副蛇蝎心肠，我花痴怎么了？不像妳是个闷骚货，表面上道貌岸然，骨子里真他妈的贱，做爱时老喊着：我要，我要，给我，给我。呸！恶心死了，难怪妳男友要跟妳拜。"

说得Tracy脸上青一阵紫一阵的。

我要何丽别说了，大家好聚好散。

没想到那个女研究生不嫌事大，此时还有脸提条件，说她想要回全部的押金。

"妳还想要押金？差点儿被妳害死知道不？"何丽气到不行。

最后还是由我从中斡旋，Tracy拿走一半的押金走人。

"下次不租给这种好学生模样的人，书读多就读傻了，他们……"何丽指着脑袋，"这里多少有问题。"

"嘻嘻！那我俩肯定脑袋没问题，因为我们都不是老师眼中的好学生。"

"说得好，我们都是EQ超过IQ，打不死的蟑螂，哈哈！"何丽勾着我的肩膀，开心地自嘲着。

表面上我可以装作无事，跟着何丽瞎起哄，但心底不免担心起来，走了一位室友，代表今后得多平摊房租，这对经济状况不宽裕的我来说无疑雪上加霜。

赶紧把房间出租出去是目前刻不容缓的事，但谁会是下一个有缘人？我茫然了。

第二十一章/小萝莉江彩云

今天真是百年难得一遇的好日子，我有以下几点可兹证明：首先，这是个星期天，我没课；其次，外面正是个阳光灿烂的大晴天，不会冷得让人打哆嗦，也不用担心被雨打湿；其三，今天轮到我公休，下午不必巴巴地赶去打工。而最最难得的是何丽今天也公休，同时她的waiting list上刚好又处于青黄不接的时候，意即上个男友刚走，下个男友还未补上，所以我和她同时都有一整天好挥霍。

坐在麦当劳里，何丽点了早餐全餐和煎饼，外加大杯草莓奶昔，我点了最便宜的豬柳麦满分。

何丽在炒蛋上挤上四、五包蕃茄酱，顿时红色压过黄色，再把枫糖淋在煎饼上，一盒不够又淋上第二盒。

"Help！淹死了……"我替蛋和煎饼求情。

"嘻嘻！这样吃才够本。"她塞了一大口红红的炒蛋，再吸上一口粉红色奶昔，让我想起满口血腥的大怪兽。

"辰哥哥，给我点开心乐园餐嘛！"

在异国听到熟悉的乡音，本该是件快乐的事，但是……

我和何丽同时转头，想看看是哪个幼稚的女生正丢脸地以普通话撒娇。

"服务员说现在是早餐时间，只能点早餐，不能点开心乐园餐。"那个男孩背对我们，好有耐心地说。

"这样啊！那好吧！你随便帮我点，不要忘了我还要Hello kitty限量版。"

我和何丽把头转回来互看一眼，室友当久了总有默契，虽然我们都没说话，但知道彼此心里在想什么。

"辰哥哥，快，坐这里，刚好有空位。"那个小女生兴奋地说。

这两位刚在我们对面一坐下，我和何丽同时张大了嘴，那个可怜的男人竟然是莫亦辰。

莫亦辰也在同一时间看到我俩，相较于我和何丽的惊讶，他倒是镇定许多。

"你们怎么也在这里？"他把托盘往我们的桌上挪，然后一屁股坐下。

那个萝莉只好抱着Hello Kitty不情不愿地跟过来。

"我和何丽今天都公休，所以出来转转。"我解释道。

"这样啊……对了，这是可可，这是何丽……嗯！这是江彩云。"莫亦辰忙着介绍三方人马。

"妳就是可可……姐啊！"江彩云的眼神有些异样。

"是的，妳好。"我对她一笑。

她看了莫亦辰一眼后，转头对我说："我是辰哥哥的未婚妻。"

语罢，何丽啵的一声喷出奶昔，还好射程不远，没有央及无辜人士。

反观莫亦辰就没这么幸运了，他刚塞进一口薯饼，估计这下子卡住了，不上不下。

江彩云无视那两位的丑态，加以补充："是真的，我们从小就订下娃娃亲，双方父母都认可了。"

"不，不是这样的，"莫亦辰一搞定那口饼便急忙忙地澄清，"是说着玩的。"

"什么说着玩的？我们是青梅竹马一块儿长大的，小时候玩娶亲游戏就已经拜过堂了。"江彩云提出人证、物证、事证。

男主角这下子百口莫辩，干咳了两声，好像又有东西哽在喉咙。

"那恭喜了。"我说。

"谢谢！"她喜滋滋地接受我的祝福。

走出麦当劳，莫亦辰问我们上哪儿？我答随便逛逛，何丽则意有所指地补上一句："我们需要新鲜空气，不然无法呼吸。"

"那拜了，我和辰哥哥要去参观农产品展销会。"江彩云骄傲地宣布，同时把手勾住莫亦辰的臂膀。

"一起来吧！反正妳们也没事。"莫亦辰很有诚意地邀请我们。

我正要说不，被江彩云抢了个先："辰哥哥，她们不是要去呼吸新鲜空气吗？那就让她们去啊！再说了，我们的车子小，挤不下这么多闲杂人等。"

何丽喊道谁是闲杂人等？

"我和辰哥哥以外的人都是闲杂人等。"江彩云毫无畏惧地答。

我赶紧握住何丽的手制止她的反击，然而她不买单，甩开我的手后，马上叫嚣："我偏要去，那个牢什子展销会在哪里？"

～

坐在莫亦辰四人座的TOYOTA里，我和何丽正观赏前排上映的免费电影。

"辰哥哥，把音乐调大声一点，这首歌我最喜欢了。"江彩云坐在副驾驶座上娇声娇气地说着。

莫亦辰随即把音量调高。

"来，喝一口果汁。"小萝莉把插了吸管的果汁往莫亦辰的嘴里送。

"不了，妳自己喝。"

"人家不渴嘛！这是给你喝的，辰哥哥好辛苦开车，云云只能做这点儿小事帮你。"

听得何丽不时唉声叹气，要不就捶胸顿足地喊着："杀了我吧！"

～

"农产品展销会"顾名思议就是卖农产品，譬如牛奶、生鲜水果、花卉、自制香肠等，也有人把手工艺品搬来出售。当然，为了吸引小朋友，小型的动物园是免不了的，花个两块钱，你可以买包饲料进场喂喂小牛、小羊等。

江彩云一蹦一跳地跟着她的辰哥哥，这边逛逛，那边瞧瞧，仿佛刘姥姥逛大观园般处处新鲜。

何丽看此情景，从牙缝里低吼一句："好个小贱货！"

害我一口可乐差点儿喷出来。

"不是吗？看她一副吃定莫亦辰的样子，我们的莫札特这下子有苦头吃了。"她下结论。

～

莫亦辰终于把最后一大包血拼成果放入后车厢内。

"辰哥哥快点嘛！我妈等着和我Skype."坐在车内的小妮子催促着。

莫亦辰重重地盖上后车盖，转头对我和何丽说："确定不要我送妳们一程？"

"不了，再继续下去，早餐吃的都要吐出来了。"

我拉拉何丽的衣袖，阻止她发牢骚。

莫亦辰看着我们好一会儿，很无奈地说："她还是个小孩子。"

"还小呢！都十九了，不是吗？"何丽呛声。

"没事的，你快走吧！"我催促他。

莫亦辰走到车门口又回过头来看我，我对他摆摆手，他这才上车扬长而去。

"好一副十八相送的画面啊！"

"说什么啊妳！"我很烦何丽。

夕阳西下，倦鸟也得归巢，莫亦辰的小车子就这么摇摇晃晃地隐没在地平线的另一端……

第二十二章/爱的救赎

我不知道别的民族的传播速度是不是也这么快，反正在中国留学生的圈子里，谣言正以每小时200公里的跑车速度向外扩散……

"江彩云，南京人，19岁，长城实业钢铁公司惟一继承人，与富二代莫亦辰是旧识，小时候两人曾订娃娃亲，双方家长乐见下一代结为连理。江彩云曾在新加坡读过一年大学预科，去年圣诞假期回国，巧遇莫亦辰，忽改变主意，今年二月跟随她的辰哥哥来到新西兰，目前是A大护理系一年级的学生。至于为什么选护理系而非金融方面足以帮助家族企业的专业？这里有两个版本，一是江爸爸打算开一家综合医院，需要这方面的人才当院长；二是千金大小姐脾气难以捉摸，想干啥就干啥，学护理只是一时兴起。还有还有，她的父母在A大附近斥资一百万纽元买了个高端的酒店公寓当她临时的住所……"何丽毫不犹豫地接下传播的棒子。

我噢了一声。

"什么噢？情敌来了，妳一点儿也不着急？"她说，顺便把我盘子里的咕咾肉挖走一大半。

"关我什么事？"

"别作了，我就不信妳对莫亦辰完全没感觉。"何丽吸了一口珍珠奶茶，珍珠像子弹般一一射入她嘴里。

我反问什么是有感觉？我也对她有感觉，难道我就爱上她了？

"嘻嘻！我不介意妳爱上我……双性恋我还没试过，要不，我把我的第一次给妳，嗯？"

"穑线！"

"怎么，妳也学会用广东话骂人啦？"何丽举起筷子对我指指点点。

我无言地低下头扒饭。

我抱着刚刚上完课的课本踽踽走在校园里，一转弯就看到前方那个熟悉的人影。

"为什么他的背影还是这么孤独呢？"我心想，然后看着我的古龙水先生消失在操场的另一端。

这一天我的心神老是不宁，总想着那个远去的背影，为了这件事我还特地上网查看，结果是：同性恋分为两种，一种是天生的，是上帝开的玩笑，巴巴地给弄混了；另一种是后天的，也就是天生性向没问题，而是后来被引导了，譬如某人感情受挫，此时一个同性人的关怀，很容易让这个可怜人混淆，以为这就是爱情。

一定是这样的，汤尼没钱，毛先生资助他、关怀他，让涉世未深的他以为那就是爱情，所以……

我忽然心疼起我的古龙水先生，他是那样单纯，毛先生怎么狠得了心、下得了手？

不行，我得保护我的古龙水先生。

当我表明想继续当义工时，汤尼开心地笑了。

"别说当义工，这样吧! 以后我付妳工资，一个小时十二元怎么样？"他毫无芥蒂地说。

我本想拒绝那份薪水，但又怕他因此也拒绝我，所以可有可无地接受了。

"我最最亲爱的古龙水先生，你等着，让我来拯救你！"我握紧拳头，信誓旦旦地承诺着，嘴角扬起胜利的笑容。

第二十三章／ SORRY. SORRY.

"什么？！"我瞪大眼睛注视着莫亦辰。

"求妳了，帮帮忙吧！"

莫亦辰的眼睛布满血丝，黑眼圈非常严重，的确很像好几天没睡好觉。

话说那个小萝莉，已经接连好几天给莫亦辰"索命连环Call"，每次都是十万火急，等到莫亦辰跌跌撞撞地赶到，发现不外一些芝麻小事（譬如她买了两条花裙子，一条红的，一条粉的，问他明天该穿哪一条？），让好脾气的莫亦辰几度想开口骂人。

这类的事多了，好比《狼来了》的故事般，会让人失去警觉心。

就有那么一晚，江彩云又打电话给她的辰哥哥，绘声绘影地说有个怪叔叔正站在她家阳台上，隔着落地窗和她对望……

由于江彩云在电话中并不显慌乱，莫亦辰以为又是乌龙事件，便不急不徐地开车过去瞧瞧。

一进江彩云的屋子，里面一片漆黑。

"怎么了？怪叔叔走了吗？"莫亦辰轻松地问。

"没。"

话说完，小妮子指向正对着的阳台，一个赤裸裸的中年男子正趴在落地窗上，张大眼睛注视屋內……

莫亦辰吓得手机都拿不穩，慌忙拨打ııı后，没多久警察便上门把这个精神错乱的男子带走。

虽然酒店公寓经理随后登门致歉，并且保证会加强安保工作，但小萝莉可不买单，坚决不愿再住下去。

"让江彩云和你们一块儿住吧！"

我没想到这就是莫亦辰想出来的办法。

"妳也知道我住学校的男生宿舍，总不能让她搬过来和我住吧！再说，学校的女生宿舍一向一床难求，现在是学期中就更没戏了。"他补上一句。

我当然知道女生宿舍很难排得上，否则我也不会在校外租房。

"彩云公主恐怕不会愿意和我们住……"我说。

"她愿意，"莫亦辰忙不迭点头，"本来她不愿意，后来又愿意了，我也不知道是怎么回事。不管如何，她若能和你们一起住，我就放心了，你们多少能有个照应。"

我踌躇起来，与磁场不合的人住在一起只会增加麻烦，但想起莫亦辰之前对我种种的好，我不忍泼他冷水。

"让我问问何丽。"我说。

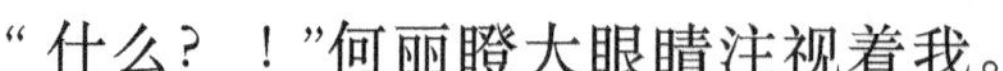

"什么？！"何丽瞪大眼睛注视着我。

"求妳了，帮帮忙吧！"

"别想，她来了岂不是天下大乱？再说了，我不习惯当别人的nanny，妳让莫亦辰趁早死了这条心。"

我答我也不愿意她当我们的室友，但那间房已经空出来很久了，也就是说我和她每天都在多付房租钱，这样下去可不是个办法……

见何丽作沉思状，我打铁趁热："江彩云是有些幼稚，但幼稚和世故妳选哪一个？当然选前者呀！也许明天她就不幼稚了。"

"是呀！也许明天会下红雨，也许明天美国和俄罗斯会相亲相爱，也许明天火星会撞地球……"

"哎呀！何丽姐姐妳最好了，不会看一个孤苦伶仃的小女孩流落街头。"我赶紧给何丽戴高帽子。

"她还孤苦伶仃呢！她要是孤苦伶仃，我就是非洲难民，而且妳讲话怎么这么像那个萝莉？妈呀！这该不会是种传染病吧？！"

我忿而敲打何丽的头，她哀叫一声，跳下沙发和我对打，只见她一个反手便抓住我手腕，正色地对我说："人是妳带进来的，别怪我没提醒妳，江彩云可不像妳想的那样天真。"

我抚摸着被抓疼的手腕，思索着何丽的话中话，但她似乎不觉得有异，反而唱起韩国Super Junior 的《Sorry . Sorry》，让我迷惑不已。

Sorry 什么呢？何丽边唱歌边冲着我笑："Sorry.Sorry……Sorry. Sorry……"

第二十四章/罗生门

我和何丽两手叉腰堵在客厅，看着搬家工人一进一出。

"小心点儿，别磕坏了！"江彩云嘟囔着。

"他们又听不懂中国话。"何丽提醒她。

"妳知道什么是情境对话吗？主人现在会说什么，他们猜也猜得到，还需要讲英语吗？"

何丽调侃她该不会连这点儿英语也不会说吧？！

"Shit. Be careful. It is very easy to break ."江彩云像是为了证明什么，对着工人嚷嚷起来。

莫亦辰把一沓钞票给了工人，外加小费，工人称谢走人。

"辰哥哥赶紧坐下，辛苦哥哥了，云云给你倒水。"萝莉拉着莫亦辰坐下，左右巡视一番，不知向谁问话，"水呢？"

"还会在哪里？用膝盖想也知道。"何丽答。

江彩云翻了翻白眼，迳自往厨房走去。

"我跟你挑明了说，"何丽一屁股坐在莫亦辰对面，怒气冲冲地，"如果不是看在你的面子上，这个宝贝儿我和可可打死也不会收！"

莫亦辰打圆场，他说江彩云是孩子气了点，但心不坏，处久了我们就知道。

"我在酒吧混久了，看人很准的，她的萌……"何丽看了一眼厨房，压低声音，"是装的。"

"呵呵！我和她一块儿长大的，她小时候就是这个样儿，不是装的。"

"那就更可怕了，原来这只狐狸道行这么高！"

莫亦辰笑说何丽武侠片看太多，江彩云没那么复杂。

"喔~"什么东西的落地声。

"辰哥哥快来啊！我受伤了。"江彩云呼救。

莫亦辰马上冲进厨房。

何丽把脚抬上沙发扶手上，伸个懒腰，闲闲地对我说："妳等着瞧好了，这个屋子就要不太平啰！"

江彩云在我们的小小公寓里已住上一个礼拜，除了与何丽拌过几次嘴外，倒也相安无事。

这天傍晚，我刚放下上完课的书包，便听到"叮咚"一声，对讲机里出现一位快递人员，我按下楼下大门开关。

" Are you Miss……Ji……Zhang ?"快递员也觉得拗口，吃吃地笑了起来。

"Miss Zhang ?"我不确定地一问。

他又看了一眼收货人，点点头答："Yes."

于是我签了名，然后抱着好大一个包裹进房。

"谁会寄东西给我？"我边想边掀开白色包装纸，一个粉红色，看起来非常高档的包直入眼帘。

这肯定不是给我的，我非常确定，于是察看收货人信息，原来是Miss Jiang，那个快递员看走眼了。

我把包重新放回箱子里，然后抱着它去敲室友的门。

过了好几秒钟，江彩云才慢吞吞地开门。

"喏！妳的东西，我以为是我的，所以签了名也开了箱，不过我已经把它完好地放回去了。"

"噢！"她抱过箱子，转身用脚勾住门板，碰的一声，我被摒弃在门外。

无端碰了一鼻子灰，我心情怏怏地赶去打工。

拖着疲惫的身躯回公寓，一进门，坐在客厅里的莫亦辰便转过头来看我，而一旁的江彩云正一把鼻涕一把泪。

"怎么了？"

"还问怎么了，看妳干的好事！"江彩云又呜呜呜地哭了好几声。

我干了什么好事？真是一头雾水。

"没事，没事，误会，误会。"莫亦辰充当和事佬。

"什么误会？辰哥哥就会帮外人，不帮云云，云云……云云不想活了。"她又呜咽起来。

"到底怎么回事？"我看看江彩云，又看看莫亦辰，最后眼光对准莫亦辰，"你说。"

莫亦辰正想答，江彩云抢先一步："妳弄坏了我的包，妳得赔！"

"我弄坏了妳的包？"我重复她说过的话，然后转头看莫亦辰，想确认自己没听错。

莫亦辰双手一摊，无语。

"对！"江彩云把那个粉红色包拿出来，"妳看！"

我接过她的包，左看右看，好好的，看不出哪里坏了。

"拉开拉链。"她提醒我。

我嘶的一声拉开那条金色拉链，里面竟然有一处明显刀痕，我惊讶到说不出话来。

"我不管啦！这是妈妈给我订做的爱马仕包，纯手工做的，我等了三个月，呜呜……"

"等等，这肯定不是我做的，会不会……会不会是厂家的问题？"

"怎么可能是厂家的问题，爱马仕可不是什么路边小店。"她愤愤不平。

我想了想，非常理性地建议她应该联系厂家或快递公司。

"呵！说到快递，不是妳的东西为什么签收？还开封！"她抓到我的小辫子。

我一时语塞。

"好了，好了，没多少钱，别坏了室友的感情。"莫亦辰试着浇熄怒火。

"没多少钱？虽然只是区区人民币十万元不到，但也是钱啊！我不管，妳得赔！"

人民币十万元，就这么个包？

"不要说十万元，就是十元我也不赔，因为我没弄坏妳的包！”我正气凛然。

“辰哥哥你看，”江彩云手指着我，一副委屈的模样，“她好无耻，弄坏我的包还不承认！”

我想跟她理论，但被莫亦辰拉到一旁，他说我也累了，先进去，这里由他来处理。

“我没弄坏她的包。”我再次声明。

“我知道。”莫亦辰对我点个头，然后把我往房间的方向一送。

不知道莫亦辰要如何解决这个"罗生门"？我躺在床上，许久无法入眠。

“她的萌……是装的。”

我想起何丽说过的话，一股寒意自脚底窜起，我不禁拥紧了棉被……

第二十五章/佛曰：不可说

我很高兴和古龙水先生的关系进入了一个新的里程碑，不仅成为他的得力助手，还成了他的小老师，此话从何说起？

古龙水先生在台湾受小学教育，学的是繁体字，初中时举家移民新西兰，在新西兰期间继续和台湾来的教师学习中文，所以他的"台湾化"非常严重，举凡现今国内常见的俗语，譬如猫腻、牛逼、拼爹……等等，他不见得都懂。这时我会不厌其烦地解释给他听，感谢之余，他总说要拜我为师，我当然知道他是开玩笑的，所以娇羞地拒绝了。

我曾看过五十年代猫王埃尔维斯演唱会的录像带，当这位摇滚乐歌王在台上热歌劲舞时，常惹得台下女歌迷尖叫声连连，个个像加了弹簧的小老鼠。

那些非理性的疯狂，我完全能理解，因为我的古龙水先生和猫王有同样的魔力，他让我这个仰望他已久的人夜夜痴狂，只是如同何丽所说，我很作，所以即使内心波涛汹涌，外表上我还是有办法做到静如止水。

工作中，我和汤尼会做短暂交谈，谈谈最近遇到的人或事，谈谈最近看的一场电影或一本书，有时也会谈到比较深入的话题，譬如宗教、音乐、人生等，就是不提两件事，一是同性恋，二是那个大雨滂沱的夜晚……

拯救古龙水先生的计划还是如火如荼地进行着，我要他脱离毛先生的魔爪，回到他原有的性向上，然后……重新爱上我。

我的拯救计划第一步是"知己知彼"，要彻底了解汤尼,当然得从了解他的作息开始，他的学校生活，我已大致了解，那么学校以外……

我不得不说这是件羞耻的事，我竟像个私家侦探般跟踪起古龙水先生。

这天下完课，汤尼先在7-11买了瓶水，又在一家墨西哥餐厅外带了Tacos,他边走边吃。真奇怪，如果看到有人边走边吃，我肯定认为不登大雅之堂，但是换成古龙水先生，却成了潇洒的代名词。

他迈开脚步过马路，然后急匆匆地走向一座银灰色的大楼，一个箭步便上了阶梯，我抬头一看，"The Grand"斗大的招牌就在那里挂着呢！

"原来他住在'The Grand'呀！这个酒店式公寓不便宜。"我心想。

买来外带寿司和一瓶水，我站在容易观察酒店公寓大门的角落用起餐来，边吃边眼观八方，没多久，一辆兰博基尼NZ8888呼啸而过，开进"The Grand"大门西侧的地下停车场。我把最后一个寿司囫囵吞下肚，然后喝了一口水，眼睛死盯着停车场的出入口。半晌，我才发现自己是个大傻子，情人幽会总得个把钟头，难道毛先生会马上离开"The Grand"？

我好像抓到老公出轨证据的妻子般，醋意大发，把装水的塑料瓶压得稀巴烂，然后咻的一声丢入垃圾桶。

连续两天我都没去汤尼的办公室，说不上为什么，就是生气，连何丽也被央及。

"怎么了？大姨妈来了？"何丽被我的流弹射中，唉声叹气起来。

"大姨妈没来，瘟神来了。"我没好气地答。

"啧啧啧！这瘟神是谁？让我们的小猫咪变成母老虎了。"

"谁是母老虎？"我哇呜一声，张牙舞爪地吓唬何丽。

"等等，先让我拍个照，保证莫亦辰看了吓得连夜滚回中国，呵呵!"她真的拿出手机。

我顿时泄了气，说不关莫亦辰的事。

"不关莫亦辰的事，那就是汤尼的事，"何丽收好手机，然后把我桌上的CD翻了个遍，"我劝妳别白忙活了，同性恋人的爱很猛烈，妳别把自己也搭进去当祭品。"

我答他们的爱不是真爱，汤尼是被迷惑的。

何丽停下翻动的手指，问："汤尼跟妳说他被毛先生迷惑了？"

"也不是……"我欲言又止。

"当然不是啰！如果是，妳就不会在这里发脾气了。"

她的未卜先知让我恨得牙痒痒的。

"噢！忘了告诉妳，江彩云说以后妳的房租她付了。"何丽终于不再翻看我的CD，圆翘的屁股倚着桌沿。

"为什么？"

"这我哪儿知道？千金大小姐一向不按理出牌。"

我想起那个爱马仕包，问她这其中是否有鬼？

"佛曰：不可说。阿弥陀佛，善哉善哉。"她竟学起僧人，打躬做揖起来。

我拿起桌上的橡皮往她头上扔去，没扔中，她给我一个鬼脸，转身逃之夭夭。

第二十六章/天使诞生

"可可姐，可可姐……"

我抱着一个大纸箱，里面装着瓶瓶罐罐，正打算到实验室做实验，一串铜铃般的呼喊声在耳边响起，我吃力地左看右瞧。

"这边，这边，三点钟的方向。"

我的头往右摆出九十度直角，赫然看到一张笑咪咪的脸。

"可可姐，妳去哪儿？"江彩云撇下她的同学，小跑步向我奔来。

"噢！去实验室做实验。"我把眼光收回来，继续往前走。

"这是啥？"她跟过来。

我答实验器具。

"可可姐真厉害，好像科学家。"

这……这小妮子转变得也太快了，简直让人跟不上她的节奏。

“没什么，瞎实验的。”

“可可姐太谦虚了，云云最羡慕理工科的学生，好比妳和辰哥哥，两个人的头脑都是一级棒，将来肯定是中国之光！”

呃……这是啥跟啥？我第一次被人称赞聪明，而且是以一种荣获诺贝尔奖的胜利之姿。

“这没什么，和你们医学院的学生比起来差多了。”我赶忙把强加在头上的光环摘下来还给她。

“No.No.No.可可姐人好、心好，还一点儿也不自大，真是云云的偶像，我就是再努力个三年五载，也及不上姐的十分之一。”

咚的一声，光环又重新回到我头上，外加好几个天使围绕着我唱圣歌。

“那好，谢谢！我得赶紧走，快上课了。”

“可可姐，等我，”江彩云也跟紧我的脚步，“快！东西我帮妳拿。”

我想都不想，直接拒绝。

“一定要！”她真的像个抢匪似地过来抢箱子。

我怕拉扯中会弄坏器具，没怎么争夺就让她抢了过去。

江彩云抢到战利品却不怎么开心的样子，也许她没料到箱子会这般沉重，只好咬咬牙，吃力地一步步走向实验大楼……

我忍不住抬起头看看太阳升起的方向，没错，还是东边，可这小萝莉是咋回事？

顶着一头雾水，我神情恍惚地跟在江彩云身后。

做完实验，走出实验大楼……

"可可姐，可可姐。"

我又听到那熟悉的声音。

"妳怎么还在这儿？"我有些不耐烦。

"我没课了，所以在这里等妳一块儿回家。"

我问她等了多久？

"打从妳进去到现在。"

"两堂课？"我睁大眼睛。

"嗯！"

乖乖，这演的是哪一出？

我懒得理她，赶紧撤。

"可可姐，妳家几个孩子？"江彩云还是跟了过来。

我答就我一个。

"我也是，如果妳能当我的亲姐姐就好了，"她自然而然地勾住我的臂膀，"这样我就不孤独了。"

"妳经常感到孤独？"

"是啊！爸爸妈妈一直忙着赚钱，我是家里的保姆带大的，小时候只有辰哥哥对我好，当别的男生欺负我时，他会挺身而出保护我，可说是我的守护神。"

"难怪妳这么粘他。"我喃喃说道。

"辰哥哥就像我的亲哥哥，我不粘他粘谁？"她稚气地答。

我忽然同情起江彩云，她不过是个寂寞的孩子。

"妳真幸运，在这个世界上，至少还有个人保护妳。"我说。

"我已经有一个爱我的哥哥，如果再加上一个爱我的姐姐，那么云云就是天底下最幸福的人！"她的眼神充满期待。

“呃……我……”

“好不好，好不好嘛！”她竟扯起我的衣袖，毫不客气地撒娇起来。

“那……好吧！只是我没做过别人的姐姐，不知道该怎么做。”

她答我什么都不用做，只要接受她对我的好就行了，譬如……让她代付房租。

我赶紧推辞，这岂不是占人便宜？不行！

江彩云答有什么不可以？有句话“爱人比被爱幸福”，就让她幸福一回吧！

~

躺在床上，我瞪着天花板出神。

“我是不是把她想得太坏了？”

“她才十九岁，不可能邪恶到哪里去。”

“那个包也许本身真的有问题，花了这么多钱买到有瑕疵的包，任谁都会不高兴。”

“我也真是的，应该先确认是谁的包裹再签收，现在包出现问题，人家质疑我也正常。”

……

我就这么一问一答地替她脱罪、洗白，然后一个崭新、纯洁、无一丝邪念的江彩云从莲花池里悄然升起，笑盈盈地迎向上帝洒下的七彩荣光，天使……诞生了。

第二十七章/代笔

没想到江彩云真的像块橡皮糖似地粘上我，而且摇首摆尾像个小哈巴狗似的，让人连拒绝都显得寒碜。

这天我巴巴地赶着学校报告，江彩云就趴在我床上翻看一本时装杂志，两条光腿凌空交叉，不时抖动一下，闲逸得不得了。

"可可姐，妳看这件连卡佛的衣服适不适合我？"江彩云把杂志端起来反着拿，好让我看清楚。

"太老气了。"我匆匆看了一眼，丢下一句，忙不迭又写了好几行英文句。

"那这件呢？"江彩云翻了页。

这次是件雪纺纱连衣裙，不难看，但套在小妮子娇小的身躯上，像是小女孩偷穿大人的衣服，不伦不类的。

"妳应该穿短裙，显得个儿高。"我又沙沙沙地继续书写。

江彩云碰的一声跳下床，嗲声嗲气地说："哎呀！好姐姐，妳怎么不理云云呀？！"

她扯着我衣袖，一副不依的模样，害我接连错写了好几个字。

我边拿起修正液修正边说："我赶写报告呢！妳没看见？"

"报告有什么重要的？"她嘟着嘴。

我答报告很重要，这攸关我是不是能升级。

"然后呢？"

"然后是能不能毕业。"

"再然后呢？"

"再然后就是能不能找到好工作。"我简直快失去耐心了。

"那我们直接跳到最后一个环节，妳现在不用写报告，也不用想会不会毕业的问题，只要陪我说说话、哄我开心，待会儿我打电话给我老爸，请他给妳预留一份工作，月薪……月薪五万元人民币，妳看怎样？"

我放下修正液，不可思议地看着这位富家千金，有钱人的思维果真和我们平民百姓多所不同啊！

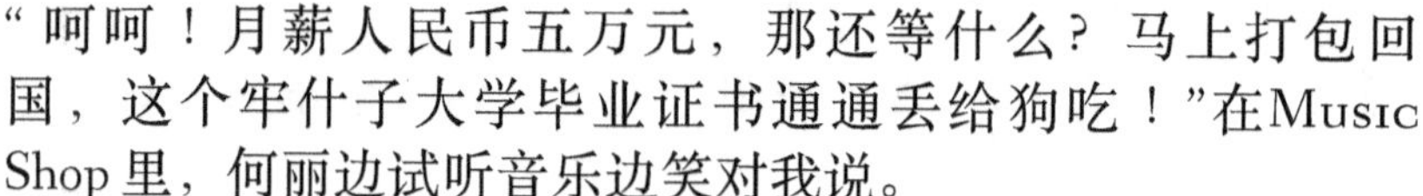

"呵呵！月薪人民币五万元，那还等什么？马上打包回国，这个牢什子大学毕业证书通通丢给狗吃！"在Music Shop里，何丽边试听音乐边笑对我说。

"我现在终于知道，我们巴巴的每个月辛苦赚那么一点儿钱，根本不入人家有钱人的法眼。"我唉声叹气起来。

"知道就好。"她跟着耳机里的音乐摇头晃脑地打着节拍。

我倚着音乐CD架子，抱胸思索着人生的不公平，忽瞧见前方古典音乐区晃动着两个熟悉的后脑勺，赶紧躲到何丽身后。

"这是干嘛？"她问。

"别动。"我低喝。

我看见毛先生把手搁在汤尼的腰际上，手里拿着一片CD，似乎在征求他的意见。汤尼不知说了什么，毛先生把CD放回去，换上右边的另一片CD，这次两人达成共识，一起往收银台的方向走去。

"汤尼不像是被迷惑的，他俩看起来很相爱。"何丽说。

"这妳又知道了？他们告诉妳相爱来着？"我不服气。

"相不相爱还需要说吗？看就知道了！"

"就妳眼睛历害，别人都是瞎子。"

"我看就只有妳是瞎子，看－不－出－来－"何丽走到 Hard&Rock区，懒得理我。

不会吧？！不可能，一定不是，一个男人怎么会爱上另一个男人？尤其汤尼完全没有女气，是个铁铮铮的男子汉呢！

江彩云把一沓粉红色带香水味的信纸扔我桌上，我问她这是干嘛？

"帮我写信。"

"写信？"

"对，"她拉过来另一把椅子坐下，压低声音，"可可姐，告诉妳一个秘密，我，爱上一个男孩子了。"

"什么？"我喊。

发现自己太大声，我赶忙捂住嘴巴，小声地问是谁？

她答是他们护理系的一个男生，上海来的，人很内向。

这里我得说明一下，男护士在国外很普遍，甚至比女护士受欢迎，因为他们力气大，搬抬医疗器具或病人更能得心应手，照顾男患者也很适宜。

"噢！我以为妳喜欢莫亦辰。"我呐呐地说。

"辰哥哥是哥哥，早告诉过妳。"她翻了翻白眼，娇嗔地说道。

"这个……"我手指信纸。

"他叫赵大同。"她答。

我问这个叫赵大同的知道她喜欢他吗？

"还不知道，所以我要写信给他，表达我的爱意。"

"既然这样，妳自己写得了，干嘛要我写？"我推开信纸。

"我字丑，姐姐字漂亮，姐姐帮我写。"她把信纸又推回来。

我转而建议她发E-Mail，她答E-Mail哪有写信来得有诚意？

说的也是。

于是在江彩云的软磨硬泡下，我写下生平第一封情书。

"就知道可可姐写得好，下次还请妳帮忙写。"江彩云读完之后，满意地点点头。

当她把信放进信封内，正要密封时，我忽然想起一件大事："等等，还没署名呢！"

她伸出舌头把封口处沾湿，双手一压，慢悠悠地说："干嘛署名？追男孩子要保持神秘感，让他心里猜是哪个宝贝喜欢他，等到谜底揭晓时，嘻嘻！那才有意思。"

呃……我怎么觉得自己和江彩云是两个不同年代的人？她的异想天开，我永远也赶不上。

"好了，不吵妳了，我赶着寄信呢！"她一溜烟跑了。

看着远去的萝莉，我不禁想着："我才不管妳喜欢谁呢！只要不是莫亦辰就好。"

过了不到二分之一秒的时间，我马上被自己这奇怪的想法给吓了一大跳。

"我是怎么了？这关莫亦辰什么事？"我猛敲自己的头，"肯定是昨晚没睡好，现在精神错乱了，一定是这样！"

于是我站起来伸了个懒腰，然后往后跌进软绵绵的被褥里，打算睡一个长长的、甜甜的、无人打扰的午觉。

第二十八章/脸上有胎记的那个男孩

江彩云邀我喝咖啡，被我拒绝了，可她就是有那份"磨"力，除非我弃械投降，否则她会不屈不挠地继续折磨我。

我和她坐在二楼的室外露天咖啡座里，往下一探便是Queen Street 繁忙的街道，从这个位置可以看到楼下行色匆匆的过往行人，还有路上正指挥交通的帅气交警。

江彩云一反常态地坐立不安，不时探头往下瞧，没多久，她焦急的眼神有了光彩。

"Hi, 赵大同，Here, Here......"她站起身趴在栏杆上，对着楼下一个瘦高的小伙子大力挥手。

"妳怎么在那里？"小伙子抬头喊了起来。

"喝咖啡哪！快上来。"

那人左顾右盼，最后求助地问怎么上去？

"从Watsons 旁边那个楼梯上来。"

他终于看到入口了。

"真笨！"江彩云坐下来，嘴里骂上一句。

过了约莫十分钟，赵大同才找到我们，手里拿着一杯咖啡。

"我以为妳一个人喝咖啡。"他坐了下来，显然注意到我。

"我才不一个人喝咖啡呢！那多没情调。"江彩云一副嫌恶的表情。

"这位是……"他还是问起我。

"噢！忘了介绍，这是可可，这是赵大同。"

赵大同很快收回目光，专心搅拌起他的咖啡，足足有三十多秒。因为他是我第一封情书的男主角，所以我特别多看了他两眼。

那人有着典型上海男人的瘦高体型，皮肤白皙，好像很少运动的样子，戴着一副黑框眼镜，颇有书卷气，只是……

我不得不说那个青色胎记破坏了整体的美感，几乎涵盖他整个左眼部位，看起来像只单眼熊猫。

他为何不做激光去除？我很纳闷。

灵光一闪，突然想到那是个敏感部位，也许做激光会伤害眼球，所以……

当我还在臆想的天地中漫游，赵大同却已停下搅动咖啡的动作，一抬头，刚好迎上我的目光。我因为想着人家不美丽的胎记，此时仿佛成了做坏事的现行犯，赶紧羞愧地低下头去。

"妳是园艺系二年级的学生？"他问我。

"是的。"

"我是护理系一年级的学生。"

"我知道。"

糟糕！我怎么可以知道？可别让赵大同怀疑信是我写的啊！

"噢！江彩云告诉我的。"还好急中生智。

然后他问我是不是二十岁？我答是。

"那么我比妳小一岁。"他喃喃说道。

江彩云忽然插上一句："这年头姐弟恋很正常。"

等等，谁姐弟恋？我的脑筋快速转动，江彩云二月生，如果赵大同晚于二月出生，的确算得上姐弟恋。

瞧我，差点儿对号入座，多可笑啊！

没想到寒暄过后，江彩云把话语权抢了去，让我和赵大同成了哑巴。

"不跟你们说了，我得去银行办事，你们接着聊。"江彩云舌战十多分钟后，终于喊停。

"我也得走了，"我跟着起身，不忘转头对赵大同解释，"我回家赶写报告。"

江彩云猛地把我按回座位上："妳的报告昨天就交了，陪学弟聊聊天怎么了？妳这个学姐当得不合格。"

我被她说得哑口无言。

那个"始作俑者"还不忘提醒赵大同送我回家，看她笑得像朵绽放的花儿，我却笑不出来，真的，再也没有比接下来的场面更让人尴尬的了，眼前就坐着我写了三、四十封情书的男主角，而他并不知道信是我写的……

我突然觉得自己很卑鄙，欺骗了一个大男孩的纯真感情，即使我的出发点不带恶意。

"我叫赵大同，英文名Simon，上海人。"他有着柔细的声音。

"我叫张可可，英文名CoCo，浙江人。"我说。

"可可，很高兴认识妳，妳可以叫我大同，也可以叫我Simon。"

"好的，大同，Simon."

我为自己的笨拙回答，无奈地笑出声来。

"没关系，可可，CoCo."

这次我俩同时大笑起来。

回家的路上，我们聊了许多，越聊越觉得这个男孩子单纯得可爱，江彩云会喜欢他（尤其脸上还有个明显的缺陷），倒让我感到诧异，原来小萝莉不是外貌协会，她懂得欣赏内在美，真让人刮目相看啊！

到了家门口，赵大同突然对我说他有艾薇儿演唱会的门票，就在这周末，问我愿不愿意和他一起去？

说这句话时，他有些结巴，脸也红了起来。

"你应该邀江彩云跟你一起去。"我提醒他。

"可是我只有两张票。"他抓抓头，一副懊恼的模样。

我答那正好，他和江彩云一起去。

没想到下一秒他把票从背包里拿出来："这样吧！票给妳和江彩云，下次有机会，我和妳一起去。"

我正要推辞，他已经转身离开，留下我一人，望着票大惑不解起来……

第二十九章/误会

当我把艾薇儿音乐会的票交给江彩云并提醒她和赵大同一起去时，她欢呼一声，说老早就想看艾薇儿的现场演唱会，只是票难买，没想到运气好，票主动送上门。

我以为她应该高兴的是终于可以跟心上人约会，没想到票的魔力大于人，真是不可思议。

等我发现江彩云竟在那个周末拉着辰哥哥去看演唱会时，简直气炸了，她给我的解释是莫亦辰也想听艾薇儿唱歌，总不能让莫亦辰和赵大同两个男生一起去吧？！他俩又不认识……

这是什么跟什么呀?!

所以当赵大同第N次邀请我去看电影，基于愤怒，也为了一探江彩云的态度，我答只要江彩云同意，我就去。

"为什么妳跟我看电影还需要江彩云同意？"他很不解。

呃……这还真不好解释。

见我欲言又止，赵大同赶紧帮我解围："一定是你们室友情深，她怕妳被坏人骗了。”

“对，对，对……”我点头如捣蒜。

“那……如果江彩云没意见，我们看这个星期六下午的《悲惨世界》好吗？安妮.海瑟薇主演的，因为只有这部是文艺片，其他的都是打打杀杀，你们女孩子可能不爱看。”

“我没意见。”我给了他一个笃定的笑脸，心想他的提议到了江彩云那儿肯定被打回票。

等赵大同一身光鲜地来到公寓接我去看电影时，我简直吓傻了。

“记得把可可学姐安全地送回来喔！”江彩云笑咪咪地说。

“一定的。”赵大同一副不负所托的豪气。

面对我的难看表情，江彩云耸耸肩：“没办法，我得赶报告，报告很重要的。”

我只能无奈赴约，就在我们临出门的前一刻，江彩云问起看的是几点的电影？

“三点那一场，在IMAX电影院，我们先去吃午饭。”赵大同如实回答。

凭良心讲，电影拍得很不错，演员都演得很到位，尤其是安妮.海瑟薇，她把妓女芳汀的角色刻画得入骨三分，听说为了演好剧中人物，原本瘦削的她还刻意减肥了十斤，真是敬业啊！

回到现实，当我们走出电影院，我的心就如同电影所诠释的一样~悲惨。

赵大同是个好主人，他买了爆米花和可乐，并且早早选定中间一排的正中，好让我得到最佳的观赏视野，可惜全场我紧闭双唇，郁闷得不得了。

~

电影散场后，人群都挤在出口处，赵大同怕我跟丢了，张开双臂好让我躲在他的保护伞下，就在这时候~

"可可姐……可可姐……"江彩云排开众多退场人群，一路狂喊。

我停下脚步，正要质问她："不是在家赶写报告吗？怎么巴巴地也来看电影？"，话还没说出口，目光刚好和小萝莉身后的莫亦辰对上了。

"我就说是妳，辰哥哥还不信！"江彩云捂着胸口，气喘吁吁。

莫亦辰看看我又看看赵大同，非常迷惑的样子。

"噢！让我介绍不认识的两个大男生，这是莫亦辰，我哥，"江彩云把莫亦辰拉向自己，然后手指着赵大同，"他是赵大同，可可姐的男朋友。"

听罢，我气得冒烟。

"江彩云，妳过来一下，我有话跟妳说。"我得非常努力才能压住内心高涨的怒火。

"不了，可可姐，我和辰哥哥还得去书店买书，不跟妳聊了，回头见。"她满脸笑意地和赵大同说Bye，然后拉着神情恍惚的莫亦辰走了，眼光不敢在我身上逗留。

看着远去的两人，我五味杂陈，赵大同却完全没察觉，他温柔地对我说："我们去公园坐坐，好吗？"

~

赵大同用纸巾把公园的石椅擦干净后才请我坐下。

正是黄昏时分，新西兰人也作兴在这个时候全家出来散散步。我看到婴儿车里的小人正睁着圆滚滚的蓝色大眼睛看我，换作平常，我肯定递上可爱的鬼脸，可惜今天心情不对，完全失去童心。

"渴不渴？我去买瓶冷饮。"他体贴地问。

我看见前方有个卖饮料的机器。

"不了。"我摇摇头。

于是赵大同一屁股坐在我身旁，我们有短暂的沉默。

当我还在思忖该如何将事情原原本本地道出并且不伤害他时，没想到赵大同先开口了。

"我父亲是一生清贫的中学教师，他教会我忠孝仁义，并且有世界大同的远大梦想，所以为我取名'大同'，但我的同学们都叫我赵不同，原因是……"他指着左眼上的胎记，"中学时，我喜欢上隔壁班的女生，她有一双大眼睛和可爱的笑容。鼓足勇气，我把涂涂改改很多遍的情书交给她，没想到她非但没有惊喜，反而当着我的面把信给撕了，气冲冲地丢下一句'癞蛤蟆想吃天鹅肉！'，让我很受伤。"

我很想安慰他，但又不知从何安慰起，再想到自己也在做伤害他的事，就更心虚了，只能保持沉默。

"当我收到妳的情书时，心中真是百感交集，我没想到有人……有人会喜欢我，所以我告诉自己，即使对方的外表有多不堪，我也不会取笑她。"他低下头去，喃喃地说，"我没想到妳是如此美丽，就像神雕侠侣里面的小龙女一样，简直是个女神。"

我赶紧戳破他的幻想，说自己有一大堆的缺点，没他想的那么好，但他似乎听不进去我的"言外之意"，依旧在自己的世界里神游。

"妳放心，我会一辈子对妳好，我这个专业很快就能找到工作，等存够首付，我们贷款买栋洋房小楼，到时候把妳爸妈还有我爸妈接來……"

完了，完了，他已经把未来都规划好了。

"这太快了，我还没……"

"是讲得远了，不过我是个有计划的人，一向如此。当然，我们先处处看，我会给妳足够的时间观察我。"他给我一个"请放心"的笑脸。

望着渐渐暗淡的天际，我的心也跟着下沉。

黑夜，就要来临……

第三十章/诚实为上策

我非常无礼地直接开门走进江彩云的房内，怀里揣着十公斤的炸药，准备把这个小贱货给炸得开花。

相对于我的怒气冲冲，她却是一副气定神闲的样子，正细心地给每一个脚指头都涂上粉红色指甲油。

"这是怎么回事？"碰的一声，我投下第一枚炸弹。

"什么怎么回事？"她头抬也不抬，继续手中的动作。

"赵—大—同—"我双手叉腰，眼中燃起熊熊烈火。

"赵大同怎么了？"她伸长腿，审视一下指甲油是否涂均匀了。

好啊！竟然跟我玩失忆。

我一把将她从床上拎起，对着她那张狐狸脸嘶吼起来："赵大同为什么变成我的男朋友？他还以为信是我写的，为什么？为什么？为什么？妳倒是说呀！"

"好姐姐，"她涎着脸，一根一根地扳开我紧抓的手指，然后一蹦一跳地搬来一张椅子到我身后，用力将我按入座椅内，接着左顾右盼，"饮料呢？奇怪，这屋子怎么要什么没什么？算了,待会儿再买。"

江彩云莫名其妙地自问自答，然后没事似地回到床上。

"我教妳哈！涂指甲油之前要先修甲及涂营养油，方式又分为干涂和湿涂，干涂……"

"妳他妈的快给我回答！"我的眼中发射出第二枚炸弹。

"好啦！着什么急？"她翻了翻白眼，"赵大同他……Simon他……哎！反正刚开始我是喜欢他的，后来又不喜欢，妳若问为什么，我也答不上来，好比我的包顶多用上一、两个月就不用了，这不是什么大问题，没新鲜感了呗！"

乖乖，人跟包可以相提并论吗？

我质问她既然后来不喜欢人家了，为什么还要我继续写情书？而且一写写了三、四十封？

"因为……因为赵大同好像很喜欢收到妳的情书，云云……云云不想让他失望嘛！"她又娇声娇气起来。

"好啦！现在赵大同误会我喜欢他，妳说该怎么办？"说得我又来气。

"就让他喜欢呗！反正妳也没男朋友。"她答。

这是多么可耻的回答呀！我要她立刻、马上给我解决！

"解决就解决，我还以为是什么大事呢！"她嘟着嘴。

江彩云这么干脆，倒叫我好奇她要如何解决。

"直接告诉他，可可姐不喜欢他得了。"她说得理直气壮。

"哎呀！怎能这样说话？很伤人的。"

"那要怎么说？妳教我。"

我一时语塞，这得怎么说呀？！

我的眼睛死盯着电脑屏幕，连汤尼进来都浑然不知。

"怎么了？发呆。"他把书本放下，一脸好奇地看着我。

我摇摇头答没什么，然后按下鼠标开始工作。

"功课上没问题吧？！还是交朋友的问题？"汤尼呡了一口保温杯里的茶水，研究起我来。

"都没问题。"

他不相信，问我说的可是事实？

我抬起头来，刚好迎向古龙水先生那双深窜的大眼睛，它是那么的温暖与善解人意。

"我……"踌躇当中，我又看了一眼他的眼睛，"汤尼，如果……如果有人误会你喜欢他，你会怎么说才不致于伤到对方？"

他双手抱胸直视我，我大梦初醒，赶紧澄清："噢！我不是指你和我……"

"当然不是妳和我。"他笑了，停顿一会儿后，"西方有句俗语'诚实为上策'，我认为快刀斩乱麻才是最好的方式。"

"可是他很内向，我怕他接受不了。"我弱弱地答。

"这跟内向、外向无关，每个人都有承受被拒绝的能力。"汤尼放下保温杯，动手去拿书架上的《汉语口语练习》，"我上课去了，妳校对完毕记得存档。"

望着他远去的背影，我不禁想着："我最最亲爱的古龙水先生，请你永远不要拒绝我，我还无法承受被拒绝……"

走过理学院大楼，我看到池塘左前方的座椅上坐着莫亦辰。

我悄悄走近他，他的左手掌里有无数个小石子，正一颗颗被他投入水中。

"Hi."我打了声招呼，然后坐在他身旁。

他沉默了几秒钟，突然将手中的小石子全扔进水里。

"你怎么了？"我问。

"什么怎么了？"

"算了，我走。"

无端碰了一鼻子灰，真倒霉！正要起身时……

"听说妳巴巴地给人家写了三、四十封情书。"他转头看我，"刚走了一个，又来一个，而且还是妳死皮赖脸讹上的。"

"我怎么死皮赖脸来着？"我涨红了脸。

"不是妳死皮赖脸，难不成情书会自己写字？"

我气极了，开始口不择言，承认是自己死皮赖脸求赵大同当我的男朋友，这下子他该满意了吧？！

莫亦辰低下头，赌气地说："我就知道！"

"你知道个什么？你什么都不知道！"

我转身跑开，心想："莫亦辰，连你也误会我，看我还理不理你！"

第三十一章/你不是癞蛤蟆

我说过，在留学生的圈子里，谣言会以每小时200公里的跑车速度向外扩散，当我和大同踽踽走在校园内时，就深深地体会到这一点。

赵大同认识的朋友、同学们会向他比出 thumbs up 的手势，或者直接吹出一长声的暧昧口哨，表达倾羡之意。

反观我的朋友、同学们就不那么友善了，他们多半会在我们身后窃窃私语；脸皮薄的，甚至会流露出一丝的同情，然后快步走开，而这些……赵大同似乎感受不到。

"我们去哪里吃饭？"他温柔地问我。

"随便……到视听教室吧！我有话对你说。"

赵大同有些狐疑地看着我，但我假装没看见，他也就默默跟过来。

正午时分，视听教室里空空荡荡的，大概一、两个小时都不会有人进来，可说是最好的谈话场所。

我找了个位子坐下，赵大同也挨着我坐下。

"咳、咳、"我刻意咳嗽两声，好调整适当的音量，"Simon……赵大同……嗯……"

"什么？"

"我想……也许……"

"有什么话就直说吧！"他有些紧张。

"你知道有些父母不赞成自己的孩子姐弟恋。"

糟糕！我还是开不了口，竟然先旁敲侧击起来。

他听完松了一口气，答："这个妳放心，我的父母很开明，只要我喜欢，他们不会阻挠。"

见此路不通，我赶紧找下一个出口，硬拗我的父母可能不会喜欢他这个专业，相对来说，金融或理工科比较吃香，毕业后找的工作也比较体面……

"妳也是这么想的吗？"他问。

"也不是……"我低下头，嗫嚅地答。

"那就好，工作不分贵贱，而且国外医护人员很缺，我们护理系毕业的，可说是百分百全就业，薪水也不差。老人家总是这样，担心这、担心那，害怕自己的孩子吃亏，但我会证明给他们看，妳不用操心。"

听罢，我一时无语，赵大同啊赵大同，我多么希望你能世故一点儿，难道听不出我的委婉拒绝之意吗？

此时古龙水先生的话在我耳边响起：**诚实为上策，快刀斩乱麻。**

我深呼吸一口气，猛的一个起身，向他鞠了个九十度的大礼："赵大同，对不起！"

他赶忙起身，慌张地问我这是怎么回事？

我把事情的始末全交待了，并尽量把江彩云描述得不那么可憎。

话说完，他直视我良久，我也胆怯地不敢再置一语。

"妳的意思是情书是妳代江彩云写的？"

我点头。

"而江彩云后来改变主意，结果张冠李戴？"

我又点了个头。

"原来是这样啊！"他似乎在思索什么，最终下了决定，"我很高兴妳对我坦白，我不会怪妳的。"

"真的？"我按耐心中的喜悦。

"嗯！"他给了我一个微笑。

天啊！那微笑就像蒙娜丽莎般的珍贵，我，终于解脱了！

孰料他接着说："我感谢因为这次误会，我们才有机会认识，这是上帝的安排，我们可以从头开始。"

什么？！我有没有听错？No.No.No.这不是我要的。

"赵大同，我……"

"从这几天的相处中，我相信妳对我已有一些认识，如果不讨厌我，我们还是可以继续交往，妳讨厌我吗？"他问。

"不……不讨厌。"我答。

他的脸上有欣慰的笑容。

"但……但我们还是做普通朋友比较合适。"

他的笑脸僵了，问我这是什么意思？

"就是……普通朋友……的意思啊！"说得我心虚死了。

"是不是……"他走上前，我自然而然地后退，"是不是我脸上的胎记让妳不舒服？"

我答不是。

"看清楚再说。"他大喝一声。

我哆嗦地张眼一瞧，那个胎记像一只青色的变形虫，整个糊在他的左眼上，看着的确有些恐怖。

"不是，不是……"我闭紧双眼，头也像拨浪鼓一样左右摇摆。

他看着我的窘态，突然噗嗤一笑："呵呵……呵呵……原来绕了一大圈，我还是那只丑陋的癞蛤蟆，呵呵……呵呵……"

"赵大同，你别这样……"我上前想安慰他，被他制止了。

"我不需要同情，妳走！"

我待在原地不知所措，他用力推我一下，我只好一步一回头地走出教室。

古龙水先生说过每个人都有承受被拒绝的能力，想必赵大同现在正承受着，然而为什么我也同样痛苦呢？

对不起，赵大同，我不是天鹅肉，所以你……当然也不是癞蛤蟆。

第三十二章/舍不得的是……

刚走进校门，一辆阿斯顿·马丁"NZ6666"便咻地从我身旁疾驶而过，直喇喇地开入学校停车场。

"毛太太怎么来A大了？"我心想。

带着困惑，我先到实验室转了一下，把培养皿加上营养液，重新放回观察柜里。

离开实验室后，我本来想直接去上《Botany》，突然忆起教授上个礼拜就调了今天的课，好和老婆一起去上两性关系课程，借以挽救濒临破碎的婚姻。也就是说，我有整整两堂课空出来。这可怎么办？我不想回家喝口水，再匆匆赶回学校上别的课，所以……

~

走进古龙水先生的办公室，我把文件调出来，刚校对了几行就听到屋外有成群男孩子的欢呼声。

"肯定进球了。"我心想。

新西兰人很迷橄榄球运动，这是一项非常野蛮的体育活动，没有壮实的身躯，恐怕无法承受那几百牛顿的撞击力。

我站起来想把窗户关上，好杜绝噪音，手一触及窗把，那两个人影便不偏不倚地落在我的视线范围内。

身着宝蓝色套装的毛太太和汤尼就站在南洋杉下交谈，两人都站得笔直，双手抱胸，一副山雨欲来之势。

"完了，他们正在摊牌。"我担心起古龙水先生。

如果这时候毛太太赏给他一巴掌，我想他也只能默默承受，毕竟自己有错在先，然而素质高的人处理事情就是不一般，毛太太非但没有武力相向，反而从乳黄色机车包里拿出一个牛皮纸袋交给汤尼。汤尼打开纸袋看过后，将它塞进背包里，从容离开。

我赶紧回位，不到五分钟，古龙水先生进入办公室。

"Hi."他匆忙和我打招呼，刚把背包放下，手机铃声便响起。

看汤尼拿起手机往外走去，我也蹑手蹑脚地尾随其后，只见他站在走廊尽头，正抑扬顿挫地与人侃侃而谈。

我默默回到办公室，眼睛死盯着桌上的背包，它就像宇宙黑洞般把我整个人给吸了进去……

等我再有意识时，那个黄褐色纸袋已然在手，此时古龙水先生的谈话声仍持续着，于是我打开纸袋一探究竟，赫然发现里面有好几沓粉色百元大钞。

这……这是咋回事？难不成毛太太也包养古龙水先生？ 不，不，不，这想法也太龌龊了，我的古龙水先生简直成了男女通吃的男公关。

"Ok, bye!"

听到汤尼与人道别，我赶紧把纸袋塞回去，然后若无其事地继续未完成的工作。

～

"可可，可可……"

老远我就听到他的呼喊声，但故意装作没听见，并且加快脚步。

"可可，妳走得好快啊！"莫亦辰终于赶上我。

我要他别跟死皮赖脸的人说话。

"可可，是我死皮赖脸好吗？007的情报也会出差错，妳就原谅我吧！再说了，线人现在已经被我浸猪笼了！"

"你是说江彩云被你浸豬笼了？"我边走边问。

"江彩云哪算线人？她顶多是始作俑者，早被我大卸八块喂狗吃了。"

我噗嗤一笑，停下脚步问他可舍得？

"有什么舍不得？我真正舍不得的是可……"

我赶紧把眼光收回，假装欣赏周边美景。

"我舍不得的是可……乐冰淇淋，现在就请妳吃，走！"

可乐冰淇淋是盛夏的消暑饮品，我思索着去还是不去，但莫亦辰不给我考虑的机会，迳自拉起我的手往麦当劳奔去……

第三十三章/奄奄一息

我们的小小公寓不允许养宠物，偏偏江彩云先斩后奏，抱养了一只超可爱的白色金吉拉猫。

"怎么办？妳说。"何丽一脸严肃地责问她。

"能怎么办？养呗！总不能把牠扔到大街上当流浪猫，若是这样，我们可丽饼就太可怜了，是不是啊？"江彩云对着一张无辜的猫脸说起稚气的傻话。

"可丽饼？妳怎么给猫取一个日本卷饼的名字？牠要是知道了，肯定恨死妳！"何丽突然搞不清楚状况地站到猫阵营那一边去。

"才不会呢！牠若知道牠的名字是来自云云最爱的两个大姐姐-可可和何丽，牠肯定高兴死了。"江彩云答。

乖乖，亏她想得出来，可可+何丽=可丽，加勺面粉打个蛋，就成可丽饼了。

"不行，不管可丽饼还是葱油饼，这个家不能养宠物，要是给房东或公寓管理员知道了，我们都会被轰出去的。"何丽斩钉截铁地说不。

"哎呀！何丽姐姐妳行行好，别让云云和可丽饼母子分离嘛！妳狠得下心把这个可爱的小东西驱逐出境吗？"她大打亲情牌。

此时的可丽饼也喵呜喵呜地谄媚起来。

何丽问我怎么想？

"No comment."我给了个模棱两可的答案。

我们的二房东思考片刻后，最终做了决定："听着，大房东或其他人若问起，我和可可一律回答不知道，这是妳的个人行为，后果自负！"

"这么说，可丽饼可以待在这个家啰？"小萝莉明知故问。

何丽装作一脸茫然的样子，转头问我："妳知道她在说什么吗？谁是可丽饼？"

江彩云无视何丽的出位演出，跑过来拥抱我俩，尖叫的声音响彻云霄。

我躺在何丽的床上，她把面膜撕开，说："妳乖乖躺着别动，这是一款最新型的面膜，用蚕丝胶原蛋白制成，能达到保湿痤痘的功能，妳最近脸上常长痘痘，用这款就对了。"

她小心翼翼地把面膜贴在我脸上，冰冰凉凉的感觉瞬间沁入心脾。

我不排斥偶尔美容一下，但要这么直挺挺地躺20分钟，还真无聊！还好何丽永远不会给人无聊的机会（尤其此时的我无法说话，刚好给她充分的话语权）。只见她毫不客气地大谈特谈，从校内谈到校外，从语言班谈到博士班，事件无分大小，时空无分界线，何丽一张嘴就像机关枪，嗒嗒嗒地扫射，什么相声，什么脱口秀，通通靠边站。

当我被她五雷轰顶，身上到处千疮百孔时，她忽然偃旗息鼓，话锋一转炒起冷饭来了。

"对了，妳给人家写了三、四十封情书，为什么我不是第一个知道？"她虎起眼来。

"江彩云说这是我和她之间的小秘密，不能让外人知道。"脸上还敷着面膜，我只能小幅度挪动嘴巴，很是吃力。

"我是外人吗？"她很不满，"原来在妳眼里，我还不如那个公主病，哼！"

"别这样啦！"我说着好话。

何丽挪动一下身子，很忸怩地说："那人家也不告诉妳赵大同的事，因为这也是个小秘密。"

我晕！何丽学江彩云说话很不到位，只能以"恶心"来形容。

"爱说不说。"我丢下一句。

其实我并不热衷听到那个人的消息。

沉默了几秒钟，还是何丽沉不住气，她说："算了，还是告诉妳吧！就当我是日行一善的童子军。赵大同，妳那个情书男主角，现在正躺在医院里奄奄一息呢！"

"什么？！"我一把撕下面膜，人也坐立起来。

"就在皇后医院。"她作了补充。

我愣了一下，慌忙跳下床，把脚塞进面包鞋后，夺门而出……

第三十四章／同情之罪

当我气喘吁吁地赶到皇后医院时，正好迎向一群刚探完病的学弟学妹们，我迅速躲到医院的大柱子后面。

没多久，那条粉红色泡泡裙像个特写般刺激着我的视神经，我赶紧呼喊她的名字，江彩云因此左顾右盼……

"Here.Here. 八点钟方向。"

小萝莉绕了个圈，终于看到我了。

等她一靠近，我立即拉她到角落讯问。

"这是怎么回事？"我问。

"什么怎么回事？"

"赵—大—同—"

"噢！就那么回事，人有旦夕祸福，花无百日红，人无千日好……"

"这么说是真的。"一阵悲哀涌上心头。

虽然和赵大同接触的时间不长，但他是那样单纯、内向而敏感，符合一个"弟弟"的形象，只是那种想保护他的情感不好拿捏，太冷漠似是瞧不起他；太热情反而被他误会为爱情或同情，以致进退两难。

"什么真的假的？"江彩云一脸茫然。

"何丽说他已经奄奄一息了。"

江彩云听完非但没有一丝哀伤，反而哈哈大笑起来，她说何丽真会加油添醋，赵大同不过是二度烫伤，虽然不能算小伤，但也没严重到见阎罗王的程度。

"原来这样啊！"我松了一口气，转问他是怎么烫伤的？

"听他的室友说，一个月前赵大同好像很缺钱的样子，一个人打三份工，除了在学校图书馆当助理管理员外，又当油漆工及火锅店服务员，这次烫伤就是因为身体过度劳累，在火锅店收拾餐桌时，迷迷糊糊捧起还热着的锅子，以致于……"

"他为什么需要打三份工？真的那么缺钱吗？"

江彩云答她不清楚，要我亲自去问，现在还是会客时间，快去！

～

走进A102房，里面有六张床位，彼此用帘布隔开。由于现在是会客时间，大部分的帘子都被打开了，我很快发现穿着蓝色病号服的赵大同，他正望着窗外出神。

"Hi."我微笑着和他打招呼。

"……Hi."他没料到我会来，打完招呼，一副手足无措的样子。

"你好吗？我听说你……病了。"

"嗯……坐吧！"

他想下床帮我拿把椅子，突然意识到自己的双手正被白色绷带缠绕着，可说是力不从心。我赶紧拉把椅子坐下，免得他尴尬。

"你的手还好吧？"我问。

"嗯！没那么疼了。"

"那就好。"

"妳的功课忙吗？"他问。

"一般。这里的伙食怎么样？"

"还可以。"

"要不，下次我带点儿水果给你。"

"不用了，这里提供水果。"

该问的问，该答的答，很快我们就陷入无话可说的窘境。

"可可……"沉默了一会儿，赵大同开口了。

"什么？"

"没事。"

"没关系，你说，我听着。"

"如果……我是说如果，如果我脸上的胎记没了，妳是不是……是不是愿意给我一次机会？"

原来这就是他打三份工的原因，我的心揪了起来。

虽然一个人的外表很重要，但没重要到以命相抵，何况……何况胎记不是我拒绝他的惟一理由。

我保持沉默，希望我的冷漠能让他了然于心，可是……

"以前我总以为人的外貌不那么重要，只要读好书，找份好工作，寻找另一半不是问题，但现在我发现外貌还是挺重要的，尤其我喜欢的对象是个美女，彼此的落差就更不能太大，否则人言可畏，女孩子会受不了的。"

赵大同竟然以为我在乎别人的眼光，所以拒绝他，我不得不灭了他的希望，表示自己已经有喜欢的人了。

"妳喜欢的人也同样喜欢妳吗？"他的眼中闪过一丝痛苦。

这真是个难以回答的问题。

"我相信他也喜欢我，只是他自己还不知道。"我如实回答。

"那么在他知道之前，妳可以给自己一个机会去知道喜不喜欢我。"

我听了很为难。

"只要三个月，三个月后如果妳还是无法喜欢我，我会默默走开。"

我摇摇头说行不通，他很好，可惜不是我的菜。

"我知道了，即使我再怎么努力，妳也看不上我。好吧！就这样，不会比这个更糟了。"

看他一副失魂落魄的样子，让我很内疚，此时此刻还是"走为上策"。

"很抱歉我得走了，有空再来看你。"

我一起身，赵大同突然用嘴巴去撕咬他手上的绷带……

"你干什么？"我惊叫一声。

"不用妳管！"

他试了几次，依然咬不开绷带，遂举起受伤的手捶打身后的墙壁，那可是锥心的疼啊！

我求他别再自残了，他反问我有过心痛的感觉吗？现在的他心痛到麻木，只有透过身体上的疼痛，才能感觉到自己还活着……

啊！这不是我曾有过的感受吗？看着赵大同，我忆起那个曾经心痛欲绝的我。

"哎！他要的不过是一个机会，给他三个月的时间不过分吧？！"我想。

软弱的我再一次在同情面前低头……

第三十五章/自由的响往

坐在"Blue Cat"的吧台，我叫了最烈的苦艾酒。这种酒呈绿色，由于酒精浓度太高，调酒师往往会加入冰块，加了冰块的苦艾酒呈乳白色，口感清新而略带苦味，正适合我现在的心情。

穿着粉红色兔女郎服的何丽觑了个空，偷偷跑过来陪我聊天。

"妳就这么答应赵大同给他三个月的时间？"何丽问。

我用力点一下头。

"真是爱心人士，应该颁个奖牌给妳。"

"呵呵……呜呜呜……呵呵呵……"我一会儿哭，一会儿笑，像个疯子似的。

"妳这是怎么了？巴巴地跟人签了三个月的卖身契，现在又巴巴地后悔了。"何丽拿起我的苦艾酒小啜一口，马上伸了伸舌头，"真苦！"

"哈！没错，是苦，吃得苦中苦，方为人上人，Attention，何丽现在是人上人了……"我对着满屋子的外国人用普通话嘶吼起来。

"别发酒疯了……真丢人现眼……"

何丽的声音渐渐远去，四周围的影像也越来越模糊……

刚一起身，头疼得紧，我捂住太阳穴。

"醒啦？赶紧收拾一下吧！今早有课吗？"何丽捧着一锅东西进来，"也不知道管不管用，看韩剧里醉酒的人都喝豆芽汤解酒，妳喝点吧！头疼很难受，我知道。"

她舀了一碗汤给我，接过碗，我问昨晚是不是她带我回家的？

"怎么会是我？我还得上班呢！"何丽也就着锅子喝了一口，"好像太淡了，应该多滚一下。"

见我还在等答案，她答是莫札特啦！除了他，还有谁会24小时为我待命？

"妳没跟他说什么吧？"我突然紧张起来。

"能说什么？他知道妳跟人家签了三个月的卖身契，心碎了一地……"

"哎！妳怎么……"

"这种事还是先挑明了说，免得又误会了，再说，妳只是当赵大同三个月的女朋友，又不是嫁给他，莫札特还是有希望的。"何丽答。

我突然觉得心酸，心理上，我依赖着莫亦辰，希望他是我的影子，如影随行，但真正能左右我喜怒哀乐的却是古龙水先生。我是如此自私，既要汤尼的吻，又要莫亦辰扶持的手，这对莫亦辰既不公平也不厚道……

"要我说，妳就别再想汤尼了，汤尼是毛先生的，莫亦辰才是妳的真命天子，至于赵大同……我倒觉得是颗隐形炸弹，妳想啊！他现在会用自残的方式留住妳，三个月后，指不定会用更极端的方式对付妳。"

我要她别吓唬我。

"谁吓唬妳？我这是理性分析，也怪妳，一副软心肠的模样，赵大同就吃定妳不会拒绝他，换成是我，他肯定不敢如此放肆！"

我忽然羡慕起何丽，她总是拿得起放得下，永远知道自己要什么，别人无法把条条框框强加在她身上。

见我不言语，她话锋一转站到中立的角度："其实也难说啦！搞不好三个月相处下来，妳突然发现自己爱上赵大同，非他不嫁，什么古龙水先生，什么莫亦辰，通通成了过眼云烟。"

"何丽，妳少气我了！"

"好吧！就当我痴人说梦吧！不过万事皆有可能，不要太笃定了。"她站起身来，"汤妳慢慢喝，我上课去了。"

她走了，我也起床准备迎接新的一天。

没错，万事皆有可能，三个月一过，我会真正解脱，像只鸟，自由自在地在空中翱翔……

第三十六章/读心术

何丽说既然我是被迫接受协议，那就别怕玩阴的，她教我一个不太厚道的法子-玩失踪。

我和赵大同的契约从六月中旬开始到九月中旬结束，她建议我在这段时间内"人间蒸发"，尽量拖到最后期限，然后等着大方跟他拜。

他若想继续纠缠，还有个好的时间点，那就是九月底到十月初是学期末考试，大家都会很忙（想必他也是）。等到考试一结束，他回头找我时又恰逢十月假期，在这二十多天里，我可以躲到新西兰的其他城市去，直到十月底才回学校，这时赵大同肯定等得不耐烦，老早将我从记忆中消除。

方案一敲定，我整个人又生龙活虎起来，仿佛一切又有了盼头。

$\sim$

我躲了赵大同三个礼拜，但人算不如天算，这一天还是被他堵在校门口。

"Hi."他从圣诞红粗大的树干后现身，着实吓了我一跳。

我非常不自然地和他打招呼。

"好不容易终于见上面了。"他说。

怎么觉得话中带刺呢？我沉默以对。

"有没有觉得我哪里不一样？"他微笑问我，态度好多了。

隔了三个礼拜再见赵大同，他双手的白绷带已卸下，身材还是瘦高的，皮肤还是白皙的，眼镜还是从前那一副，没变，就是说不上哪里不一样。

等接触到他眼镜后的一双眼睛时，我才明白，原来他做了激光手术，胎记明显消失了（如果不细看的话）。

"你做了激光手术了？效果不错。"

"是的，一位老乡借我手术费用，我也觉得做得挺好的，手术很成功。"

"恭喜你了。"

"谢谢，这是为妳做的。"

本来我还为一个学弟容貌上的改变而欣喜，没想到他的一番话又无情地把我打入深不见底的地狱中。

"我已经信守诺言把那个丑陋的标记给去除掉，所以妳也应该信守妳的诺言。"他接着说。

"我的诺言？"

"是的，妳应该还记得妳是我的女朋友，我们应当多花时间在一起，不是吗？"

我还想做最后的努力，说服他放弃这个念头，但他很快看了一眼腕表，抢着说："妳大概得赶着去中国城打工，我送妳过去，嗯？"

≈

赵大同送我去打工，顺便就待在日式餐厅里，而且一反他内向的个性，主动和我的同事打招呼、攀交情，等到离店时，他已然成了我名副其实的"男朋友"了。

≈

回家的路上，一路无语。

已经是冬天，冷风吹来不禁让人打了个寒颤。赵大同把他的大衣脱下披在我身上，我没有推辞，因为推辞也没用，他的爱带有强制性，容不得你说不，这让我已经冰冷的心又突地降下好几度C.

"明天我们一起吃午饭？"他说。

表面上这是个问句，本质上已经成了命令句。

"......嗯！"我已经没有选择的余地。

"我去白楼311室接妳，妳上生物化学。"他又说。

我停下脚步，狐疑地看着他。

"噢！我把妳上课的课程表都背下来了，这样就不怕到时找不到人，我们已经没剩多少时间了。"

我以为感情的培养是日积月累，而不是像赶集一样马不停蹄。

见我脸上有不豫的表情，他赶紧说明："我也不想这样，但一开始我的双手不方便，找妳又找不着，接着我跟整型医生约了时间，等到手术完成，三个礼拜转眼就过去，现在只剩下两个月多一点儿的时间，如果妳又像之前一样玩失踪，我如何让妳更了解我呢？"

说得合情合理，但听得我脸上讪讪的，这下子我可真的成了失去自由的人犯。

"要不……"

"要不怎样？"听他这一说，我的内心又燃起希望。

"要不我们把约定的时间延长，这样就不会太赶。"

Oh no！千万使不得。

"不……不需要，两个月的时间足够让我了解你。"我赶紧给他吃定心丸。

"那么妳不反对在这段时间里，我们多花时间在一起？"

"不反对。"我答得非常干脆。

赵大同非常满意我的回答。

我心想："只要不延长约定时间，什么都好办。"

到了公寓门口，我恨不得赶紧跟赵大同说Bye，但他开口了。

"可可，我很抱歉之前留给妳一个坏印象，做了一些很任性的蠢事，那是……那是因为我太在乎妳的缘故。妳就像个光源，我就是飞蛾，妳不能责怪飞蛾扑火，那是飞蛾的天性也是宿命。"

我很讶异赵大同会做如此的表白，不像在医院时玩自残的幼稚男孩，现在反倒像个成熟男人。

他往前一步靠近我，柔声地说："可可，妳是个没主见又过于软弱的人，很容易受伤害，妳等着，让我来拯救妳！"

我想拯救古龙水先生的誓言还言犹在耳，现在反倒要被别人拯救？

"相信我，我会给妳幸福，我会让妳快乐，以前的事情我们把它忘记，重新来过。"

当他把这句话也说出来时，我瞬间回到那个大雨滂沱的夜晚，自己也曾经这么跟古龙水先生说过。

"赵大同……"

"嗯？"

"为什么你说的话我是如此熟悉？"

"因为……因为我有读心术，能把妳心里想的都摸了个透。"
他给我一张狡黠的笑脸。

我当然不相信他真的有读心術，但不得不重新审视眼前的这
个大男孩，他和我一样有股痴情的傻劲。

何丽说得对，万事皆有可能，我突然觉得心与他靠近许多，
那个丑陋的胎记不见了，癞蛤蟆也不再是癞蛤蟆……

第三十七章/我会毒死牠

可丽饼已经毫不客气地把我们的小小公寓当成自己的家，而且活动范围也从江彩云的房间扩大到客厅、厨房、浴室、洗衣房甚至何丽和我的房间，所以当我打开衣柜看见牠把我的长大衣拉扯下来当牠的温暖被窝时，真是既好气又好笑。

"可丽饼，你给我出来！"我两手叉腰，故意摆出一副主人的架势。

然而那个可恶的家伙只是将身子挪动一下，又继续好眠，连眼睛都没张开呢！

因为赶着出门上课，外面又寒风凛冽，我需要长大衣暖身，遂伸手去取，哪知那个平常可爱乖巧的猫因我抢走牠的被窝，尖叫一声后，以迅雷不及掩耳的速度在我的右手虎口处结结实实地咬上一口，顿时鲜血直流。

我捂住痛彻心扉的伤口，有那么几秒钟完全不知所措。

闯下大祸的可丽饼却丝毫不感愧疚，牠拉长身子，伸了个懒腰，然后仰头踩着优雅的步伐离去。

还好我没有迷糊太久，身上的紧急机制及时启动："这只猫刚抱养不到两个月，也没听说小萝莉带牠上医院打过预防针，所以很可能牠是多种病菌的携带者……这么说，那些乱七八糟的脏东西此时正在我的身体里到处流窜。"

想至此，我害怕极了，捡起长大衣，匆匆往学校医务室奔去。

医务室里的年轻医务员在得知我被猫咬后，先用生理盐水反复冲洗伤口，然后涂上碘酒。

他问我家里的猫是否打过狂犬疫苗？我答不知道，他给了我一个快晕倒的表情，我抿抿嘴，委屈至极。

这时候赵大同和他的一位女同学刚好走进医务室，手中抱着几本日志。他一看到坐在病床上的我，赶紧放下手中物飞奔过来。

"怎么了？"他关心地问。

"被猫咬了。"

"严不严重？"他把我的右手小心托起，张大眼睛观察，"咬得满深的，打针了没？"

我摇头答不知道。

"妳自己有没有打针怎么会不知道？"他很迷惑。

"噢！我以为你问猫打过针了没？"我的眼光投向那个医务员，"他只帮我冲洗伤口及涂碘酒。"

"这不行。"

赵大同走过去和医务员耳语一番，我听见后者说免疫球蛋白没了，现在只有血清，而血清并不适用所有人，有人会过敏，于是赵大同建议先做微量测试。

噢！不，我从小就怕打针，看医务员拿着那管可怕的东西走上前来，好比把我推向断头台般的恐怖。

赵大同见状，握紧我的手，不时在耳边低语："不痛，不痛，忍一下就过去了。"

没想到打完针不到五分钟，我的脖子便开始发痒，越挠越痒，等赵大同发现不对劲时，我的脖子已经红肿得像煮熟的虾子。

"妳对血清过敏。"他下结论，然后起身。

我问他去哪儿？

"去拿免疫球蛋白。"他头也不回地走了。

从医务员的口中得知，赵大同得从奥克兰中区风尘仆仆地赶到东区的某家医院去取。我很好奇他是怎么去的，等他气喘吁吁地赶回来时，我终于知道了。

"外面很冷吧？"我突然觉得心酸。

"还好。"

"一定很冷。"

赵大同的脸颊被风吹得红仆仆的，只有双眼因戴上眼镜挡住了风，所以还呈自然的肤色，但这样反而显得怪异，像个小丑似的。

"你骑摩托车去的，对吧？"我问。

"嗯！临时借不到私家车。"

我真诚地向他道谢。

"不用谢，因为......妳是我的。"

他笑了，我却开心不起来。

~

回到家，刚好看到可丽饼正躺在窗户下晒太阳。

我一股气上來，就因为牠，我无端受罪，牠倒好，悠裁悠裁的。

"臭小子，被你害惨了！"我将牠凌空拎起，然后對著那張邪恶的猫脸谩骂起來。

"怎么了，怎么了，干嘛骂我的可丽饼？！"江彩云从房內冲出，一把将猫救下，可怜兮兮地说，"心疼，心疼死妈咪了，可可阿姨欺负我们可丽饼，她坏死了！咱们别理她。"

我的室友边抚摸猫边指责我，完全一副不明事理兼宠坏小孩的模样。

"看看这是什么？"我把右手掌伸过去来个物证，"妳的猫咬了我一个大口子。"

江彩云撇开脸，嫌恶地说可丽饼才不会乱咬人，一定是我先惹毛牠的。

"什么？！妳的猫跑到我的衣柜里筑巢，我赶牠走不对吗？"我气急败坏地质问。

"就是不对！妳的房租是我付的，所以妳的房就是我的房，我儿子在妈咪的房里怎么了？还轮不到妳下逐客令！"

听得我火冒三丈，当初是她硬要帮我付房租，现在我反倒成了寄人篱下？

哎！也怪我，抵挡不住小萝莉的甜言蜜语，塞还给她的房租被退回来几次后，我也不那么坚持了，反而把多出来的钱拿去买新电脑，现在人家毫不留情地说我住的房是她的，我也无话可说。

"江彩云，话跟妳挑明了说，下个月开始，我的房租不劳妳费心，以前代付的部分，我会陆续还妳！"

"随妳！"

她的不受教让我更加光火，我警告她以后别让可丽饼进我的房間，否则……

"否则怎样？"她往前一步，"妳敢？！"

"否则我会毒—死—牠—！"我愤恨地说。

江彩云听了害怕地抱紧她的可丽饼。

我无视她的造作，大踏步走回房内，将门一甩，懒得理房外那对面目可憎的"母子"。

第三十八章/双重人格

听说莫亦辰的父母即将从中国飞过来探视他，等学校十月份的假期一到，全家便要在新西兰做二十多天的环岛旅行，届时江彩云也会做陪，刚好能挤进莫亦辰那辆四人座的TOYOTA里。

我好羡慕莫亦辰不久就能见到他的爸爸妈妈，我想我的爸妈是不可能有机会来新西兰，不说机票、酒店钱对我家是个不小的负担，环岛旅行就更别提了，爸妈去过最远的地方也不过是到上海溜了个弯，而且匆匆只待了两晚，因为得赶回去替一对新人拍婚纱照，就是乡下那种土土的，笑起来特假的24吋样版式照片。

爸妈的照像馆在浙江的小城镇上，已经风雨无阻地屹立二十多载。

～

因为签了"卖身契"，我好像和莫亦辰陌生了许多，好几次我和赵大同走在一起碰巧遇到他，他不是低头匆匆走过，就是打老远就绕道而行。

哎！能怎么办？与人订下口头约定，我已非自由身，现在说什么都枉然，还不如不说。

回过头来看赵大同，虽然相处过后我不再那么排斥他，但也没像何丽所说的，万事皆有可能地爱上他。

我每天都在细数还有几天就自由了，在自由来临的那一天，我要坦然地站在莫亦辰面前告诉他—我想念他。

由于再过一个礼拜契约就期满，我对赵大同格外的友善，简直到了有求必应的程度。他说吃西餐，我不敢说茶餐厅比较对味；他说一起到图书馆念书，我不会找理由说家里的脏衣服等着我洗；他说碧绿的颜色适合我，我不会说那是军服的颜色，我穿起来像个铁甲武士……

"妳怎么了？"

"什么怎么了？"

"妳越来越迁就我了。"

"有吗？"我装傻，心想还剩七天，迁就你也无妨。

他紧接着问我为什么笑？

"我笑了吗？"我捂住脸颊反问。

"妳笑了，很开心的样子。"他皱起眉头。

我答可能今天天气好的缘故。

"不是，是别的原因。"

"你就别问了，我们还有一个礼拜的时间，你想去哪里？我陪你。"

赵大同停下脚步，表情严肃地说："原来这就是妳开心的原因，妳每天都在细数还剩下几天好能离开我。"

被他瞧见心里的秘密，我很尴尬。

"妳到底有没有良心？我对妳还不够好吗？"他愤恨地说。

"不是的，"我拼命摇头，"你对我很好。"

"但是妳没有爱上我？"他痛苦地问。

我咬咬牙答没有，他瞬间像只泄了气的皮球。

"我们还是可以成为很好的朋友。"我赶紧表明心迹。

他撇撇嘴："妳的男的朋友还不够多吗？莫亦辰、汤尼、还有……还有谁？妳这个婊子！"

"赵—大—同—,你说的什么话？"我气得发抖。

"人话，好歹我还是个人，懂得投桃报李，不像妳，把人的感情当个屁！玩弄于股掌间。"

我的心突地跳到喉咙，眼前的赵大同不再是说着"飞蛾扑火"故事的痴情男人，也不再是那个着急赶去拿免疫球蛋白，以致双颊红得像小丑似的傻小子，现在的他反倒像极了待在医院时玩自残的任性小孩，我感到莫名的恐惧。

"……他现在会用自残的方式留住妳，三个月后，指不定会用更激烈的方式对付妳。"何丽的话言犹在耳，给我敲了一记警钟。

"妳走吧！我不想再见到妳！"他撇开脸，嫌恶地下逐客令。

契约提前被解约，我应该感到高兴，但隐隐约约总觉得有哪里不对劲，就这么结束了？似是不太真实。

～

"他有双重人格。"何丽听了我的描述后下结论，"这是一种严重的心理障碍，具体指一个人有两个或两个以上相对独立的人格。"

见我还是一副似懂非懂的表情，她接着举例说明："譬如一个人人称赞的好人，很可能也是杀人不眨眼的恶魔，他们共用一个躯体，彼此独立也彼此不相识，你不知道他什么时候是好人，什么时候又变成恶魔……嗯！这样说也不对，这两种人格其中一个是显性，另一个是隐性，当无大事发生时，隐性的那个便会躲起来，只有当诱因出现时才会取代显性示人。"

"怎么办？何丽，我感到害怕。"我忧心忡忡。

"怎么拌？凉拌！"见我对她的笑话没反应，她收起轻浮的态度，"我认为妳还是离他远点儿好，越远越好，他不是说不想再见到妳，妳就遂了他的心意，或许……或许他的双重人格没那么严重，所以……所以妳自由了！"

我还是一脸忧郁，她拍拍我的肩膀，说："嘿！自由了，该开心地大笑三声。"

看何丽兴致盎然，我不忍泼她冷水，便悽惨地呵呵呵笑了起来。

"这哪里是笑？比哭还难看，来，让我帮妳一把！"她跳到身后给我挠痒痒。

我试着挣脱却也忍不住笑出声来，慌乱中，两人一起滚进她的床。

当我们并肩躺在床上大喘气时，何丽有意转移话题，开始谈起最近新认识的意大利八百磅种马，在床上威力十足，一触即发……

她谈得兴起，口沫横飞，而我却还在那副黑框眼镜后的小眼睛里，不住地抖着……抖着……

第三十九章/丧子之痛

每隔几个月，我们的小小公寓总会有那么几天非常安静，一向三分钟热度的我，坐在书桌前手不离卷；一向男朋友不断的何丽，坐在书桌前手不离卷；一向热衷采购的江采云，坐在书桌前手不离卷……没错，期末考试到了，我们都陷入磨刀霍霍的紧张气氛中，誓在"不亮也光"。

考试进行一个多礼拜后，何丽和江彩云也陆续结束煎熬，开始做放假前的庆祝活动，不是在夜店里玩个通宵，就是毫无节制地疯狂血拼，可怜的我还剩下最后一科才能逃离水深火热之中，真是命苦啊！

"叮咚！"

我还在《Pest Control Science》里和那些虫子难分难舍，突来的铃声让人好不心烦，我决定来个耳不听为净，但那铃声却誓不甘休，非常有毅力地一声接着一声。

奇怪，怎么何丽和江彩云都成了聋子？

我忽然忆起昨晚何丽又带回来一匹马，在床上驰骋了个把钟头，吵得我精神快崩溃，到了凌晨两点才施恩般地让人耳根清净，现在应该还在补眠当中吧？！至于江彩云……这几天她一直处于亢奋当中，因为莫亦辰的爸妈已经来到新西兰，就住在市区的SOFITEL五星级大酒店里，小萝莉想当然尔会发挥粘人的功夫，想来这会儿应该是与她未来的公婆如影随行吧？！

既然那两人无动于衷，不讨好的工作当然又落在我头上。我把笔往桌上一扔，急匆匆跑去应门。

"Are you Miss Zhang?"快递人员手里拿着一个小包裹，问我是不是张小姐？

因为曾经收错包裹，到现在还心有余悸，我不放心地反问是张小姐还是江小姐？

他低头确认后，答："Miss Zhang."

接过包裹，我很快又看了一眼收货人，果然是我，于是大笔一挥，签收了。

拿着包裹进房，虽然考试在即，但还是抵不住好奇心的驱使，我动作麻利地撕开塑料袋，里面躺着一个深褐色的盒子，盒面上有烫金英文字母DL。

任谁看到盒子都会有一探究竟的欲望，我因此看到八条条状巧克力，上面有DELAFEE的印记。我想起来了，电视的美食频道曾经介绍过这款瑞士最著名的高档巧克力，每磅售价五百多美元，是用食用黄金和黄金酒制成，绝对称得上是甜品界的爱马仕。

"谁会送我这么昂贵的巧克力？"我边想边拆开随附的卡片。

"我最亲爱的光源：妳写了34封情书给我，我一封都没回，现在我也写情书给妳……爱妳的飞蛾敬上。"

一读到抬头，我便已猜出是赵大同，欣喜马上转变成烦躁。

他在信中重申爱我的心意不变，并且诚心地对上次的口不择言致歉，还说本想提早表达歉意，但临近考试，他不愿占用我的宝贵时间，所以迟至今日才道歉。如果我原谅他了，考完试请在学校大门口的圣诞红树下等他，他会给我惊喜……

惊喜也好，惊吓也罢，我再也承受不住！

我毫不犹豫地把卡片扔进字纸篓里，转头看到昂贵的巧克力，这次我犹豫了一下，最后还是咬咬牙，全扔了。

走出考场，我下意识往左拐，当看到那棵头顶着红叶的圣诞红时，心差点儿跳出来，赶紧往回走，这下子我得多花20分钟才能到家。

"可可，可可……"

还好不是赵大同的声音，我停下脚步。

"妳怎么走后门？走大门比较快。"莫亦辰赶上我。

"噢……我想吃印度咖喱。"

学校后门有家印度咖喱店，提供经过改良，物美价廉的咖喱鸡肉、咖喱豬肉、咖喱虾等，配上热腾腾的香米饭，真是人间一大美味，可惜就是没有咖喱牛肉，因为店主信奉印度教，牛被视为"如意牛"，是圣兽，不得宰杀。

"我也想吃印度咖喱，我们一起去。"他说。

和莫亦辰走在一起就是不一样，天特别蓝，空气特别清新，我不用伪装，也没有压力，就是一种……一种平凡的幸福感。

"莫亦辰……"

"什么？"

"我……想念你。"我终于把那句话说出来，感觉耳根发烫。

"我也是。"

我转头看他，他也看着我，我们相视而笑。

我一进门就看见江彩云，她坐在客厅里，桌上有一堆大大小小的购物袋。

"可可姐妳回来了，快来看我的礼物，婆婆买给我的。"她动手撕开一个包装袋，"明天我们就要度假去了，婆婆说多买几件路上穿。"

我走过去看了一眼新衣服，果真是小萝莉的品味，糖果色、蕾丝、珍珠扣……这类衣服打死我也不会穿。

"很不错，挺适合妳的。"我把话说得尽量符合原意又不伤人。

刚要进房，何丽也开锁进屋，这是怎么回事？才下午三点，三个室友全到齐了。

"何丽姐姐妳也回来了，快来看我的新衣服！"

何丽无视江彩云的炫耀，一脸紧张地对我说："瞧见没？赵大同就在楼下。"

"什么？！"

这一惊非同小可，我赶忙奔向阳台往下一探，那个阴魂不散的人果然在那儿，似乎想觑个机会溜上来，这如何是好？

"Hi,赵大同,你怎么不上来？"小萝莉对着楼下嚷嚷起来。

我和何丽慌忙将她拉下，拖着离开阳台。

"怎么了？这是。"江彩云一站稳便一脸不高兴地质问。

我推了她一把，问她干嘛大呼小叫的？

"人家跟赵大同打招呼怎么了？"

"妳不可以跟赵大同打招呼，"何丽抢着说，"可可现在躲他都来不及。"

"为什么呀？"

我正要制止她发问，没想到赵大同此时按了楼下对讲机，把我给吓得⋯⋯

"怎么办？何丽。"我发出求救信号。

何丽思考了一下，答："闹空城计吧！别应门，假装无人在家。"

门铃声持续一分多钟后终于停歇，警报暂时解除。

"江彩云小姐，可可现在在躲赵大同，请妳看在室友的情谊上，别给她添乱，好吗？"何丽很有耐心地说。

"我什么时候给妳们添乱了？都是妳们给我添乱。"她嘟起嘴，转身离开。

～

我神情恍惚地进入房间，和衣躺在床上。

"赵大同什么时候才会放过我？"

"他在楼下会待多久？"

"我总不能不出门吧？！"⋯⋯

就这么东想西想，我竟睡着了，醒来已近黄昏。

"哎呀！打工时间到了，我也该准备准备。"我赶紧起床。

打开衣柜，我发现可丽饼又把我的长大衣拉扯下来当牠的被窝，顿时勃然大怒。

"可丽饼，你给我出来。"我双手叉腰怒视牠，牠照样对我不理不睬。

本来想一脚把牠踹出去，但一想到牠发起威来的凶猛样，我可不想连脚也被牠咬上一口。

"对了，把牠的妈咪叫来，看江彩云还有什么话好说。"我有了主意。

江彩云在睡梦中被我半推半拉地来到我房间，已经憋了一肚子的气。

"可丽饼，来妈咪这里，我们回房睡觉觉……"她半眯着眼睛说话。

没想到可丽饼连牠的妈咪也不理睬。

江彩云无奈蹲下身，手一踫触可丽餅，突然像触电似地弹开。

我问她怎么了？她不理会我，上前将可丽餅翻转身来，似乎想确认什么。

过了几秒钟，她慢慢起身，眼光带著杀气。

"可—丽—餅—死—了—"她一个字一个字地吐出來，仿佛一把又一把的飞刀向我射來。

"怎么会？"迷迷糊糊中我问了一個傻问题。

这似乎更惹怒她，只见她握紧拳头向我走来，似要一解丧子之痛……

第四十章/待宰的羔羊

"妳说过如果可丽饼再进妳的房间，妳就要毒死牠。"江彩云一步步向我逼近，而我不由自主地往后退。

"那……那是气话。"我辩解。

江彩云答那不是气话，因为可丽饼真的死了，是被我害死的。

"不，不是，我什么都不知道。"我拼命摇头。

"就是妳，妳这个凶手，我要妳偿命！"

她很快抓住我的长发，往下用力一扯，我忍不住哀嚎一声，她非但没有停止，反而举起脚往我的腰际猛踹下去。

疼痛加上气愤，我彻底被激怒了，劈头抓了她一脸。

"好呀！妳还有脸反抗？看我不打死妳才怪！"她说。

接着所有狗血剧里的混乱场面，我们都经历个遍，从床上打到床下，从房间打到客厅，她是拳拳不留情面，我则出手就往死里打，连赶来劝架的何丽也无端遭殃，不得不动手反打我俩，直到我们都动弹不得为止。

"这是怎么回事？好端端地干嘛打起架来？"她问。

"那个贱货把可丽饼搞死了……刽子手、杀人魔王！"江彩云歇斯底里地嘶吼着。

我除了否认，别无他法。

"在哪里？"何丽的意思是尸体在哪里？

"在我衣柜里。"我答。

何丽冲向第一现场，我和江彩云也紧随其后。

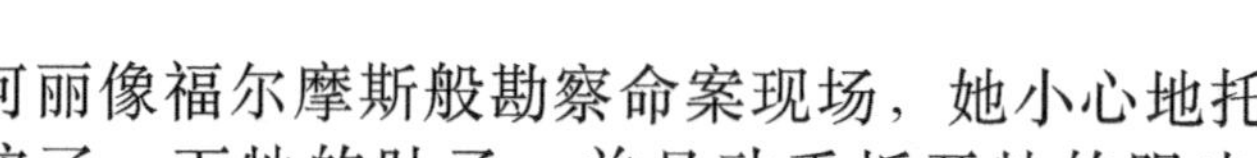

何丽像福尔摩斯般勘察命案现场，她小心地托起可丽饼，按了一下牠的肚子，并且动手扳开牠的眼皮，末了摇摇头，仿佛承认牠已死亡的事实，接着站起来仔细观察我的房间，似乎想找出一些蛛丝马迹。

不一会儿，她的眼睛发亮，蹲下身捡起一小片金色包装纸，闻过后，问这是谁的巧克力？

"我的……也不是我的，今天早上快递送过来的……赵大同的……他送的……"我语无伦次地答。

何丽又捡起更多张包装纸，我心里纳闷，怎么只有包装纸？巧克力哪里去了？

她终于在字纸篓里发现了那个深褐色礼盒，上下翻看一下后，开始阅读起盒底的英文说明。

"Delafee巧克力含食用黄金和黄金起泡葡萄酒，也就是说除了一般巧克力会有的可可碱和咖啡因外，又多了食用黄金和酒，嗯……"她作沉思状，"我对宠物不是很了解，但高中时有个同学家里养宠物，她告诉我不能给猫狗喂食巧克力，因为里面的成分会让牠们中毒。"

"我没喂可丽饼吃巧克力。"我赶紧声明。

何丽忽然想起什么，开始研究起地板。

"妳们瞧，地上还有些许呕吐物，一直延伸到衣柜，"她的头往衣柜内伸去，"可可的长大衣上还有白色泡沫，也就是说可丽饼对巧克力和酒都分别做出反应，呕吐是因为中毒，口吐白沫是因为身体无法过滤或排泄酒精，可怜，双重作用下，这只猫必死无疑。"

何丽读的是食品营养系，她的这番理性分析兼专家口吻本应得到表扬，不料却将我往无尽的深渊推去。

"妳是故意的，"江彩云愤恨地对我说，"妳知道可丽饼会进入妳的房间，所以故意把巧克力放在牠拘得着的地方，牠又贪吃，所以……所以妳成功毒死牠了，呜呜呜……"

江彩云编派一些莫须有的罪名指控我，而且信手拈来毫不费功夫，我赶紧又否认。

"怎么不是？亏妳还舍得用这么昂贵的毒品，又是黄金又是酒，不把可丽饼毒死誓不甘休。"

何丽打圆场，说我不是这种人，这件事纯属意外。

"不是妳的猫，妳当然don't care，而且妳老早就不同意我养猫，这下子遂了妳的心意了吧？！"没想到江彩云将矛头一转，开始炮轰无辜人士。

何丽意外没有反击。

"我不管，可可得走，而且马上！"

"为什么呀？"我和何丽同时大喊起来。

"还问为什么？这是我的房，我付的房租，现在我不高兴收留一个杀人犯，所以可可得走。"

江彩云竟然把可丽饼视为"人"！

"怎么会是妳的房？房租虽然是妳付的，但当初可没人强迫妳，一个愿打，一个愿挨，怨不得人。"何丽持平地说。

我真爱死何丽了，她是正义的化身。

"好，不走是吧？！"江彩云一个转身，跑回房间。

不到十秒钟她出现了，手里拿着手机，边走边按，说："我报警，就不信……"

何丽赶忙一个箭步夺下，但111的号码已发出，我听到手机那端传来"Hello"的回应声。

还好何丽反应快，匆忙挂断，我正庆幸她的动作及时，她却一脸忧郁："糟了，出大事了。"

从何丽口中得知，新西兰的报警系统非常先进，即使报警人没有说出详细地址，警方还是可以通过卫星网络定位，查出手机发出讯号的位置，虽然不能具体到某一层某一室，但要查出哪一栋易如反掌。

"我们还有十多分钟。"何丽说。

本来我还想如此一来，正好还我清白，其实不然。

"前几年有个新西兰人开车故意撞死一只羊，照中国人的逻辑，只要赔偿羊主人的损失，这件事就算了结，但法院认为这个人'主观意识'想置羊于死地，所以除了金钱上的赔偿外，还锒铛入狱好几天。"何丽转向我，"可可，妳不想入狱吧？！妳不想一辈子背负罪犯的罪名吧？！"

我把头摇得像拨浪鼓。

"妳想想新西兰人连一只羊的羊权都这么重视，就更别提集千万人宠爱于一身的猫狗了。"

我点头如捣蒜。

"还有，妳～"这次何丽转向江彩云，"这栋公寓不能养宠物妳是知道的，闹开了，妳会被轰出去。"

江彩云冷哼一声。

"妳想定可可的罪也行，法律流程繁琐又费时，既烧钱又闹心，几个月后也许能把可可送进牢里，但扪心自问，妳觉得值不值？"何丽接着说。

"妳的意思是让可丽饼白死？"她忿忿不平地问。

此时哇呜哇呜的警车声由远而近传来，好死不死就停在我们这栋楼的楼下，妈呀！这效率也太高了吧？

"快，我们没有多少时间了，妳们得下决定。"何丽一脸紧张地看着我和江彩云。

当警察逐户盘查到我们这屋之前，我们及时达成协议：**我一个小时內搬家，江彩云不再追究可丽饼的死因。**

是何丽应的门，尽管她一再强调屋內正常，警察仍坚持入屋检查。

那个高的、瘦的白人男警往厨房走去；那个矮的、胖的黑人女警在客厅稍做停留后，往我的房间走去……

我忽然想到还没埋尸呢！这下子岂不是当场抓包？

"完了，完了，毁了，毁了……"我的心开始打起鼓来。

何丽适时抓住我的手，我才冷静下来，我们一同进入"命案现场"。

黑女警对一屋子的凌乱颇为反感，一路"啧啧啧"个不停，但似乎没起什么疑心，也许看惯了年轻人的邋遢。

她掀开棉被，再把书架上的书浏览一遍，然后往半开的衣柜走去。

我的衣服本来就不多，而且清一色是素色的，她用手指无意识地翻了翻，没多大兴趣的样子，等到低下头看到那团白色的东西……

" A-ha! "她惊呼一声，" Chad, could you come here? "

" Coming."男警高声应答。

在等待当中，那位女警问起这是谁的房间？

"Emm......Mine."我慢慢举起手来。

男警一踏入我房內便扫向举着手的我，而女警正倚着衣柜皮笑肉不笑，仿佛我是只待宰的羔羊，正要被送进可怕的屠宰场......

第四十一章/扫地出门

" This young lady has a cat just like your daughter's."女警说我的猫就像男警女儿的猫一样。

" Really? "男警饶富趣味地看着我，然后走向衣柜，" Oh, what a cute little kitty！"

当男警正要伸手去摸猫时，何丽大叫" Don't touch"，那人顿时像被点了穴道似的，全身动弹不得。她紧接着把可丽饼形容成世界上最凶猛的猫，而这只"面善心恶"的猫最恨有人扰了牠的美梦。

" Look! "何丽把我的左手手掌托起，以兹证明被咬后的下场。

她忘了我被咬的是右手，而且伤势复原到几乎看不出曾经被咬过，但两位警察似乎对真实性不做过多怀疑。

" Ha.Ha. let's leave this little thing alone."男警赶紧找台阶下。

两位警察又上何丽和江彩云的房间踩踏一下，最后说笑着走了。

关上大门，我们仨不约而同地跌入沙发内，半天说不出话来。

"那只猫怎么办？"何丽问。

"葬到宠物墓园吧！"江彩云很伤心地答。

"那得出示死亡证明，由兽医开出。"

"那就开呗！"

何丽坐直了身子，很不可思议地看着小萝莉，问她是真不知还是装傻？可丽饼能上兽医那儿去吗？这是非正常死亡，最低也要追究主人照顾不周，间接杀猫的责任。

"那妳说该怎么办？"江彩云皱起眉头。

何丽答就地掩埋。

小萝莉反应激烈，说什么也不愿她的"儿子"当孤魂野鬼。

"妳真好笑，埋在墓园就得道升天了？"见狗主人不高兴，何丽改口，"好啦！妳可以选一个美美的地方把妳儿子埋进去，如果愿意，还可以竖起墓碑，每个月去膜拜。"

说完，何丽拍了一下大腿，站起身来："赶紧开工吧！我可不想闻尸臭。"

江彩云也起身尾随，走到我的房间入口时，她突然想起什么，转身对我说："妳怎么还杵在这儿？别忘了妳还有一个小时。"

说完，不忘给我一个甜甜的笑脸。

"笑笑笑，不怀好意，笑里藏刀，最毒妇人心……"

可悲的是，再多的谩骂也改变不了我被扫地出门的命运。

～

何丽现在已经顾不上我了，她拿着大号黑色垃圾袋和江彩云讨论埋尸计划，完全无视我的存在。

当我拖着行李箱走向大门的那一刹那，我最亲爱的室友仍然没有给予一句安慰的话，也没有送上一个温暖的拥抱，我，彻底被遗忘了。

～

天色已暗，人海茫茫，叫我何去何从？

坐在附近人家的花台上，我把下巴抵在行李杆上，思考起未来。

银行卡里只剩下一千多纽元，也就是五千多元人民币，本来不止这个数，但是打工餐厅迟发了我两个月的薪水，因为Kumiko说餐厅的租金涨啦！还有这个、那个的理由，所以请员工共体时艰，下个月她就会把三个月的工资给一并结了。

我不知道该不该相信她，本来打算如果下个月她没信守承诺，我就换个餐厅干，可是这会儿怎么办？一千多纽元叫我怎么活？

住酒店大概顶多支持十几天，租个公寓我连押金都不够，爸妈的钱即使汇过来，至少也要一个礼拜才会到，而我真的不想再增加他们的负担……

什么？！跟何丽借钱？No.No.No.中国人说"朋友有通财之义"，但受过国外文化洗礼的留学生们，普遍都在钱的方面斤斤计较，再好的铁哥们一提起钱，照样六亲不认。

莫亦辰呢？

一有这个念头，我马上摇头放弃。

莫亦辰明天就要度假去了，我不能拿这件事烦他，坏了他度假的兴致……

当我还在推敲各种的可能性时，一个细长的身影挡在我面前，我抬起头来，发现竟是那个我避之惟恐不及的赵大同。

"妳怎么了？"他问。

本来我应该拖起行李箱赶快逃离，但不知为什么，我非但没跑，反而在他面前示弱，眼泪滴滴答答地流下来，边哭边把事情始末全盘托出，越说越觉得自己可怜，连只猫都不如。

"现在怎么办？很晚了，妳住哪儿？"

"真是个好问题，我就要露宿街头啦！"

"来吧！"他拖起我的行李箱，"我帮妳找家酒店住下，明天……明天再帮妳找别的住处，因为我的钱也不多了。"

我当然知道他也是穷学生（尤其刚买了那个贵死人的巧克力），搞不好身上的钱还没有我多呢！

"酒店钱我自己付。"想起江彩云的代付房租事件，到现在我还耿耿于怀。

"随妳。"他答。

本来我只打算付五十元以下的酒店钱，但赵大同说那样的酒店不安全，不是酒徒就是妓女出入，还是多花点儿钱安心。最后兜兜转转，付了八十元换来一个没有窗户的小房间，还好这是家连锁酒店，安全性至少有保障。

"谢谢！"赵大同把行李放下后便要走人，我赶紧跟他道谢。

"不用谢，我现在回去帮妳找住的地方，明天中午再来接妳，嗯？"

他走了之后，我随便梳洗一下便上床。

啊！明天，明天会不会是个晴天？还是我最不喜欢的阴雨天？

我翻了个身拥紧被褥，眼泪又不由自主地滚落下来……

我翻了个身拥紧被褥，眼泪又不由自主地滚落下来……

第四十二章/凶宅

本来以为我会一夜无眠，没想到头一沾枕就进入梦乡，而且一觉到天亮。

醒来后，我下楼到7-11买了块面包，回到酒店就着房间内免费提供的即溶咖啡当早餐。

"从现在起我得更加小心用钱，对了，得上何丽那儿把押金拿回来，这样又可以多上好几百元。"我心想。

然而没兴奋多久，我便开始懊恼："不对，我还欠江彩云房租呢！"

从这次事件让我学到"天下没有白吃的午餐"，也不可能会有馅饼咚的一声掉在头上，所以人得自立自强，否则就等着随时让人扫地出门。

赵大同临近中午才来敲我房门，他拖着我的行李箱，我们一起下楼。

站在酒店大门口，眼前是熙熙攘攘的往来车辆，真奇怪，在如此高分贝之下，昨晚的我竟然还能入眠？

"是个小套间，离这儿有点儿远。"赵大同很抱歉地说。

"没关系，有的住就行。"

说真格的，我现在哪有资格挑？只要不露宿街头就该偷笑了。

"可可……"赵大同低着头喊我的名。

"什么？"

他抬头看了我好一会儿后答没事。

肯定有事，我正打算打破砂锅问到底……

"Hi. 赵大同，可可……Here.Here."江彩云把头伸出车窗外拼命和我们招手。

我看见莫亦辰的TOYOTA就停在车阵里，等待前方绿灯好通行。

"妳去哪儿？"赵大同好像他乡遇故知般兴奋地喊起话来。

江彩云快速解开安全带，把半个身子都伸出窗外，双手圈成话筒状，大声喊着："去—度—假—"

老实说，我很佩服江彩云，昨天她才和我上演全武行，并且将我这个不共戴天的杀子仇人成功踢出门外，今天却能心无芥蒂地和我打招呼，仿佛什么事都没发生似的，而且看不出有丁点儿悲伤情绪。

我正思忖该不该跟眼前即将度假的人儿高喊"一路顺风"，江彩云却先我一步向世界宣布喜讯："赵大同，可可，你们昨晚在酒店过夜，好幸福呀！"

听完，我吓出一身冷汗，猛一抬头，原来我们就站在某某酒店的大招牌底下，旁边还搁着我的行李箱。

"不……"我话还没说完，紧绷着一张脸的莫亦辰便脚踩油门急驶而去。

后座的莫爸爸还好，把头转向一旁，莫妈妈就不那么友善了，好像我的行李箱里装满已经被啃得乱七八糟的苹果（禁果）。

望着远去的车影，我既无奈又恼火，偏偏赵大同一脸欣喜。

"你笑什么？"我推他一把。

"江彩云挺……挺有趣的。"他答。

有趣？无端被人贴上"奸夫淫妇"的标签叫有趣？简直气死我了！

赵大同说的没错，我未来的家真的满远的，坐公交车也得花近一个小时的时间，而且越远离市区，感觉有色人种越多，建筑物也明显破旧许多。还好赵大同领我进入的这栋还不坏，至少粉刷过，触目所及也干干净净、整整齐齐的。

我瞧见公寓入口处有个长得像伍迪艾伦的管理员在那儿坐着，赵大同走过去和他交涉，并且晃动一下手上的门卡，308室。

那人从小窗口伸出头来打量我。

"他该不会以为我和赵大同是来开房的吧？！"我心里犯起嘀咕。

观察完毕，伍迪艾伦对赵大同挥挥手，意思是可以走了。

我提着半吊的心经过窗口，那人竟莫名其妙地送上一句："Good Luck！"

插入房卡后，我终于见到我的新家。

这是一个约有国内三星级酒店水平的房间，左手边是浴室，浴室很小但够用；右手边是衣柜，衣柜也很小，但我的衣服本来就不多，所以不成问题。往前走，正前方有个小窗户，紧挨着窗户有一张Queen Size的床，坐在床上可以跟一张梳妆台打照面。我左瞧右瞧，房间内再无第二张桌子，看来今后我得把梳妆台当书桌及餐桌使。

"咦！怎么没有厨房？"我忽然想到民生问题。

赵大同神秘地打开另一个衣柜造型的门，原来厨房正躲在那儿呢！里面共隔了三层，最上层摆了个微波炉，中层有洗手槽和电磁炉，最下层是个小冰箱，可说是"麻雀虽小，五脏俱全"。

这一切的一切，满足一个小女生对独立生活的所有梦想，但兴奋归兴奋，我还是理性地想到房租问题。

"房租怎么算？"我问。

"没多少。"他又对着地板说话。

"没多少是多少？"我锲而不舍。

他还是选择沉默。

"那算了，这地方我租不起。"我拖起行李箱往外走，被赵大同拦住。

"包水电和宽带，一个星期五十元，免押金。"他终于回答。

这根本不可能！

"听着，我很感激你辛苦帮我找房子，但你我之间不需要隐瞒，这房的房租不止这个数你是知道的。"

"的确不是这个数，"他又看了我一眼，然后深呼吸一口气，"这是我朋友的朋友租的房，本来是男女朋友共筑的爱巢，谁知道女的发现男孩子劈腿，大吵一架后，吃……吃安眠药自杀了。"

"你是说……这是……这是凶宅？"我睁大眼睛问。

看到赵大同点头，我颓然地坐在床上，完了～

没过几秒钟，我忽然意识到那个女的就死在我正坐着的床上，赶紧跳起，并在下一秒夺门而出，被赵大同拦下。

"我知道住这里委屈妳了，但是我找不到更便宜的房，除非妳想住红灯区。"他停了一会儿，"不说现在市内闹房荒，即使有房，付完押金，妳身上的钱大概只够付餐厅小费或坐几趟公交车。"

真他妈的对极了，除了沉默我还能怎样？

见我不语，赵大同又说了，这位"博爱"人士已经预付大半年的房租，因无法退款，自己又怕触景伤情，所以才会以二五折的低价出让，而且只要我保证不损坏房内所有物，他不收我押金。

这条件真……真的太好了，但从小我就怕鬼，现在要我住鬼屋，不吓死我才怪！

赵大同安慰我新西兰的鬼屋才抢手，房租比同区的贵，因为大家都想看鬼长什么样？

"饶了我吧！我真的不想知道鬼长什么样，我胆子小。"

"要不……"

"要不什么？"我带着希望问。

"要不……要不我和妳一起住，这样……这样妳就不用怕……怕鬼了。"赵大同吞吞吐吐地答，脸红得像关公。

呃！这是什么逻辑？

"不……不用了，我现在不怕了，一个人也没问题，呵呵～噢！我累了，你先回去吧！"

赵大同还想啰嗦，被我大手一推关到房外。

直到听到门外的足音远去，我才静下心与这屋独处，即使是大白天，屋内也静悄悄的，看着有些吓人。

"上帝耶和华，释迦牟尼佛，真主阿拉，达赖喇嘛……"

我把想得到的救世主都呼救一遍，依旧不管用，因为我听到浴室水龙头传来滴滴答答的声音，而且一声大过一声……

第四十三章 / ROSE

站在这个陌生的房间里有一种异样的感觉，好像我是入侵者，而屋主正躺在床上呼呼大睡……

"滴-滴-答-答……"

水龙头的滴答声持续着，我望着那张空空荡荡的床，想像那个为爱殉情的女子模样。她应该有着一头长发和高佻的身材，性格里有偏执狂，所以才会对不忠的男友采取激烈手段……

当我还在臆想的世界里漫游，那张床竟无端发出"磕"的一声，仿佛抗议我的猜想，吓得我什么都没拿就往外冲。

" What's wrong?"我以跑百米的速度飞过一楼入口处窗口，伍迪艾伦把头伸出来问我怎么了？

"Nothing."我头也不回地答。

等推开大门，一股凛冽的寒风扑上身，冷得让人打哆嗦，我才惊觉还是待在温暖的公寓内比较明智，于是退了回去。

此时伍迪艾伦的头还挂在窗口上，正莫名其妙地看着我。我灰头土脸地往回走，他的眼光一直跟随着我，让人如坐针毡。

我尴尴尬尬地走到电梯口，忽然强烈地想知道308室是不是闹鬼？结果又从电梯口踅回来，伍迪艾伦的头依然挂在窗口上。

"er……Excuse me……"

"Yes?"伍迪艾伦一副研究古化石的模样。

完了，如果这时问"怪力乱神"之事，这老头儿八成认为我有毛病，于是问鬼的大事到嘴巴自动变成"水龙头故障"的芝麻小事。

"Wait a moment."伍迪艾伦要我等一下，然后把头缩回去。

消失几分钟后，他从小房间里走出来，手里提着工具箱。

站在308室外，我才发现刚才急匆匆出门忘了带上房卡，这可怎么办？

肢体语言真是全球通用，老头子马上知道我的窘境，又让我"wait a moment"。

不到五分钟，他弄来一张卡，哔哔两声刷开308室，我的心喀噔了一下，这人怎么会有我的房卡？这下子我的房岂不是门户洞开？

怀着七上八下不解的心情，我和伍迪艾伦一同进屋。

我告诉他是浴室的水龙头故障，他把水闸关了之后，很快拿出工具修理起来。

新西兰人都爱说话，尤其是老爷爷、老奶奶们，大概生活中孤独惯了，一找到倾听者便天南地北攀谈起来。

伍迪艾伦也不例外，一边工作，嘴巴也不停歇，到后来我发现说话竟然成了主，工作反成辅，因为他特意放缓工作速度，一个螺丝被他拆了装，装了拆，来来回回无数次……

"That poor girl ……"老头儿停下手中的动作，转头看我，"Do you know her?"

我点了点头，想想不对，又摇摇头。

伍迪艾伦一副"早知如此"的表情，眼光重新回到螺丝上，继续手中的拆、装，装、拆，嘴巴也开始八卦起来。

原来那女孩叫Rose, 东欧人，是个超市收银员，他的男友是个艺术家，亚洲脸孔……Rose很安静，是个乖女孩，举止行为像修女（当然除开和男友同居这件事）……像Rose这样的女孩就不应该找艺术家当男友，注定要伤心流泪，为什么？因为艺术家需要很多新鲜事物的刺激才有灵感创作，Rose太温吞了，像白开水，虽然喝了对身体有益，但非不得已，你不会想喝它……

伍迪艾伦终于搞定那个螺丝，他站起身来，打开水闸，再扳动水龙头测试一下，果真不再滴水。

"Thank you."我向他道谢。

他好像没听见，继续说Rose.

是他报的警，因为同层住户抱怨308室发出恶臭。他一上楼就知道坏事了，马上联系租客，但对方的手机一直处于关机状态。等警方赶到，知道管理员联系不上租屋人，房东又不巧在国外，他们不得不临时向法院申请搜查令交给锁匠，才得以复制他手中这张卡，顺利进屋。

"But……"

我正想问房卡的事，他主动交待因为当时一团乱，警察忘了收回，所以房卡还搁在他那儿。现在既然我住进来，他当然会把卡交给警察销毁，我大可放心。

嘘～我心里的大石头终于可以落地。

" Don't trust anyone except……me."老头儿要我别相信任何人，除了他之外。

" Ha.Ha."我干笑两声，回应他的幽默。

一进"美味餐厅"，老板娘Kumiko便向我飞奔过来，既对我行九十度大礼又致歉，搞得我一头雾水。

她重申这个月就能结清我的所得，让一切回归正常。

太好了，就等这笔救命钱，可是……为什么……

Kumiko话锋一转，强调老板和员工是一家人，既然是一家人，就得互相体谅，如果一不高兴就罢工抗议，让老板临时找不到人接班，这是很令人头疼也是极其不礼貌之事……

"すみません"这次换我向Kumiko行九十度大礼，为突发状况得另觅住处，导致无法上工而致歉。

我的老板立刻原谅我了（至少表面上是），同时对我今日的辛勤工作再次表示感激。

"はい"我又对她鞠了个躬，然后转身上更衣室换上工作服。

一

自从伍迪艾伦说自杀的Rose是个安静的女孩，而且举止行为像修女，我忽然同情起她来。

一个安静而保守的女孩，千里迢迢从东欧来到新西兰，就想在这个新世界赚足了钱，好把贫穷的家人接过来，偏不巧遇上花心大萝卜，一番花言巧语就把单纯的她骗上手，糊里糊涂与人同居起来，最后还弄巧成拙，让自己上了天堂……

" 她现在应该很后悔当时的冲动。"我对自己的臆想下了结论，同时把那个劈腿男人恨得牙痒痒的。

想来真是不可思议，就因为伍迪艾伦说Rose像修女，而我印象中的修女都是充满爱心且乐于助人的形象，所以什么凶宅，什么鬼屋都瞬间消失。我甚至相信即使有坏人或妖魔鬼怪入侵，Rose也会像超人一样，责无旁贷地飞来解救我。

我买来新床单，再把屋子上下彻底打扫一遍。看着亮丽的新家，我对未来又充满了热情与期待……

第四十四章/她想要的，我也想要

不出几天的功夫，我就把新家附近的一切全摸透，迅速在脑海里绘制地图：公寓对面有一家印度人开的小型超市，临时缺个卫生纸或盐巴，可以上他家买；公寓左侧两百米处有个家庭式咖啡店，muffin做得不错；公寓右侧五百米处有家fish & chips外卖店，你想在店內用餐也行，不过新西兰人要嘛把这类食物带回家，要嘛在附近找个美美的地方坐下来野餐，很少有人会在店內吃。

绕到公寓后头，那里有ANZ银行和邮局，还有个中式外卖店（炒面还行，就是别点辣子鸡丁、麻婆豆腐、担担面等辣食，只要是带辣的，他家一律以蕃茄酱替代，因为新西兰人吃不惯中国的辣）。

你大概已经发觉我基本住在"荒郊野外"，但一件事有两个面，在我看来，这种荒凉倒把人的情感给拉近了，走在路上总有陌生人跟我道早问好，大概他们也觉得能遇到"人"是多么幸运和幸福的一件事。

这一天经过楼下窗口，伍迪艾伦照旧问我上哪儿？我答随便逛逛，然后他告诉我门口024路公交车可到中央公园，今天是星期天，露天广场会有街头艺人表演。

我知道中央公园，它是奥克兰最古老的公园，占地75公顷，有巨大草坪、温室花园、精美雕塑、博物馆和露天广场等。我对街头艺人的兴趣不大，倒是想看看绿色草坪、闻闻花香，而且公园临近Queen Street（靠近我以前的旧居），我想给何丽来个突袭，问她为何那么快就把我给忘了，而且不闻不问若干天。

谢过伍迪艾伦后，我正要往公交站牌走去，他突然问我赵大同若来了，该怎么办？（他把"赵大同"说成"糟透透"，即使我一再表明那个瘦高个儿有个Simon的英文名，伍迪艾伦仍坚持喊他"糟透透"，大概觉得这个中文名挺有意思的。）

" Tell him I went out and I won't be back until late tonight."我要他转告赵大同，今晚我会很晚回家。

没想到伍迪艾伦说他会告诉"糟透透"我去相亲了。

" No.No.No."我赶紧摆手否认。

见他哈哈大笑，我顿时幡然觉醒，原来我又太serious，以致无法分辨新西兰式的幽默。

公车走了四十多分钟后，终于来到中央公园，园内已有不少游客，大多扶老携幼地享受家人团聚的时刻。

我在路边的食物亭买了份热狗加可乐套餐，然后找一张石椅坐下来野餐。

伍迪艾伦说得没错，今天公园内的确有不少街头艺人表演，魔术、口技、腹语甚至扮静物，这些都不足为奇；吞火、骑单轮脚踏车、模仿秀、蒙眼识字也在想像范围内，不敢相信的是，表演过后的艺人们个个都赚得满盆满钵，真后悔出国前没学个一招半式江湖杂耍，若有，现在也不用辛苦打工了。

我把最后一口热狗塞进肚，肚子饱了，耳朵也跟着灵敏起来。我听到远方的小提琴手正拉着威尔第的《四季》，也许之前他已经把春、夏、秋季都拉过一遍，反正现在曲子已经进入天寒地冻的冬季了。

噢！忘了告诉你，小时候我也学过小提琴，但因家境一般，负担不起一对一的高昂学费，母亲只好把我送进团体班。在班上我学得还不错，大概有六级水平，老师一直游说母亲让我上单独课，那样进步会快些。可惜一方面家里没钱，另一方面我九岁才开始学琴，起步太晚，如想以音乐为专业，根本拼不过那些早慧的音乐神童，所以借着中考的名义，母亲让我彻底和音乐说拜，但心底的音乐苗子已种下，到现在我还是喜欢听古典音乐并且懂得分辨好坏。

听！这个小提琴手就拉得不错，噢！不，应该是棒极了，他把寒风呼啸而过的声音处理得恰到好处，并把大风雪过后对未来的希望也成功表达出来，但我依旧怀疑他不是音乐专科出身，因为他的手法很特别，非常的……不规范（譬如拍子的长度过长或过短，休息也时有时无），然而整首曲子却表现出怪异的协调，这实在是挺奇怪的事。

他的《冬季》拉完了，我的最后一口可乐也喝完，刚好走人。

当我行经小提琴手身旁时，他正捡起听众丢在他琴盒里的纸币和铜板。也许他以为我走过去是为了打赏他，所以停下手中的动作，望着我微笑。

天知道我现在是德瑞莎修女口中的"伟大的穷人"，所以赶紧低头，打算绕道而行，没想到身后传来《梁祝》的小提琴声，那个长发及肩的亚洲男孩正对着我恣意徜徉在音乐里。

这实在令人尴尬，我走也不是，不走也不是，只好一直等到梁山伯与祝英台都变成蝴蝶为止。

琴声甫歇，如雷的掌声便响起，他夸张地抚胸谢礼（仿佛才在维也纳的金色大厅里完成不朽的演奏），转身又收获满盒子的打赏……

很显然，他为我拉了一首家乡名曲，再怎么着也不能无视，于是我掏出口袋里的零钱，寒酸地给他两块钱。

"都是中国人，不用了。"他说，丝毫不介意的样子。

"你也是中国人？"我太讶异了。

"当然，不像吗？"

"嗯！有点儿像韩国人。"

的确是这样，他的脸呈国字脸，宽宽大大的，配上及肩的乱发，很有传统韩国男人的样子，不像时下流行的花样美男，不男不女的。

"妳是说我长得像李敏镐还是金秀贤？"他问，典型的勾女式幽默。

"是鸟叔。"我反击。

语罢，他哈哈大笑，拿起小提琴拉起《江南style》，并跳起那名闻遐迩的经典舞步。

他的出位表演果然又引来大批观众，大家围着他鼓掌、唱和，我想待会儿他的赏金肯定更多了，还是赶紧抽身为宜。

～

"说，为什么不理我？"我躺在何丽的床上审问她。

"我没有不理妳，是妳不理我。"她耍起赖来。

我不理她？这从何说起？

她答那天我离开公寓没喊她一声，走后连电话也没来一个，到现在她还不知道我住哪儿，连跟赵大同走得那么近，都一起开房了，还有劳别人告诉她……

这个"别人"除了江彩云还会有谁？再想到莫亦辰离去时的难看脸孔，我把"造谣者"恨得牙痒痒的。

"说到江彩云，真不知她心里是怎么想的，吵了老半天，最后居然将猫葬在楼下垃圾场旁边，她说即使有尸臭也闻不出来。"

"这就奇怪了，可丽饼不是她儿子吗？有谁会把儿子葬在垃圾场旁边？"我问。

"就是说嘛！还有还有，趁着夜黑风高，我和江彩云像做贼似地挖了个洞，当我把装在黑色垃圾袋里的可丽饼交给她，以为她会做最后的拥抱，甚至滴下几滴伤心泪，没想到她竟把可丽饼当球使，咚的一声直接进洞，吓得我……"

不会吧？我说这也太令人心寒了。

何丽答更吓人的还在后头，当夜她睡到一半起床找水喝，瞥见江彩云就躺在我的床上呈大字型，眼睛盯着天花板，正阴阴地笑……

"妳编的吧？"我仍心存怀疑。

"爱信不信！"她翻了个大白眼，"不跟妳说了，待会儿我有约会，是个天主教徒喔！他想把我改造成天使，我要看他怎么改造，因为本姑娘当魔鬼已经很久很久了。"

"知道就好。"

何丽打开衣柜，刻意选了一件"比较保守"的衣服，她说第一次约会不能把乖宝宝给吓到了。

当她把那件黑色紧身裙搭在身上问我的意见时，我答胸口太低了，加件外套好些。

"不知道今天会不会脱外套？如果脱了外套，估计这裙子也得脱……"何丽竟莫名其妙地自问自答。

~

洗完澡的何丽裹着浴巾出来，曼妙的身材尽显无遗。

她拉了把椅子坐下，然后毫无顾忌地把脚抬高，开始给一双毛腿涂上脱毛膏。

"好啦！大功告成，五分钟后我就会有一双光洁白皙的性感美腿。"

这五分钟该干什么呢？答案是继续"猫死亡事件"。

"妳搬走后，我一直觉得整件事怪怪的。我问妳，妳把巧克力留在盒里一起扔掉，还是把它们零散搁在字纸篓里？"

我很笃定地答前者。

"这就奇怪了，当我想把盒子捡起时，发现它卡在字纸篓里，那么猫要如何把它叼起，打开，吃了里面的巧克力，再把盒子合上，放回字纸篓里呢？"

"妳是说……"我开始毛骨悚然。

"我什么都没说，这是严重的控诉，我只做理性分析。"她左顾右盼，最后指向床头柜，"快，给我面纸。"

我把整盒面纸丢给她，她抽了几张，开始擦拭白色膏状物，动作像推雪机在推雪，推过的地方一片平坦，毛发不生。

推完雪，何丽脱下浴巾往腿上一抹，算是清洗了，丝毫不介意在我面前光裸着身子。

我忧心忡忡地问她，如果江彩云连自己的猫都能狠下心来，还有什么做不出来的？

"别想了，想多了头疼，还好妳现在搬走了，算是远离魔鬼。现在该担心的是我，不过我也是魔鬼，鬼对鬼，看谁更厉害，哈哈！"

何丽竟然还笑得出来，我感到极度不开心。

"放心，我太了解这种人了，"何丽手上拿着两个包在落地镜前摆首弄姿，最后选了血红色的那一个，"妳想想她有什么东西是妳想要，而她不愿给，只要妳不跟她抢，她不觉得受威胁，妳自然就安全了。"

"她有什么东西是我想要的……"我重复何丽说过的话。

老实说，她的东西我都不想要，除了……

我想起脚踩油门急驶而去的莫亦辰，打从那天起，他没有给我一通电话，哪怕只是报个平安。

第四十五章/鸭子

"这就是凶宅啊！"何丽闲闲地原地打转，算是把整个房间都纳入眼里。

鉴于她的"求知"精神，我把Rose和劈腿男的故事先八卦一遍，省得她发问。

"她就死在这里吗？"何丽边抚摸床垫边问。

这是什么跟什么？我试图淡忘这个恐怖事件，她却一直想还原死亡现场。

"是的，妳还想挖出更多内幕吗？福尔摩斯。"

何丽听出我的话中话，非常干脆地另起炉灶："妳真的跟赵大同开房了？"

"真的……才怪！"

我把那天被扫地出门后发生的事，一五一十给交待了。

"这下子妳完了，莫亦辰的父母肯定把妳想成人尽可夫的潘金莲，现在妳想进莫家大门，门儿都没有！"

"谁想进莫家大门？我才不稀罕！"

"妳就继续作吧！"何丽左顾右盼，"妳这儿有没有吃的？肚子好饿哪！"

"有方便面，妳要康师傅还是今麦郎？"

她睁大眼睛，一副难以置信的表情。

~

我们叫了两条炸鱼和一份薯条，薯条很大一份，两个人分着吃，够了。

老板把高热量食物用白报纸包好交给我们，顺便问我们要蕃茄酱还是cream?

就因为何丽说要十包蕃茄酱，结账时我们多付了五元，可以买一大瓶蕃茄酱了。

"早知道就从家里拿蕃茄酱出来，这是明着抢钱，人家麦当劳的蕃茄酱就不额外收费。"我唉声叹气。

"那妳去麦当劳点炸鱼和薯条好了，就几块钱的事，怎么像个抠门儿的老奶奶似的？"她睨了我一眼。

~

这是由两条马路夹出来的三角形绿地，实在不是野餐的好地点，但何丽说肚子太饿了，管不了那么多，何况绿地上有几张长条椅，比坐在店里吃有情调，所以我们不假思索地跨过马路往那儿奔去。

"哇！好香，光闻味道就有食欲。"何丽打开白报纸，油炸食品的香气迎面扑来，她迫不及待地把粗如手指的热腾腾薯条往嘴里送，同时不忘唠嗑，"Ben, 噢！就是那个天主教徒，他吃饭前得祷告，我问祷告啥？他说感谢上帝赐给他食物。我告诉他食物是我们挣来的，不是上帝给的，他竟然说这世界的万万物物都是上帝创造的，所有的荣耀都归于上帝，妈的，那还努力个啥？"

"赶紧撤了吧！别把教徒带坏，害他上不了天堂。"

何丽拿起一根薯条往我头上扔："张可可，妳说的是人话吗？我虽然是魔鬼，但这是暂时的，最后我会上天堂。"

我问是谁说的？

"Ben说的，还会有谁？"她给了我一个大白眼，"他说人人都能上天堂，只要心中有主。"

我损她那么快就受洗了，真令人刮目相看。

"谁受洗了？我只是对教徒感兴趣罢了，妳能想像一个大男人每天拿着念珠念玫瑰经的模样吗？而且不管刮大风还是下大雪，每周都坚持上教会，因为Ben说了，教会是通往天堂的入口，自己在家里信教是上不了天堂的。"

我心想为什么上不上天堂这么重要？而且这件事是无法验证的，没有一个死去的教徒复活回来说他上了天堂；也没有一个非教徒从坟墓里爬出来说他入了地狱，这到底是……

我还在做理性批判，何丽的一段话差点儿让我哽住。

"他是我交往过的男孩子中第一个不急着脱我内裤的，这真是非常……非常奇怪的事，妳想他是同性恋还是性无能？"

"妳……难道不知道天主教徒不能有婚前性行为？"

"不会吧？！这么违反人性？哎！问妳也没用，妳是圣女贞德，肯定和他是一国的，"她伸了个懒腰，"妈的，遇上Ben害我一个多礼拜没爱爱，姐正饥渴着……"

虽然何丽说的是普通话，但我还是下意识地左看右瞧。

不看不知道，一看吓一跳，有个绑马尾的壮实男人正坐在角落的一张木椅上往我们这边儿瞧，迎上我的目光，他给了我一个意味深长的微笑。

我赶紧跟何丽咬耳朵："小声点儿，有人，八点钟方向。"

"Hi. 想和我做爱吗？欧巴~"她非但没收敛，反而发神经向韩国哥哥喊话。

我捂住脸，感觉丢脸死了。

"怕什么？他又听不懂。"何丽把油腻的手指往牛仔裤上一擦，算是洗过了，然后站起身来，"我得走了，有约会。"

"跟谁？"

"还会有谁？圣徒 Ben 呗！他说要带我上教会认识兄弟姐妹。"

"我以为……"

"我也是好奇，难得有机会让上帝认识认识我这个魔鬼，何乐而不为？"

她真的就这么走了，很好意思地留下垃圾让我处理。望着狼藉一片，我忽然犯懒，打算先休息一下再劳动，遂望着眼前的来往车辆发起呆来。

"Hi."那个韩国棒子不请自来，坐在何丽坐热且还没降温的位子上。

糟糕！第一次遇到登徒子，这可怎么办？

"很高兴又遇见妳。"一口普通话字正腔圆。

又？我问他我们认识吗？

他坐直了身子，双手做起拉弓动作，同时哼着《梁祝》。

"噢！你是……"

"是的，中央公园。"他很高兴我想起来了。

今天的他绑了马尾，脸庞显得更大，难怪我认不出来。

"刚刚那个是妳朋友？"他问。

我无奈承认，真想挖个地洞钻进去。

"我叫鸭子，唐老鸭的鸭，北京烤鸭的鸭，妳叫……"

我马上报上名，并且问他为什么叫"鸭子"？

"因为……如果妳把妳朋友的手机号给我，我就告诉妳原因。"

什么？我有没有听错？

"那算了，我不会出卖朋友与你交易！"我表情严肃地把白报纸一包，很快站起身不告而别。

过了马路，我将垃圾丢进垃圾桶内，转身看了那个小提琴手一眼，他还坐在原位上，像个雕像似的。

"这是什么人啊？！乱七八糟的。"我兀自埋怨起来。

第四十六章/不愿见到的人

这个十月假期真像洗三温暖，一会儿热，一会儿冷。

到洗浴中心洗三温暖还有自主性，你可以选择什么时候热，什么时候冷，但现实中的三温暖可由不得你。

这不就是，我本以为会和何丽相守四年，结果被"分派边疆"；当我意兴阑珊地认定"山穷水尽疑无路"时，Kumiko却毫无预警地把三个月的薪水一并打入账户内，让我一下子成了"小富人"，心中真是百感交集。

现在终于可以搬离凶宅回到市区，但我要吗？

我摇摇头。

说真的，这个远离尘嚣的住所，除了上课、打工不方便外，其实还满适合我的。我喜欢安静，它不浮躁；我喜欢单一，它不复杂；我喜欢什么事都不做地躺在床上发呆，它也很配合地不发一语（当然也有例外的时候，那就是当不知名的鸟儿跳上窗台，为我唱起婉转的歌儿时）。

赵大同来过几回都被伍迪艾伦挡在楼下，他气急败坏地拨打手机给我，我非常配合地来个耳不听为净，久了他就渐渐不上这儿来了，毕竟算上等公交车的时间，来回也要三个小时，我相信这三个小时对他而言，肯定有更重要的事要做。

没错，"拉开我和赵大同之间的距离"也是我决定留下来的原因之一，我没理由让自己又"身陷囹圄"，不是吗？

隔了二十多天再看到古龙水先生，我的小小心湖还是起了涟漪，他永远那么阳光、那么精神奕奕、那么CHARMING.

"假期去哪儿玩？"他拿起这学期的课程表研究起来。

我有些遗憾地表示自己搬家了，哪儿也没去。

"搬家好，换换环境挺好的，我也想搬家。"他随口一说。

"The Grand这么好一栋楼，你还搬？"

一说完我就后悔，因为古龙水先生正狐疑地看着我。

"我……不小心发现的。"我弱弱地答。

"是不小心还是故意的？"他放下课程表，眼光直视着我。

"是……"

"别说了，即使是故意的我也会原谅妳，因为我年轻的时候也跟踪过心仪的老师。"

呃！真想问问他心仪的是女老师还是……男老师？

"汤尼……"我有些迟疑。

"What?"

"你……什么时候发现……发现你喜欢的是男生？"

听完我的问话，古龙水先生将身子往椅背上一靠，仰天长叹起来。

完了，踩到地雷，他就要发火了……

还好沉默一会儿后，他语气平和地娓娓道来，像在说别人的故事。

"大概十一、二岁时，我们一群小男生约着一起游泳，后来来了一群小女生，我的朋友们突然讲话特别大声，并且争着表现不凡的泳技好吸引女生的注意，我却完全不感兴趣，直到一个跟我比较要好的男生走过去和其中一位女生讲话，回来后还谈起那个女生种种的好，我越听越不是滋味，好像自己的玩具被抢了似，一连数天不和他说话。"

"但这不代表……"

"可可，是的，我是gay，即使妳现在脱光衣服站在我面前，我也不会有任何反应。"

我惊讶到无法言语的程度。

"噢！对不起，把妳拿来比喻很不恰当，但……这就是我要说的。"

古龙水先生简单的几句话，彻底摧毁了我苦心堆砌的梦幻堡垒。

我默默离开办公室，脑袋里浆糊一片，不知该何去何从？

"辰哥哥，待会儿我们吃肯德基好不好？"小萝莉甜腻的声音传来。

"嗯！"莫亦辰这个大好人完全没意见。

我站在原地，等待那两个连成一体的青梅竹马走过来。

"可可姐，这么巧遇见妳，我和辰哥哥正要去吃饭。"江彩云勾着莫亦辰的臂膀，很高兴地边走边宣布。

我无视她的兴高彩烈，心情跌到谷底，因为莫亦辰只看了我一眼，像不认识似的，继续前行，连江彩云都感到意外，不得不小跑步跟上。

一天之內失去两个重要的男人，张可可啊张可可，妳造的什么孽？

我抿了抿嘴，懊恼地踽踽而行，直到那个瘦高影子挡在我面前……

"可可，好久不见。"他细高的声音飘散开来，空气瞬间被冰冻住。

我想逃，但双腿不听使唤，只能让那股令人窒息的压迫感毫不犹豫地袭来，狠狠地将我击个粉碎……

第四十七章/人面兽心

"好……好久不见。"我打着哆嗦。

"妳还好吧？！冷吗？"赵大同关心地问。

"不冷，"我摇摇头，想想不对，该怎么解释发抖的声音？赶紧又更正，"冷。"

"既然冷，我们找个温暖的地方坐坐，好久没和妳聊天了。"

我答不行，我有课，待会儿上……老天！上什么？

"上《Soil and Fertilizer Science》。"他答。

"在……"

"在红楼404教室。"

我看了他一眼，灰头土脸地道谢，正要走人，赵大同说他搬家了，搬到313室，我的斜对面。

这是本世纪所听到的最恐怖新闻，把我吓出一身冷汗。

他默默走到我面前，很掏心掏肺地："可可，我想过，只有把妳留在我身边，我才不会有痛苦的感觉，与其被妳一直挡在门外，我只好争取与妳一同待在门内。为了和妳在一起，我现在打三份工，才能负担得起那个小套间。"

他停了半晌，好像等待我的反应，而我却像个木头似的，依旧没从那个震撼性的消息中走出来。

"妳听了有没有一丝丝感动？"他提示我。

当某个人拿着苹果告诉你，他是多么努力才得到这个苹果，我不知道你是不是还咬得下去？

"你想住哪里是你的选择，请不要把我牵扯进去。"我板起脸孔。

赵大同显然还在自己的世界里一意孤行，根本听不进去任何建言。

"妳的眼睛告诉我，妳不是个无情的人，就算妳无情，有一天也会被我融化。"他说。

"小说看太多了，我……我只是把你当作普通朋友，同校学弟罢了，你要融化谁我不管，别来融化我。"

我轻轻推开他，往红楼走去。

23:15，我用力刷开楼下大门，经过伍迪艾伦的窗口，下意识往里瞧，现在是下班时间，当然看不到管理员，我心想："如果他知道'糟透透'搬进来了，不知作何感想？"

上到三楼，我不由自主地放轻脚步，并且蹑手蹑脚地打开自己的房门，深怕赵大同知道我回来了。

我洗了个安静的澡，然后安静地上床。

躺在床上没多久，手机响了，是赵大同打来的，我任它响个一千一百回也不接，最后他无奈放弃，改发短信给我："可可宝贝晚安，爱妳的同。"

我把手机用力往床头柜上一掼，也不管现在已是午夜时分，抱头尖叫，再抽出身后的枕头，对它击打无数下，直到认为那个阴魂不散的影子已被我打得血肉模糊、奄奄一息为止。

好不容易睡着，直到有个细微的声音轻轻地挠我耳朵。

我是个很容易被声音干扰的人，这也是我喜欢这栋公寓的原因，因为它安静，能确保我有好的睡眠品质，但是这声音是咋回事？

我仔细分辨声音出处，没错，它来自我的房门口，遂下床查看。可怕的是，我竟然听到哔哔声响起，被大大地惊吓到。

谁？谁会有我的房卡？

还好我有反锁房门的习惯，那个试图入侵者推不开，只好怏怏离去。

等到足音远了，我才感到后怕，赶紧把重物都搬过来堵在门口，虽然明知于事无补，但多少得到一些心理上的慰藉。

待心情恢复，我静下心来仔细分析：

“谁会有我的房卡？”

“伍迪艾伦？”

“不对不对，他说会把房卡交还给警察。”

“他说妳就信？妳亲眼看见他还了？”

“是没有，但是这几天相处下来，我认为他就是个热心肠的老爷爷，不会有什么坏心眼。”

“小心知人知面不知心。”

"也……也许还有别人会有这张卡。"

"谁？"

我脑中闪过那个住在313室的赵大同，很可能他带我来这栋公寓前就已复制好308室的房卡……

想到此，我愤恨难消，赵大同，你这个恬不知耻的东西，看我明天饶不饶你！

我盼着东方快点儿现出鱼肚白，好让我当面赏给这个人面兽心几个耳括子。

第四十八章/疑人偷斧

天一亮，我就想去敲赵大同的门，但一想到同层的邻居们大多是起早贪黑的上班族，为了不打扰他们的睡眠以达到敦亲睦邻的目的，我不得不按耐下这口气。

"先放过你，咱们待会儿学校见！"我心中怒吼着。

我不像赵大同了解我的课程表一样地了解他的课程表，所以发了条短信约他下午两点在体育馆右侧入口处见，他很快回复"没问题"，并在末尾打上好几个X。

本来我不清楚在署名后打X是什么意思，后来问了同班的洋同学才知道一个X代表一个Kiss，两个X代表两个Kisses，三个X代表……我数了一下，赵大同一连给了我九个X，亲得我满脸口水。

我准时抵达约定地点，赵大同却迟到了，这我能理解，大部分的教授都会准时下课，但难保不会突然留住某个学生，好讨论上星期的某份报告，所以我很有耐心地等着。

"Hi,可可。"有个人向我招手。

这个世界说大很大，很多人你一辈子也遇不上；这个世界说小也很小，很多人你不想见却一再遇见。

"嗯！"我冷淡回应。

"我叫'鸭子'，记得吗？"

"你叫'食蚁兽'还是'臭鼬鼠'，对我来说都一样，不过是个陌生人而已。"

他哈哈大笑，说我太Serious,就因为他向我要朋友的手机号而生气，至于吗？搞不好我的朋友正迫不及待地等着他来电……

"那你何不亲自跟她要？她在'Blue Cat'打工。"

一说完，我马上吐了吐舌头，张可可，妳这个大傻瓜！

"原来妳朋友在'Blue Cat'打工，我记住了，谢啦！"

他提着琴盒走了，留下我一人扯着衣角不停地后悔着。

"可可，对不起，做实验晚了。"赵大同像跑八百米长跑似的大汗淋漓、气喘吁吁。

我的胸口埋着五座活火山，加上一座眠火山刚被鸭子唤醒，所以一共六座活火山正蓄势待发，等着被引爆。

看着我的可怕表情，赵大同吓得脸色发青。

"可可，妳是不是等很久了？妳说两点，现在……"他看了一眼腕表，"现在两点二十分，我只迟到二十分钟。"

赵大同还以为我生气是因为他迟到。

"说！昨晚干什么去了？"我努力压抑心中怒火。

"昨晚干什么去了？"他很认真地想了想，"昨晚给妳发完短信就睡了。"

"真的？没有半夜梦游做了奇怪的事？"

"奇怪的事？什么事啊？"他一副摸不着边的样子。

我开始厌恶这种无意义的猜谜游戏，擦地一点火，随即引爆火山，顿时烟硝四起，遍地哀嚎……

"可可，可可，妳冷静，冷静一下。"他慌了手脚。

"冷静？我为什么要冷静？你想干什么？说！你这个人面兽心、不知羞耻、狼心狗肺的……"

"可可！"赵大同突然大喝一声，震得天摇地动，我也吓得接不下话。

趁我无语的当口，他赶紧声明昨晚的意图入侵者不是他，而是另有其人。

因为他的表情特别天辜，声音特别真诚，所以我的"想当然尔"也开始动摇。

"这么说是伍迪艾伦了……"我喃喃自语。

"谁是伍迪艾伦？"他一头雾水。

于是我又得"话说从前"了。

"我就知道那个糟老头有问题，前阵子我去找妳，被他挡在楼下，原来是别有用心！"他愤恨地说。

我本来还想替管理员申冤，但被赵大同抢了个先："不行，把妳的房卡给我。"

"干嘛？"我下意识地拥紧背包。

"我得跟Dirk要租房合同，然后上防盗商店要求更新，妳的旧卡必须销毁才能拿新卡。"

听起来很像那么回事，我无奈交出房卡。

"妳打工回来上313室，我会把新房卡给妳。"

我忧心忡忡地看着他手上的房卡一眼。

"放心，我不会多复制一张自己留着。"他无力地说。

被他窥见自己的担忧，我羞愧地低下头去。

中国有一则成语故事《疑人偷斧》，大意是有个人怀疑邻居家的小孩偷了他的斧头，所以细细观察这孩子的一举一动，结果发现不管走路姿态、看人神色、乃至说话表情，都像偷斧头的人……

我现在就有这种感觉，伍迪艾伦的热络招呼变成欲盖弥彰的心虚表现；他的和蔼神情不过是为了掩饰面容狰狞的一时变脸；连他的弯腰驼背在我看来也如同钟楼怪人般的可憎。

我开始有意识地与他保持距离，到了"羊看见老虎就想逃"的程度，直到……

虽然明知换了新房卡，但每晚睡觉前我一定再三确认房门已反锁，并把重物堆在入口处，没办法，我早已被制约成强迫症，总担心有人会破门而入。

这一晚，当细微的声音又来挠我耳朵，我摸索着下床，然后训练有素地直奔房门。

当可怕的哔哔声再次响起，我心中呐喊着："赵大同，你为什么要骗我？"

奇怪，我并不害怕，反而沉浸在生气和受骗当中，这味道含在嘴里真不是滋味。

明天，明天我该如何面对他？

我没有答案……

第四十九章/九十九只羊和一只羊

《疑人偷斧》的后半段故事是，当这个人上山发现了自己遗失的斧头，回到山下后再看到那个邻居的孩子，他觉得这孩子不论是走路姿态、看人神色或说话表情，都不像偷斧头的人。

伍迪艾伦终于又变回和蔼可亲的老爷爷。

相反的，赵大同却彻底被我拉进黑名单，来电不接、短信不回，连见面也不搭理。

"妳怎么了？可可。"赵大同挡住我的去路。

看着他那双邪恶的小眼睛，我真想把它们挖出来喂狗吃。

"滚！"我不假辞色地推开他。

我很少在校园内碰到何丽，说不上为什么，可能是机率问题吧？！所以这一天当我讶异地发现她独自一人坐在池塘边的大石头上时，有种异样的兴奋感。

"兴奋"是因为在校园内能够碰上她；"异样"是因为她一向是个大大咧咧的女孩，大口吃饭，大声谈笑，既能出口成"脏"，又能谈"性"说"爱"，与眼前这个安静而略带忧郁的女孩完全不搭嘎。

"何丽，妳怎么一个人坐在这里？"我在她身旁的另一块大石头上坐下。

"噢！想事情。"

我问她想什么？她反问我难道从来不思考？

"思考什么？"

"譬如人生，人怎么来又去了哪里，这世界这么多万万物物，难道都是忽然之间蹦了出来？"

我看着她，一时无语。

何丽不知道Ben的宗教力量已经感染了她，我正想借力使力，把她往天堂的道路上推进，谁知道……

"我和鸭子上床了。"她毫无预警地来上一句。

原来何丽还是"那个"何丽。

"妳告诉他我在'Blue Cat'打工，当天我们就上床了。"

我赶紧澄清自己不是故意告诉他的。

"我知道，我没怪妳。"

"那妳为什么一副不高兴的样子？难道……他的技术不好？"我嗫嗫地问。

"技术很好，我们在酒吧的厕所里来了一次，在他床上来了两次，隔天醒过来，我说上课要迟到了，结果还是被他死缠着又来了一次。"

我说那不是很好吗？

"不好。我和Ben交朋友一个多月，连嘴都没亲过，我以为久旱逢甘霖会特别爽，没想到糟糕透了。"她把手上的长树叶揉了又揉，"当鸭子趴在我身上时，我老想着Ben说过的话，什么圣洁，什么恩慈，什么宽恕，什么乱七八糟的事情，害我完全不能进入状况，在床上他妈的就像条死鱼似的。"

"那是因为妳开始认真了……我是说对Ben。"

"我也不知道对他是不是认真的，只是觉得他拿着念珠念玫瑰经的模样好虔诚、好感人，我忽然觉得严谨的生活也没什么不好。"

的确没什么不好，我点头表示同意。

"今天早上我遇到Ben，不知道为什么，反正我全说了。"

"说了什么？"我紧张起来。

"所有，包括时间、地点、次数。"

完了，我已经吓得说不出话来。

何丽却很淡定，她说Ben听完后告诉她《路加福音》里九十九只羊和一只羊的故事，她就是那只迷失在山谷里的羊，现在被牧羊人找到了，心中只有欢喜，然后他们就在这个池塘边一起向上帝忏悔和祷告。

"就在这里？"我指了指当下。

"嗯！"

"那他人呢？"我左顾右盼。

"上课去了。"

我俩陷入短暂的沉默。

"可可，妳说我是不是该离开他？"何丽问。

"离开谁？鸭子还是Ben？"

"Ben，认识他之后，我变得越来越不像自己了。"

"是越来越不像自己，还是越来越像自己？"

何丽看着我，眼中突然亮出奇异的光彩，一副感动得要死的模样。

"谢谢妳，可可，说出这么有哲理的话。"她从大石头上弹跳起来，拿起地上的包就要走人。

"去哪儿？"我大喊。

"去找Ben。"

她来不及和我道别，细长的身影很快消失在路的尽头……

第五十章/又一个误会

这个世界说大很大，我想和莫亦辰来个不期而遇总不能如愿；这个世界说小也很小，当我走进文具店，他正在收银台结账。

我站在原地，不知该进还是出？

他拿好零钱和发票，提起一袋簿本转身，不出意外，与我碰个正着。

"Excuse me."他说。

我抿了抿嘴，侧身让他通过。

他走了，把我身上的什么东西也带走了。思考过后，我转身冲出店外。

"莫亦辰。"我喊着。

他正把铜板塞进路边停车收费器内，肯定是超时了。

"Yes?"他转身看我，犹如看着路人甲。

"我有话跟你说。"

他很绝情地反问我们认识吗？

我心如刀割，但仍试着解释："那天你看到的不是那么一回事，我被赶出来了，所以不得不住在酒店里，赵大同不过是接我到新的住处。"

"然后你们就同居了，住在Golden Castle，不是吗？"

这下子他真的成了007了。

"不是，"我赶紧否认，再一想，"是，但我们不住在一起，他住在313室，我住在308室。"

"呵呵！这叫'欲盖弥彰'，走两步路就到，需要住在一起吗？"

真是欲加之罪，何患无辞啊！

我彻底绝望，既然他把我想得这么龌龊，我也没必要再自取其辱，是时候走人……

"妳从来不把我当一回事，我只是妳的备胎，临时的避风港，阿猫阿狗来了，妳又跟着走。"他对着我的背影喊。

我转过身，问他怎会这么想？我把他视为重要的人。

"重要的人？照妳说的好了，妳是被赶出来的，但是第一时间妳联系的是谁？是赵大同，而不是我这个重要的人。"

我解释自己没有主动联系赵大同，是不小心碰上的，我也想过联系他，但他隔天就要度假去了，我怕坏了他的心情……

"这是什么话？度假和这件事孰轻孰重，妳分辨不出来吗？"他指责我，但明显已不再剑拔弩张。

"我想要你有个快乐假期……"

"傻瓜……大傻瓜……"他看着我，喃喃地说。

我知道他已经"原谅"我了，因为他微愠的面具已取下，紧皱的眉头也舒坦了。

沉默半晌后……

"可可～"莫亦辰柔弱的声音响起，但被另一个强而有力的声音掩盖住。

"可可，"那个长发披肩的不羁男人，小跑步穿过马路向我奔来，"终于遇上妳了。"

我还搞不清楚状况，他气喘吁吁地从背包里拿出一个黑色塑料袋交给我。

"这是什么？"我边问边拿出里面的东西，竟然是一件红色胸罩，赶紧又塞回袋内。

"在我床底下发现的，好几天了，再不还会有味道。"他解释。

我抬头看了一眼莫亦辰，他的怒气,噢！不，是被玩弄后的屈辱感迅速爬上他的脸。

"莫亦辰……"我弱弱地喊着。

他不理会我，拿出车子摇控器，哔的一声开了锁，然后以迅雷不及掩耳的速度跳上车，脚踩油门急驶而去。

"他怎么了？好像很生气的样子。"鸭子很无辜地问着。

看着眼前的鸭子，我真想把他烤来吃。

"原来这样啊！他肯定误会了。"鸭子喃喃道，"没关系，我跟他解释去。"

我要他别去，免得越描越黑。

"那怎么办？"

"凉拌啰！"我也只能自嘲。

坐在露天咖啡座，温暖的阳光洒落下来，已是春末，转眼夏天就要来临，可是我的心还是像冬天一样冰冷，偏偏坐在对面的那个人，嘴巴讲的是火辣辣的话题。

"我以为何丽会热情如火，但她却像冰块似的没多大反应，这下子我反倒觉得自己是收费的男公关了。"

"也许你不是她的菜，她不喜欢你呗！"我说。

"我没要求她喜欢我，性就是那么一回事，两个人一起做享受的事罢了！"

我左顾右盼，还好客人不多，而且清一色是洋人面孔。

"鸭子，你可不可以克制一下？我是女生哪！你不觉得讲这些黄色料对我很不尊重？"

"哈哈……哈哈……"他笑得喘不过气来。

我问他怎么了？他反问我看过Discovery的动物频道没？动物不管喜不喜欢对方，牠们只听从身体的声音，身体需要了，啪的一声一拍即合，幸运的话能够产下后代，继续绵延生命，公的既可以拍拍屁股另找其他伴侣；母的也没要求对方一定负责到底。

"那是动物。"我提醒他。

"人也是动物。"

"你错了，人虽然也是动物，但却是高等动物，高等动物如果不知礼义廉耻，那跟低等禽兽有何差别？"

他问我为什么享受身体的快乐就是不知礼义廉耻的低等禽兽？

"因为……"

他抢了个先："因为妳还没尝过性爱的快乐，所以道貌岸然地说一些连自己也不清楚的言论，妳知道什么是欲仙欲死？什么是高潮吗？"

简直太糟糕了，这人竟公然性骚扰我？

"不跟你讨论这些，免得降低我的格调。"我愤而起身。

"我住在那家Fish & Chips店的后面，514房，有空找我。"他往我身后丢下一句。

疯了！新西兰怎么这么多疯子？！

我用力推开咖啡厅的小栅门，头也不回地走进午后阳光里……

第五十一章/世纪贱男

"喏! 拿去。"我把黑色塑料袋往何丽桌上一扔，然后一屁股坐在她床上。

"这是什么？"她取出袋中物，"妳怎么会有我的胸罩？"

"我偷的，"我往后一仰，看着天花板，"真被妳和鸭子害惨啰！现在莫亦辰误会我和鸭子的关系不一般。"

应何丽要求，我把昨天的事倒带一遍。

"他怎么不直接交给我？"

"问他啊！这种贴身衣物怎么好意思请人代还呢？"

何丽想了想，说："我知道了，因为我离开'Blue Cat'，他又没我的手机号，所以......"

真的？何丽真的离开"Blue Cat"？太令人吃惊了，我忙问为什么？

"因为......因为我想过喜乐的生活。"

我说她被Ben影响了，她答也是，也不是，就是有点儿厌倦灯红酒绿，每天面对床上生张熟魏的日子，是不是很可笑？

"不会，"我摇头，"我很高兴妳回到正常的生活。"

"是吗？以前我过着不正常的生活？"她问。

"也不能说不正常，只能说太放任自己的性子，没了规范。"

何丽没说话，像在思考什么。

我细细观察我的前室友，她端坐在书桌前，长发随意紥起，不施胭脂，身上搭了件白衬衫和洗旧了的牛仔裤，但我觉得她好美，好美。

"何丽，妳变美了。"我由衷赞美着。

"穑线！"

她笑着把黑色塑料袋往我身上扔，在袋子落下前，我凌空一抓，喊道："好球！"

我和何丽同时大笑。

何丽说我以前的房间已经变成江彩云的衣帽间，还特意打开房门让我往里面瞧。乖乖，真是琳琅满目，以前让它们挤在一个小衣柜里，真是受委屈了。

"江彩云的确需要我的房间，我的出走也算是做了件好事。"我说。

显然我被何丽感染了，开始懂得宽恕与体贴，所以当赵大同又挡住我的去路，问我为什么生气时，我不再垮着一张脸，反而像母亲看着调皮小孩一样，非常有耐心地解释："以前的事不计较了，以后别再半夜插我房门，没用的，你试了几次，难道不知道我有反锁房门的习惯？"

"妳是说又有人意图入侵？"

"不是有人，分明就是你，没有人有新房卡，包括伍迪艾伦……"

"等等，"他举起手制止我发言，"难道……妳等着，我很快会给妳答案。"

他转身离去，不理会我的呼喊。

刚洗完澡，头发还是湿的，听到敲门声，我裹上头巾走向房门，透过门上的猫眼，我看见我的邻居。

"赵大同，很晚了，有事明天谈。"

"妳开门，我拿样东西就走，几秒钟的事。"

我说我房內没有他的东西。

"没有我的东西，但有Dirk的东西，妳不希望今晚又有人想破门而入吧？"

我快速打开房门，问他什么意思？

赵大同没回答我的问题，一进门便熟门熟路地走向梳妆台，把手往镜子后一摸，拿出一个白色信封。

"这是什么？"我凑上前去。

"Dirk和他劈腿女友的裸照，Rose临死前把它们藏在梳妆台后面，大概知道死后警察会搜房，不想让那些肮脏照片曝光，所以发了邮件给Dirk，让他去取。"

"Rose临死还维护Dirk，真是痴情啊！"我感伤地说。

"什么啊！是Rose雇人偷拍的，没那些证据，他们也不致于吵到要死要活。"

我答即便如此，她大可让Dirk名誉扫地，但她没这么做，可见还是顾念他。

"爱怎么说，随妳。"他没多大意愿争辩。

我忽然想到事情都过去那么久了，Dirk怎么直到现在才想起要拿回那些照片？

"Rose死后他心情不好，一直没上网，妳搬进来以后，有天他上网才发现裸照还没被销毁。"

"他也会心情不好，算有良心。"我站在Rose这一边。

"那我走了，"他转身踏出一步又踅回，"喏！妳的房卡。"

看着手上的复制品，我大惑不解。

"我跟Dirk要租房合同换新卡，他说他是名义上的租房人，理应有一张，以防有事发生。"

"真是居心叵测呀！"我没好气地说。

"时候不早，我走了。"

我挡住他的去路不让他走，说自己有话要问。

"一、为什么Dirk不明着说想要回照片？"

"这是家丑，他不想张扬。"

好，情有可原。

"二、为什么他白天不来，半夜来？"

"妳忘了，白天有糟老头在楼下挡着，尤其知道妳搬进来了，怎肯让他上楼？"

Ok,可以接受。

"三、……三、……"

糟糕！想不出来了。

"三、我帮妳问，为什么有人半夜意图入侵，妳不作他人想就直接定我罪呢？因为在妳心中，我永远达不到妳的标准，不论知识、能力或人品。"

我当然否认。

"是也好，不是也罢，反正……反正妳跑不掉。"他任性地说。

～

赵大同一走，我马上反锁房门。

想到从此不会再有人入侵，我心情大好，正想着该把手中的第二张房卡搁哪里好，猛一低头瞧，灰色房卡上好像有铅笔的痕迹，就着梳妆台上新购的枱灯，我分辨出有人用铅笔在上面绘图，绘什么呢？……是……是小提琴，翻到背面，那里还有一组号码，像是手机号。

我望着房卡，脑海中的影像犹如走马灯似地旋转起来：小提琴……小提琴……艺术家……艺术家……动物不管喜不喜欢对方，牠们只听从身体的声音……公的可以拍拍屁股另找其他伴侣……**Rose**注定要伤心流泪，因为艺术家需要很多新鲜事物的刺激……

原来，原来那个劈腿男人就是鸭子，Rose尸骨未寒，而我还住在她住过的房里，他还好意思留手机号给我,这真是，真是个世纪贱男啊！

我把房卡往梳妆台一扔，颓然地坐在床上……

第五十二章/曾参杀人

世纪贱男=鸭子，这是我的猜测，我有百分之九十九点九的把握，但不知为什么，那个百分之零点一的不确定性却一直困扰着我。

我把手机拿起又放下，放下又拿起，拨了前三个号码，按掉，想想不甘心，又拨，又按，又拨，又按……最后鼓足勇气终于拨通那个手机号。

"Hello."是个洋女人的声音。

我赶紧挂了。

"原来不是鸭子。"我信心全无地想着，"那么Dirk是谁？为什么留一个女生的手机号在房卡上？"

我没有迷惑很久，因为很快有人打给我，来电显示是刚拨的手机号。

"Hello."我说。

"想我了？"是鸭子的声音。

"臭美，我只想知道是谁那么无聊，在房卡上留下手机号。"

"无聊的人留手机号给妳，妳就打，到底是谁更无聊？"

真是搬石头砸自己的脚！

"好，我承认我无聊，但至少确认了一件事，那个背叛Rose的男人就是你。"

"妳不认识Rose，怎么知道不是Rose先背叛我，然后羞愧自杀呢？"

呃！这倒把我给问住了。

"哈哈！骗妳的，的确是我先劈腿，但我没背叛她，与其说是Rose羞愧自杀倒不如说是买卖不成，她转而赌气自杀。"

"这是怎么回事？"我太好奇了。

"Hold on."

我听见鸭子捂住手机和旁人窃窃私语。

"好了，我的一夜情女友被我打发走了，现在轮到妳。"他说。

"疯了，该吃药了。"

我正要挂断，手机那端传来急促的声音要我别挂。

"干嘛？"我问。

"明天中午一起吃饭，我把Rose的故事告诉妳。"

我答没兴趣。

"明天中午十二点半，在你们学校后门的印度咖喱店见。"说完，他随即挂机。

"稿线！"我对着无人接听的手机嗔骂起来。

～

鸭子说上次的咖啡钱是他付的，所以这次的午餐换我请，但如果我愿意到他家坐坐，他不介意把午餐的钱给付了。

我"当然"给钱，女人的贞操可比20元贵多了。

他拿着钱走到柜台点了两份咖喱鸡套餐，又为自己要了一瓶可乐，店员说22元，他竟毫无愧色地走到我面前伸手要走两元。

"你一向都那么斤斤计较吗？我是说在钱的方面。"我还在搅拌我的咖喱，他已经连吞好几口。

"当然啰！因为我是穷人。"他振振有词地答。

鸭子是我认识的男人中最不会掩饰的，不管是生理还是心理，物质还是非物质，他一向直接索取，不行还可以交换。

"你的小提琴是谁教的？"我问。

虽说想听的是 Rose 的故事，但是了解相关人物背景也很重要。

"我爸，他是个不如意的小提琴家，所以把他的音乐梦强加在我身上，希望我能光宗耀族、扬眉吐气，可惜他太激进，把我本来还有的一点儿音乐爱好给吓跑了，所以十五岁那一年我毅然决然地离家出走，靠着以前学过的音乐底子混口饭吃。"

"后来你一直没回去过？"

"没，如果我爸知道我到现在还一事无成，肯定会气得脑溢血，为了不闹出人命，我只好继续流浪。"

我问"鸭子"这个名是不是他爸给取的？

"不是。几年前有个机会让我来到新西兰，那时我的英语很不好，所以请一个同为街头艺人的巴西人帮我取个响亮的英文名。原来巴西人的英语也不灵光，把Dirk发成Duck，我就这样莫名其妙地当了'鸭子'好多年，后来虽然发现了真相，但觉得这个名也还不错，够创意，所以就沿用下来了。"

"那Rose……"

我还想继续发问，但被鸭子制止了，他说我付的咖喱鸡钱就只够听这么多，他现在想吃Cold Stone.

啥？够不客气的。

~

我点了蓝莓口味的，鸭子要了巧克力味，另外还加了M&M、彩虹糖、果仁以及各种饼干，他的冰淇淋是我的两倍大。

"我很少点这么多配料，因为是妳请客，不吃白不吃。"

鸭子真贪心，而且大言不惭地直接承认占了我便宜。

"Rose她……"

还好这次鸭子主动说起Rose，而且巨细靡遗，否则我会误以为连晚餐也要我一并请了。

与传统的浪漫邂逅不同，鸭子和Rose是在酒吧内认识的，当时Rose被男友甩了，很自弃的样子，所以鸭子把她带回家安慰一番，没想到Rose从此粘上他。

同居之前两人说好了，一旦一方有喜欢的人，另一方无条件放手，但契约是一回事，女人的忌妒心又是另一回事。当鸭子告诉Rose对两人的关系感到厌倦时，她哭哭啼啼地挽留，迫于无奈，鸭子又勉为其难地多待两个月，到最后实在不行了，只好跑到外面偷吃，没想到被Rose雇的人拍下不雅照片。

Rose以裸照为要挟，逼鸭子在一个月内与她结婚，否则让他身败名裂。鸭子耸耸肩表示无所谓，反正自己也不是只好鸟，不差这件破事……

等他在外纵欲三、五天后，突然被告知Rose没了，为此他还在308室拉了一首Rose最喜欢的Meditation以兹哀悼。

我问他怎能如此淡定？一个大活人就这么没了，他却是一副"也无风雨也无晴"的洒脱。

"我知道你们都认为Rose是因我而死，但我不这么认为，说白了，她是被自己的一意孤行和偏执狂所害死，连警察都没定我的罪，可见我不需要为这件事负责。"

"中国有句话：我不杀伯仁，伯仁因我而死。"我说。

"中国还有句话：别对号入座。Rose就算这次没死，下次她还是会为了甲、乙、丙、丁自杀，因为她把所有的一切都压在眼前的这个男人身上，他得替她的快乐和不快乐负责，谁有那么大的能量？即使上帝来了，也无法满足她的件件要求。"

我说他好无情。

"错，就是因为自己太多情才惹来一身麻烦。"

见我一脸茫然，他做了补充说明："Rose长得非常……非常抱歉，又矮又土，体重大概有200磅重。我听说她被前男友甩了，一副可怜兮兮的模样，所以把她带回家，又应她的要求跟她上床。妳要相信，当时安慰的成分大过我身体的需求，没想到就因一时的仁慈换来无穷无尽的忌妒、骚扰、跟踪和威胁。"

～

走出Cold Stone，鸭子说："上我家坐坐？"

"如果我没数错，加上这一次，你已经邀请了四次，你认为我还会上你家吗？"

"听过《曾参杀人》这个故事吧？看过'洗脑'这个名词不？再不济，总知道什么是'广告效益'吧？某件事只要说久了、听多了，无形中就接受了。"

"放心，我肯定不会上你家。"

“那真可惜，妳错过了人生中最棒的性爱体验。”他说。

在我的错愕表情下，鸭子双手叉入口袋内，吹着《Lemon Tree》的欢快口哨，慢慢踱步而去……

第五十三章/莫妈妈登场

自从鸭子说我错过了最棒的性爱体验，我突然觉得身体无端地燥热起来。

古人十几岁就成婚，罗密欧和茱丽叶殉情时据说也才14岁，我，一个二十岁的成熟女人，会有性需求和性幻想不也正常？

是的，古龙水先生曾经是我的性幻想对象，但自从他说即使我脱光衣服站在他面前，他也不会有任何反应之类的话后，我的幻想便仅止于和他抱抱或亲亲小嘴罢了。

然而那个长得像传统韩国男子的壮实男人，此刻竟在我的粉色浮想联翩中占据重要位置，只见他正赤裸着身体向我走来……

半夜被惊醒，我捂住加速的心跳，脸也跟着潮红。

"该死的鸭子！"我咒骂着，心情久久无法平复。

～

我正等电梯，赵大同忽然从背后出现，问我昨晚睡得好吗？

"什……什么？"仿佛被人瞧见了秘密，我的脸刷地红了起来。

还好此时电梯来了，我低着头进入。

"昨晚不知为什么，老睡不好，因为我梦见妳被Dingo叼走了。"他说。

"Dingo?"

他解释Dingo是一种澳洲野狗，生性凶猛，有把人类婴儿偷走，生吃活吞的例子。

"这么可怕？"我满不在乎地答，"放心，我不是婴儿，所以不会被Dingo叼走。"

步出电梯，我跟正在扫地的伍迪艾伦打招呼，紧跟在后的赵大同却对他视若无睹。

"可可，妳慢点儿走。"

听赵大同这么喊，我更加紧步伐好甩掉他，直到……

"那只Dingo不是一般的野狗，它有一张鸭子脸。"

他抛给我一个震撼性的消息，我不得不伫足等他解释。

"我看到妳和Dirk在印度咖喱店用餐，然后又到Cold Stone吃冰淇淋。"他毫无愧色地说。

"你竟然跟踪我？"我一股气上来。

他解释那是由于担心我的缘故，说到底是为我好。

"但你还是跟踪我，为什么你要阴魂不散地跟着我？"

"可可，妳不了解鸭子，他……他很乱七八糟，妳别被他迷惑了。"

"我没被他迷惑，而是被你禁锢了，别再跟着我，我……受够了。"

本来我应该到公交站牌下等公车，可是却往相反的方向跑去。

"可可，妳八点有课，那个方向没有往学校的公车，妳会迟到……"他大喊。

我不理他，继续往前跑。赵大同追了我一阵子，大概知道他越追，我跑得越远，所以最终放弃了。

等到确定赵大同没跟上来，我才放慢脚步，然后找个路边花台坐下。

冷静过后，越想越不值，这是什么跟什么？我好像是电影《楚门世界》里的主人公一样，被人以关爱之名二十四小时监视着。

"妳怎么在这里？"鸭子突然现身。

"你又怎么在这里？"我反问，然后把即将溢出的眼泪给逼回去。

"这是我住的地方，我怎么不能在这里？"他有些莫名其妙。

我抬头看了一眼背后建筑物，有个木头制的招牌"Country View"在那里挂着。

"噢！原来你住这里。"

"别假了，妳是来找我的，对吧？"他又不忘往自己的脸上贴金。

"不对，我是迷路了，因为……因为……"我竟然哽咽了。

鸭子问我到底怎么了？

"没什么。"我拭去眼泪，站起身，"我走了。"

"去哪儿？我送妳。"

我答不用了，然后往我认为是学校的方向走去，如果运气好的话，也许能找到公交站牌。

"叭叭……叭叭……"一辆车在我身后缓行，并且猛按喇叭。

我转头一望，这真是我看过最破烂的车，漆掉了一大半不说，上面还写了几个脏字。

"上来吧！"鸭子按下车窗说。

"真不用了。"

"上课来得及吗？"他问。

我低头看表，糟糕！真的快来不及了。

鸭子适时把副驾驶座上的车门打开。

"在校园内看到江彩云着实吓了我一跳，她的头发乱糟糟，衣服皱巴巴，还顶着两个黑眼圈，真不像平时爱美的她。

看见我，她没像往常一样高喊"可可姐"，反而有气无力地道了声："Hi."

"妳怎么了？很憔悴的样子。"我问。

"没什么。"

我问起莫亦辰。

"他……很好啊！"

江彩云似乎不想多谈，很快转身离去。

我打工的餐厅是属于比较昂贵的那一种，但很多国内来的学生并不缺银子，会来此处消费也正常。

莫亦辰出车祸的消息就是从"美味餐厅"的客人闲聊中听来的。

" 物理系的莫亦辰开车撞向安全岛栅栏，整个人飞出去，**TOYOTA**也报销了，还好人没死，真是命大。"

" 是啊！他怎么没系安全带？听说是超速驾驶。"

" 还好没撞上人，不然就麻烦了。"……

我放下茶壶冲到小包间，神色紧张地问："你们说的是哪个莫亦辰？"

料理长飞车载我去皇后医院，因为我跟他说我表哥出车祸了。

他在入口处放我下车，还没来得及熄火便赶着回去，因为"美味餐厅"的厨房不能没有他。

谢过料理长，我赶紧飞奔到询问处，在工作人员的指示下，我知道莫亦辰在五层VIP病房。

上到五楼，等了好几分钟，我才获准进入。

"别讲太多话，他现在还很虚弱。"江彩云提醒我。

"知道了。"

我战战兢兢地走进带有小客厅的病房，一眼就看到躺在床上的他。

"莫亦辰……"我喊着。

他转过头来，脸上有些许擦伤，右眼角乌青，左臂打上石膏，两脚的脚掌也绑上白绷带。

"你好吗？"我走向前。

"还没死。"他自嘲，"坐吧！"

我在床边的椅子上坐下。

"为什么不绑安全带？还超速！"

这真不是责备的好时机，但我不知道该如何打破谈话僵局。

"没办法，被气得来不及想这么多。"

"多……多久前的事？"

"五天前。"

我想起了红色胸罩，就因为那件小事，我问他至于吗？

"对妳来说可能是小事，对我来说却是大事，我把妳视如珍珠般纯洁，可能我错了，呵呵！一定是错了，错得离谱。"他又开始自嘲。

事到如今，我不得不揭了何丽的隐私，告诉他红色胸罩不是我的……

"这么说我躺在这儿是白受罪的？"

我答知道就好，谁让他不等我解释清楚就开车走了，活该！

他没回嘴，大概是默认了。

"亦辰，妈给你炖了点儿鸡汤，你现在喝还是……"

莫妈妈提了一锅东西进来，看见我，愣了一下。

"妈，这是可可。可可，这是我妈。"莫亦辰赶紧介绍。

"莫妈妈好。"我站起身问好。

"好，我们见过，在一家酒店前面。"莫妈妈边打量我边回答。

哎！这真令人尴尬，没想到莫妈妈的记忆力这么好。

"其实……"

我想解释，但莫妈妈要我赶紧走，因为会客时间已经结束了。

"好，那我走了，莫亦辰、莫妈妈再见。"我对两人说。

莫亦辰要我路上小心，莫妈妈却转过身去，仿佛没听见似的……

第五十四章/姜还是老的辣

除了上课、打工外，我尽量抽空探望莫亦辰，但总无法尽如人愿，好不容易掐对时间，待在病房內却如坐针毡。

不知道是不是我过度敏感，在场的莫妈妈虽然手头上也有事要做（譬如看本书或做个针线活），但我总觉得那不过是做做样子，真正目的是竖起耳朵听我们都讲了些什么。

我和莫亦辰不得不挑安全的话题谈（譬如天气、学校新闻或刚出来的一部电影），实在无话可说，我们就互相对望，但此时却是无声胜有声，因为我们用眼睛说了不少平常说不出口的话。

"咳、咳……"莫妈妈假装咳嗽几声，大概对可怕的寂静感到不安。

我们的眼睛对话也只好戛然而止。

这是莫妈妈在场的时候，换成江彩云在场可就是另外一幅景象了。通常她会不请自来地加入我们的谈话，而且很快成为主导，霸占着辰哥哥不放，很少有让我插嘴的余地。

奇怪的是，不论我在哪个会客时间来，房內从未有莫亦辰一人落单的时候，似乎刻意不让我们独处。

所谓"上有政策，下有对策"，莫亦辰知道我下午一点到两点很少排课，而莫妈妈通常在招呼完宝贝儿子用餐后，自己会出外吃点儿什么或买点儿什么，然后赶着三点回来监视我的忽然到访，所以莫亦辰向VIP的洋护士事先打了声招呼，让我能在非会客时间内进入。

我依着莫亦辰的安排前来，没了莫妈妈和江彩云这两个监视者，我和他的谈话果然自在许多。

"慢点儿，"我小心翼翼地扶起莫亦辰，然后把背后的枕头放直，"这样可以吗？"

"嗯！"

安置好莫亦辰，我在病床旁的椅子上坐下，正想着该谈什么话题，他突然开口要我一起坐在床上。

"不要。"我羞红了脸。

"要。"他也任性起来。

"不要。"

"要。Come on . Quickly."

我还在犹豫，他忽然右手护腹，一副疼痛的模样。

"怎么了？"我站起身来。

谁知莫亦辰没受伤的右手这么孔武有力，他将我揽腰夹住，一个重心不稳，我倒向他，此时的我应该马上跳下床，正因为那几秒钟的迟疑，让我的矜持失去了充分的理由。

"这不挺好的？"他说。

和男生在床上促膝长谈是我以前没有过的经验，但我一点儿也没往歪处想，因为莫亦辰的身体正被左绑右捆着，我完全不担心他会意图不轨。

当然，有时候，我是说有时候，当天时、地利加上人和，我以为……以为他会吻我，但他的唇到了我的脸颊不足零点零一毫米的地方停下，没有逾雷池一步……

~

姜果然还是老的辣，莫妈妈瞧我好久没在会客时间内探病，闻出了不寻常的味道，决定来个突袭。

当她推门进来时，我正和莫亦辰如常地坐在床上，虽然我们的衣衫整齐，但看在莫妈妈眼里，我和风骚的潘金莲无异，这当然不能说她的儿子是西门庆，因为莫亦辰早已被她马赛克成为路人甲。

我赶紧跳下床，拉拉自己的衣裳，顺便遮掩羞愧的神情。

"噢！我怎么不知道会客时间改了？"莫妈妈不知在问谁。

"妈，是我要可可在这个时间过来看我。"莫亦辰把责任一把揽在身上。

莫妈妈好像听不见，她转头对我说："可可，妳的头发乱了，到洗手间整理一下。"

我非常确定我的头发没乱到要整理的地步，但还是顺从地走入VIP房内的私人洗手间内，并且待在里面直到那对母子停止争论，才快快地走出来。

"莫亦辰，我下午还有课，先走了，拜!"

我不敢看莫妈妈，也不敢和她说话，这时候还是悄悄走人比较明智。

走出医院大门，半吊着的心终于可以放下，我思忖着该回家还是去学校图书馆念书，此时忽然传来莫妈妈的声音："可可，借一步说话。"

"好……好啊！"我打着哆嗦应着，心想，"妳完了，张可可。"

第五十五章/孤寡相

皇后医院位于Western Springs Park东侧，所以我和莫妈妈没走几步路，便走进花木扶疏、百鸟争鸣的花园內。

午后的阳光温暖地洒落下来，坐在花棚下的石椅上，莫妈妈娓娓叙述着莫家的发迹史及莫亦辰的成长路。

原来莫爸爸和莫妈妈都是F大外语系的学生，原本一个是高中老师，另一个是公务员，觑着大时代的转变，两人狠心一咬牙，双双辞职置办了一家进出口贸易公司，在餐风露宿、胼手胝足下，逐渐成了气候。

然而成功是必须付出代价的，两夫妻整日忙得昏天黑地的，莫亦辰只好丢给爷爷奶奶照顾，直到小学五年级才接回，转由保姆照料。

"对儿子，我和爱人是有愧疚的，不是我夸耀，亦辰做人做事一向有分寸，没个差池。"莫妈妈说。

我点头表示同意。

她转而问起我的家庭状况，相较于莫家的书香门第和后来的显赫家境，我家真是羞涩地拿不出手。

当我把父母的初中学历和寒碜的乡下小照相馆道出时，没想到莫妈妈一点儿也不轻视，反而说着"辛苦了"之类的话，让我心生感激，然而好时光并没有持续很久，因为……

"可可，我不是老古板，希望妳明白，接下来的谈话是出于一个母亲爱护儿子的心情。"

"嗯！"我有了不祥的预感。

"去年圣诞节亦辰回国，我知道有事发生，他的眼睛闪着光芒，人有时异样得兴奋，有时又沉默得出奇，我知道他不一样了，肯定谈了恋爱。问他，他不说，我看在眼里，内心是欢喜的，因为我的儿子长大了。"

她话锋一转提到十月份的假期，原本他们是快乐出行，却因出发前瞅见我和一个男孩的私情，一路上莫亦辰沉默不语，假期变得惨淡，这是始料未及的。

"对不起，我和赵大同不是……"我赶紧澄清，但莫妈妈不给我这个机会。

"妳爱跟谁上床我不管，再说了，现在的孩子私生活乱七八糟，我们做大人的能说什么？妳能把单纯的莫亦辰玩得团团转，那是妳的本事，但做母亲的我不能放着深陷泥沼的儿子不管，妳说呢？"

"那是误会，我可以解释……"

莫妈妈再一次截断我的发言："这次亦辰出车祸，如果我猜得没错，是因妳而起的，对吧？"

我无奈承认。

"偷偷摸摸与我儿子在非会客时间内见面，还毫无愧色地坐在床上，是的，两人貌似只是谈天，但谈着谈着难保不出事。不管是谁的提议，这只是再次证明妳是个行事欠考虑又缺乏原则的女孩。"莫妈妈非常不客气地指责我。

"我承认在这件事上做错了，对不起，下次我会更小心谨慎，不再犯错。"

"问题是没有下一次了。"

我颤抖着问为什么？

莫妈妈答她的儿子需要的是能干的王熙凤，不是柔弱的林黛玉，希望我离开莫亦辰，让各自安好……

"我不是林黛玉，我也没那么柔弱，相信我，我会帮助莫亦辰，重要的是，我会让他快乐。"我着急地一连丢出好几个"我"。

"妳不会，妳只会让他流泪，然后带给他无穷无尽的灾难。"

"您怎能这样说？"我很不平。

莫妈妈解释："我承认妳很美，有一股我见犹怜的魅力，难怪我那个傻儿子会被妳迷得神魂颠倒，但……我懂一点儿面相，知道拥有某种面相的人更容易造成某事的发生，不由得你不信。"

面相？这也太怪力乱神了吧？！

我问我是何种面相，让她如此反对我和莫亦辰在一起？

"好吧！既然妳问起，我就不客气地说了，好让妳死心。"她仔细端详我片刻，然后像大师般地点评，"妳的身材干瘦，皮肤很好但肤色惨白不明亮，眉毛稀疏，带点儿八字眉，眼睛是带勾的凤眼，眼神呈死鱼状，鼻子尖挺，嘴巴很薄，嘴唇颜色暗沉，下巴尖细内收，这是……孤寡相。"

"孤寡相？"

"我讲浅显一点儿，就是'剋夫'。"

我一股气上来："莫妈妈，我不愿冒犯您，但您堂堂一个大学生，说这些江湖术士用语，不觉得可笑吗？"

莫妈妈听了摇头，她说我还太小，等我到了她这个年纪就知道，很多事冥冥之中早已注定好。

我依然较真，坚称这是迷信。

"不论是不是迷信，但凡有一丁点儿的可能性，我也要我的儿子远离灾难。"

"呵呵！我知道了，江彩云一定是大富大贵之相，莫亦辰娶了她就能逢凶化吉、万事OK了。"我竟然有心情点起鸳鸯谱。

没想到莫妈妈否认，她说江彩云只是她从小看到大，朋友的孩子罢了，不是亦辰的结婚对象……

"为什么？他们不是订过娃娃亲吗？"我问，因为私底下江彩云一直喊她"婆婆"。

莫妈妈答本来是有这个打算，江彩云的父母也的确帮过他们不少忙，但……反正这件事与我无关，她只是来表明立场，希望我主动分手。

"不可能，我绝不会放手，除非莫亦辰先放。"

"那么妳是明着和我作对？即使知道会给亦辰带来厄运，妳还是义无反顾地要和他在一起，这是爱他吗？还有，麻雀变凤凰的故事不是没有，但多数以悲剧收场，妳的家世背景和我家差太多，妳确定能适应？古代传承的门当户对有一定的道理，相信我，妳不会高兴在一个截然不同、相距太大的家庭里生活！"

原来莫妈妈一开始的"不势利"只是做做样子，骨子里还是有很深的门第观念。

见我不言语，她接着说："从我们的谈话中，我大概了解妳的家庭状况，这样吧！我愿意赞助妳接下来的大学费用，只要妳……不让我失望。"

莫妈妈竟然采取"利诱"。

"这倒不必，我既然能熬到现在，没理由熬不过接下来的两、三年。"

"很好，有骨气，我相信妳也会很有骨气地不入摆明不接受妳的莫家。"她站起身来，"为了不让亦辰和他的母亲反目成仇，妳不会告诉他，我们今天的谈话内容吧？"

我机械式地摇摇头。

"那好，我走了，希望以后不再见。"她非常绝情地说。

莫妈妈走了，留下一个"孤寡相"给我。

"哈！孤寡相？我竟然有孤寡相，哈哈……哈哈……"

我像个傻子似地笑出声，笑着笑着，突然又像疯子般地哭了起来，呜呜呜……呜呜呜……

第五十六章/闲杂人等

莫亦辰打了三十多通电话，发了近一百条短信给我，我既不接也不回，直到一个陌生的手机号响起。

一个洋女人在电话中问我是不是CoCo Zhang？我答是，然后她要我等一下……

"可可，是我，"是莫亦辰的声音，"别挂，千万别挂，我好不容易才打通。"

"莫亦辰……"我低唤他的名。

"为什么不来看我？还有，为什么不接我电话也不回我短信？"

我一时无语。

"是不是我妈跟妳说了什么？"他接着问。

我赶紧否认。

"那么妳来看我，好吗？我……我想念妳。"

莫亦辰，我也想念你，但是我不能……

"最近……最近学校功课很忙，快期末考了，我不想考个烂成绩。"我答。

"原来这样啊……我了解，最近我也在看书，学校允许我在病房里笔试，实验部分可以等回到学校后再补考。那么，考完试妳来看我，好吗？"

我答到时候再说吧！也许我会回家一趟。

"回中国？"

"嗯！"

"那好吧！到时再联系。答应我，别再不接听我电话、不回我短信，好吗？"

我嘴巴应允，心却犹如刀割。

挂上手机后，我马上把SIM卡取下，并且在隔天换上新的手机号。

坐在何丽的书桌前，我盯着她的化妆镜，把带勾的凤眼眼角往下拉，再把尖挺的鼻子使劲压扁，下巴的确尖细，但什么是死鱼状的眼神呢？

"妳在干嘛？"何丽问。

"我在照镜子，莫亦辰的妈妈说我有孤寡相，会剋她的宝贝儿子。"

何丽噗嗤一笑，说："我以为莫札特的父母是知识分子。"

我答没人规定知识分子不能迷信，然后把和莫妈妈的对话内容，一五一十地道出。

"现在怎么办？"她问。

"不知道，走一步算一步啰！谁叫我有孤寡相。"我自弃地说。

"可可，妳千万不能这样想，来，跟我一起祷告，向神射出求助之箭，祂会应允妳，给妳解决的力量。"

在何丽的坚持下，我们一起双手合十祷告，都是她在说，非常虔诚的样子。

"……以上所求是奉主耶稣圣名，愿按主圣意成就，请圣母妈妈为我代祷，阿门。"

见我半天没反应，何丽用手肘碰了我一下，我才大梦初醒地喊了声："阿门。"

我不知道这样的祷告是否有用，反正已经射出求助之箭，现在就等上帝回复了。

我很难得在没有课的午后留在家里温习功课，因为通常上完课，我会待在学校图书馆里念书，直到不得不上工为止。

《Inorganic Chemistry》很令人头疼，我永远搞不懂那些元素性质和方程式，所以打算先从它入手，这样才会有"倒吃甘蔗"的感觉。

我打开课本，还没读完一页，窗口就传来小提琴悠扬的琴声，而且听着竟然有一份熟悉的亲切感，原来拉的是王菲的《我愿意》。

离开课本，我往窗外探去，果然是鸭子，他就站在"Golden Castle"的室外停车场上，正深情款款地拉着那首经典情歌。

一曲终了，他双手敞开，仿佛正享受着千万人的喝采，然后开始俯首谢礼，三百六十度都谢过一遍后，他这次单独谢我。

如果不是认识这个人在先，我可能会因为他的琴艺和天赋而爱上他，可惜他做人太失败，爱上他非但不可能，连认识也成了一种耻辱。

他谢了半天的礼没得到回应，竟然把打开的琴盒顶在头上，原来他在索取赏金，真是死性不改。

我回房从钱包里拿出一个铜板，正要举手往外扔……

"别扔，地这么大，我会找不着，"他大喊，"妳下来拿给我。"

讨厌! 我的妇人之仁又给自己添麻烦了。

"喏！拿去。"我说。

"怎么只有二十分？"他看着手中的Kiwi鸟问。

"因为我也是穷人。"我附合他的穷人论。

"好吧！不要白不要，亏我还拉得这么好。"他把铜板放入口袋。

想着《Inorganic Chemistry》还在等我，我说我上楼去了。

"Wait，妳是不是换手机号了？害我老打不通。"

我答是换了，为了杜绝闲杂人等的骚扰。

他一副高兴的样子，说还好自己不是闲杂人等。

"很抱歉，你就是闲杂人等。"我泼他冷水。

"我以为我是妳的二房东。"

一句话把我给问住了，他的确是我的二房东，趁我无言之际……

"到我家坐坐吧！"他说。

"不去，这是你第五次问我了。"

"其实潜意识里妳很想去，否则不会细数我问了妳几次。"

我正想反驳，他答他有预感，当问到第十次时，我会答应上他家。

真不知鸭子的信心从何而来，我猜这是一种心理暗示，让他的家成了我想一窥究竟的圣地。

"不管你问几次，我都不会上你家，所以别再问了。"我说。

"啧啧啧！妳把自己束缚得太紧，妳的身体需要解放。"他又开启性骚扰模式。

"谢谢你的关心，我的身体还不打算对你解放，再见！"

我才跨出一步，背后就传来一句："我喜欢妳的忧郁气质及不明朗的笑容。"

妈的，这整的是哪一出？

"快别这么说，我这叫做'孤寡相'。"我转身自嘲。

"我不知道什么是孤寡相，只知道这是第一次……第一次我觉得……觉得可以为了一个人收起浪子的心。"

我看着他，一时不知该做何反应，他却忽然大笑起来："哈哈！笑死我了，看看妳的表情，好像天要塌下来了。"

"无聊！"我面斥他，然后转身拂袖而去。

坐在《Inorganic Chemistry》前，我飞快地记下质量守恒、定比、倍比定律，同时为刚刚浪费掉的时间感到深深的后悔与不值……

第五十七章/圣诞晚餐

莫亦辰在病床上动用他所有的资源，不仅狂发邮件给我，还通过我们共同认识的朋友传口信，但我一律不加理会，默默把原来的电子邮箱取消，另外注册了一个。

"妳好狠心啊！"何丽说。

我狠心吗？拒绝莫亦辰是如此困难，我的每一步狠心都在考验着自己的承受力和忍耐力，我以为时间会让我忘记他，但取代的却是无止尽的思念与哀愁……

何丽邀请我去参加圣诞节前夕天主教的望弥撒活动，我很想去，但"美味餐厅"12月24日还在营业，24号过后才会连续放十天的假，一直到隔年一月五日。

"那么妳25号来参加Ben的家庭聚会吧！一起吃圣诞晚餐，如何？"她说。

我没吃过圣诞晚餐，也没参加过别人的家庭聚会，所以没多做考虑就答应了。

~

走过琳琅满目的商店，那些可爱玩偶、实用器具和漂亮首饰一直刺激着我的购买欲，但也同时不断地提醒我，自己的囊中有多羞涩。

圣诞节的重点戏是交换礼物，如果只是买一个，对我的钱包还不致于构成威胁，但何丽说Ben有一个大家庭，这可麻烦了，我要怎么让这个月的开销不透支，同时又买到拿得出手的礼物呢？

"妳在想什么？"当我望着商店橱窗出神时，赵大同冷不防从背后出现。

"噢！我在想买什么圣诞礼物给八个人。"我艰难地答。

"妳的预算是多少？"

真是穷人的孩子早当家，换成还在向家里伸手要钱的纨绔子弟，大概不会问这么煞风景的话。

"这就是问题所在，我没多少钱了。"

"这样啊……"赵大同作沉思状，没多久他灵光乍现，"妳何不自己动手做？新西兰到处都是鲜花，妳可以把它们采下来，干燥压平后做成书签，一定比买现成品有意义得多。"

这倒是个好主意，我刚好又是园艺系的学生，没有人比我更了解花草了。

主意一打定，说做就做，我很快在接下来的几天里投入书签的制作当中。

~

虽然当初的构想是送给Ben和他的家人，但后来却欲罢不能，我一连做了好几十个分送老师、同学和朋友，感激他们过去一年的照顾。没料到我做的书签不仅大受欢迎，还收获很多回礼，真是达到圣诞节分享与感恩的目的。

我也把书签送给古龙水先生，用的是他最喜欢的紫丁香，他很开心地表示这是他收到的最好礼物。奇怪，去年我花六百元，买了昂贵的香水当生日礼物送给他，他都没这么高兴，果真送礼送的是诚意而不在于价格。

除了Ben家的圣诞礼物我尚未送出，还有一个我特别用心制作的书签也同样搁在梳妆台上，那是给莫亦辰的，我不知道自己会不会送出去，可能，很可能，他永远也收不到……

这是一栋四居的花园洋房，我的到来受到诚挚的欢迎，大家都跑过来拥抱我，包括小小的EMILY，她是Ben的侄女。

Ben和想像中一样，是个书生型的男人，只是书卷气下又多了一份淡定，仿佛永远不会担心什么。这种从容不仅Ben有，他的家人也全都有，包括何丽，她像个女主人似地招呼我。

用过丰盛的火鸡大餐，我羞涩地把书签拿出来分送大家，毫无意外地收到大大的赞美和欢迎。

"Ben说他们全家也有礼物送妳。"何丽说，并且要我端坐在客厅的沙发上。

我有些紧张，因为他们全家站成合唱团的架势，何丽也在其中。

轻轻听，我要轻轻听，

我要侧耳听我主声音，

我的牧人认得我声音，

你是大牧主，生命的主宰，

我的一生只听随主声音。

……

轻轻听，我要轻轻听。

唱完，Emily摇曳着小小的身躯向我走來。

" Auntie, Merry Christmas."她交给我一个包装精美的纸盒。

" Merry Christmas."我答礼，然后当着大家的面打开礼物，原来是一条粉色丝巾。

我道谢，眼眶发热。

"可可，我们希望妳早日回到主的怀抱，因为祂是道路、真理、生命。"何丽说。

走出花园洋房，Ben全家站在门口向我挥手（何丽说要留下来洗碗及做晚课，所以也站在其中）。

我已经分辨不出谁是主人，谁是客人，因为何丽显然已经成了Ben的家人。

远方的教堂响起了钟声，那么静谧、安祥与平和。我在寂静空荡的街头上，拥着圣诞礼物，踽踽步行回家……

第五十八章/到我家坐坐

圣诞节过后，新的一年很快就来到，不论英文报或华文报，这几天连续刊登着一则广告，我因此知道跨年晚会将在Judges Bay举行，由著名的真人秀主持人Phil Keoghan主持，节目将包括歌舞、杂技、魔术表演、乐团演奏……等。重头戏是当跨过今年尾巴的那一刻，天空将会发放七彩烟花，除旧布新地迎接新年的来到。

讲到Judges Bay，它是新西兰著名的旅游胜地，位于富人区Parnell。这里绿树成荫、草茵遍野、白色的海滩绵延亘长，湛蓝的海水更是清澈见底。

我一早与何丽约了在那儿见面。

到了这一天，海滩上架起了舞台，我看到灯光师傅在打光，音响也在测试，工人们忙进忙出，自有一份过节的热络景象。

何丽要我找一个既能看表演又能看烟花的地儿，我绕了一大圈，终于在常青树下找到一块风水宝地。

我把带来的野餐垫铺在地上，等着何丽和Ben的到来。

~

当鸭子提着琴盒经过常青树下时，我正跟两个金发碧眼的可爱小孩玩Hide & Seek。绑着麻花辫的Tina一下子就被我找到，但哥哥Robert在哪里呢？我左顾右盼。

"咳、咳、牡丹花下死，做鬼也风流。"鸭子无端蹦出一句。

" A-ha, I catch you."我一把抓住Robert，他正在紫兰心后面的大石头下躲着。

玩了一会儿，Tina 说想Pee，Robert也跟着说要，我赶紧把两个小孩送还给他们的父母，俺可不想当把屎把尿的保姆。

"好可爱的小孩啊！"鸭子赞美着。

" 是啊! 我还在想是不是该和蕃，然后生出像这样可爱的娃娃。"我做起梦来。

"别，可别便宜了老外，现在吹中国风，懂不懂？"

"不懂。"我直接泼他冷水，"对了，鸭子先生，你懂不懂牡丹花和紫兰心的差距不止一点点儿，你怎么会搞错呢？"

" 所有的花对我来说都一样，华而不实的东西罢了，不值得一记。"

彼此沉默了一会儿后，我问他怎么会在这里？

"待会儿有演出，"他抬手看了一眼时间，"糟糕！我得去排练了，妳会一直待在这儿吗？"

我答会（其实不太确定）。

听完我的回答，他很满意地离开，我心血来潮大喊："祝你演出成功！"

他背对我挥了挥手。

~

何丽和Ben在节目演出十多分钟后才赶到。

"死可可，说什么常青树，这海滩光常青树就好几十棵，害我们找死了。"何丽一屁股坐在野餐垫上大喘气。

"我还说了在舞台的右边……"

"呵呵！提示得真好。"她揶揄我。

"别说可可了，她也等我们很久了。"

Ben边当和事佬边把在家做好的三明治和水果沙拉从篮子里拿出来放在垫上。

哇！饿死我了，当我拿起三明治正想大咬一口时……

"天主，求祢降福我们，给我们所食用的食物及一切恩惠，因我们的主，阿门。"何丽和Ben双手合十作餐前祷告。

我把手中的三明治放下，赶紧补上一句："阿门。"

表演很紧凑也很热闹，PHIL KEOGHAN如机关枪般的主持风格也很适合这种欢快的场合，可惜音响效果还是差了点，加上人声鼎沸，真正看节目的人不多，以致于鸭子什么时候上场，拉了什么曲目，我完全不知道，倒是我们三人说了不少话，算是摆了场龙门阵。

等到四周围开始有些许骚动时，我们才意识到今晚的重头戏就要登场。

" Ten,Nine,Eight……"在场的男女老少跟着主持人倒数，"……Three,Two,One."

碰的一声，空中射出一朵礼花弹。

" Yay～Happy New Year."众人欢呼起来并互祝新年快乐。

我还在为应接不暇的美丽烟花惊叹不已，何丽跑过来拥抱我："Happy New Year!"

然后是Ben，他也蜻蜓点水式地吻了我双颊。

"Happy New Year!"我对他俩说。

显然我的回礼太微不足道，只见Ben深情款款地对何丽说："Happy New Year!"，然后俯身给她一个热情的吻，嘴对嘴......

何丽也拥紧了Ben，忘情的回吻。

这是多么感人的一幕，纵使周围吵杂，何丽和Ben的眼中只有彼此。

我的眼光重新回到空中，橙色的喷花很炫丽，紫色的旋转花很夺目，而火箭烟花也的确慑人......

"可可~"有人大声喊我的名，因为烟花的爆炸声太响亮了。

我转过头去，是鸭子，他跑得上气不接下气。

"你怎么......"

他走上前来："可可，Happy New Year!"

在我还没来得及反应前，他给了我一个熊抱，接着行贴面礼，当我以为就这样结束时，他的唇凑了上来......

除了感觉柔软，我还尝到他口腔里薄荷味的漱口水味道，而他男人特有的荷尔蒙体味也像攻无不克的坦克般，直接强敌压境......

"干什么你！"我使劲吃奶的力气推开他，因为他把舌头也伸进来了。

"我在祝妳新年快乐。"他坏坏地笑。

"有这种祝福法吗？"

"有啊！那边、那边、那边，还有树底下那一对。"

我随着他手指的方向望过去，果然一对对的情侣正上演着接吻大赛，而何丽和Ben这一对却不知上哪儿去了。

"不理你，我走了。"我垮着脸迈开脚步。

"别走，可可。"他抓住我的臂膀，"到我家坐坐。"

我依旧回绝。

"这是第十次邀请，我有预感妳会在第十次邀约时到我家坐坐。"

"很抱歉，你的预感失灵了，大师。"

"没失灵。"他从口袋里拿出一张长形纸片交给我。

我一瞧，是ANZ银行的支票。

"你以为付钱给我，我就会上你家坐坐？这也太贬低我了。"我说。

"看清楚。"他的嘴角有一丝笑意。

我的目光重新落在支票上，收款人写着Dirk Fan, 金额五千元，原来跨年晚会付给他这么多银子。

"恭喜你，没想到拉个曲子能赚这么多，早知道我就学音乐去了。"我有微微的醋意。

"再看仔细点儿。"他的笑意不改。

收款人看了，金额看了，还有什么没看呢？……等等，那个龙飞凤舞的签名是谁的？竟然是……江……彩……云……

我迅速抬起头来，鸭子对我说："到我家坐坐。"

第五十九章/戒瘾学院

虽然鸭子一再保证他会很"绅士"，但以他一贯不按理出牌的行径，我还是跟他约在大白天。

谁会想到新年的第一天，我竟然要到一个"有点儿熟又不太熟"的男人家里？但为了一解谜团，我大有"不入虎穴焉得虎子"的气概。

"Country View"的风格有点儿类似西部牛仔，里面大部分是原木装潢，不仅空气中弥漫着皮革的气味，服务台后面的墙上甚至还挂着一个驯鹿头。

大厅也有管理员，但不是伍迪艾伦那种老头子，而是一个二十岁出头的洋小子。如果你付他几块钱，他会从身后酒柜上取下你要的酒，斟上一小杯给你。没错，他还身兼酒吧服务员，这真是个不伦不类的公寓啊！

与我想像的混乱不同，鸭子的房间不仅整齐，而且很有艺术气息。墙上贴了几张电影海报，其中有一张竟然是小提

264

琴大师帕尔曼的，右下角还签了名，我凑上前去想分辨个真伪。

"是真的，五年前我在美国卡內基音乐厅听完他的演奏，跑到后台请他签的。"

我问他几岁？在美国待了多久？

"都说女人的年龄是秘密，问是不礼貌的，男人的年龄好像就不是秘密，可以毫无顾忌地问。"他抱怨。

"你不想答也行。"

"虚岁28。"他还是答了。

不管实岁、虚岁，鸭子整整大我七、八岁。

"你背起书包上小学时，我才刚出生哪！"我說。

"千万别把我归类为老男人，我的心永远和妳一样，20岁。"他嘻皮笑脸起来。

我无可无不可地接受他的疯言疯语，无聊地原地打转，他大概也意识到有点儿冷场，招呼我坐下后，动手泡起咖啡。

"你去过美国？"当他把热腾腾的咖啡递给我时，我旧话重提。

"嗯！街头艺人就是这样，到处走动。"

我后来知道除了美国，他还去过巴西、泰国、新加坡，然后是现在的新西兰。

大概在外面流浪久了，有一段时间鸭子很自弃，疯狂地和不同的女人做爱及大量酗酒，但自从一个美国籍男子酗酒后在新加坡街头涂鸦被捕，最后被施以鞭刑，鸭子这才幡然醒悟，觉得再这么堕落下去难保下一个被行刑者不是自己，于是走进"戒瘾学院"。

这是由新加坡生理卫生机构所置办的学院，为药物、酒精、赌博、上网、疯狂购物……的瘾君子们提供完善治疗，不仅免费，还提供食宿。

"可惜学院没有针对那些对女人上瘾者提供治疗方案，否则我现在活脱脱就是个柳下惠了。"鸭子说。

我对学院不感兴趣，正思忖该怎么把话题拉回来，重新问起鸭子、江彩云和支票三者间的关系时，鸭子突然开口："我和江彩云的第一次蹿面是在新加坡。"

什么？！那么久以前的事，我还以为他俩是新近认识的。

"你们是在大学里认识的吗？"我想起何丽曾经说过江彩云在新加坡读过一年大学预科。

鸭子否认。

"那么是在戒瘾学院，因为……因为她疯狂购物成瘾？"我猜测。

"也不是，她那时很……很糟糕。"

"很糟糕？"

"别说这个了，给妳看样东西。"

鸭子从正对着床头的电视柜上取下一个米老鼠造型的闹钟。

"好可爱啊！"我说。

"一点儿也不可爱。"他把闹钟翻到背面，打开开关，从里面取出一个钮扣大小的黑色物。

我问那是什么东西？他答无线针孔摄像机。

"为什么呀？"我细思恐极。

鸭子把玩了一阵那个黑色小东西后，重新将它装回米老鼠的肚子里。

"江彩云给了我五千元，要我把妳拉上床，然后……"他说。

我顿时五雷轰顶，原来我正和"犯罪分子"同处一室。

"别……别碰我，否则……否则我要大叫非礼。"我边后退边警告他。

没想到鸭子在毫无预警下，当着我的面把那张支票给撕了。

"这是干嘛？"我一头雾水。

"妳若要问为什么，我也不明白，这五千块钱是预付金，事成后江彩云会另外再付我五千，整整一万块，可以让我舒舒服服地过上大半年，但……我不愿意，不愿看到妳不开心。呵呵！我一定是脑筋坏了，怎么就决定当好人了呢？"

我突然觉得眼前的鸭子不像鸭子，反倒成了陌生人。

"你知道江彩云为什么要这么做？"我放下戒备问。

"我想是妳挡了她的路，据我所知，她是个很霸道的人。"

"可是再怎么霸道也不能……"

鸭子说林子大了什么鸟都有，要我多留点儿心，因为人间处处有"坏鸟"呀！

走出"Country View"，我的手里多了一卷海报，帕尔曼的那一张。

虽然我一再推辞，但鸭子表示自己是个流浪艺人，手上的东西越少越好，也许过了今天就没有明天，把帕尔曼交给我，他很放心。

"我喜欢妳的忧郁气质和不明朗的笑容，真的，我的初恋情人就有同样的气质与笑容。"他苦笑着说。

第六十章/消失的古龙水先生

开学了，我终于升大三了，这是我们华人圈子的说法，但在新西兰人的眼中，我依然是Year 2。

这不得不提新西兰的学制，它的大学是一年预科，三年本科，修读预科时，除英语是必修外，还同时选读专业科目（当然，如果学了一段时间后，发现某科太吃力，打算改修其他科目，那也没问题，只要提出申请即可。也就是说，预科是先让你试试水，免得淹死了还不自知）。

然而中国人还是习惯以国内学制介绍自己，毕竟不同的学制解释起来很费力，而无端被人误会留级一年也挺不自在的。

我拿着这学期的书目到学校书店买书，都说新书新气象，我当然也希望用的是没开封过的一手书，但是磨磨蹭蹭后，还是乖乖到角落去挑看起来还不太坏的二手书。

二手书价格只有新书的一半，这对经济不宽裕的我来说，不啻是一大福音，因为省一块钱就是赚一块钱，何乐而不为？

买完书，我不忘把去年用过的书放在此处寄卖。过去的一年我很小心翼翼地让它们保持本来的面貌，所以应该很快能得到买家的青睐。

没错，以这种买卖方式，我几乎没花什么钱就拿到上课用书，再次证明"穷人的孩子早当家"。

走出书店，想不出该干什么，决定去跟古龙水先生打个招呼，一方面是久违叙旧，另一方面是我认为他的简体字已进步太多，不再需要我校对。

少了和他见面的机会当然很伤感，但是汤尼付费雇用我，如果我明知他不需要我而仍拿他薪水，这似乎不太厚道……

走进古龙水先生的办公室，我意外发现里面坐着一个女老师模样的人。

" Sorry."我马上退了出来。

抬头望着这扇再熟悉不过的房门，门牌上却写着Miss Pan。

我从走廊头走到走廊尾，再也找不到那个深刻的名字。

" 没错，这是古龙水先生的办公室啊！"我心想，再次推开那扇门。

面对我的疑问，潘老师说她不清楚原来的老师去了哪里，博士生毕业后另谋他就很常见。

～

原来在古龙水先生心里，我一点儿也不重要，再怎么说，走之前也该和我打声招呼吧？！

我相当受挫，提着一大袋刚买的二手书，一时不知该何去何从，想着要不要先到何丽家歇歇？忽然看到莫亦辰从书店里走出来，旁边跟着江彩云。

那个我朝思暮想的男人，身形比以前更瘦，神情也有些萎靡，他正拄着拐杖，一步一步吃力地往前走……

江彩云提着一大袋子的书跟随，勉强走几步后，大概发觉两人以龟速行走相当不智，和莫亦辰耳语一番后，迳自往男生宿舍的方向走去。

"真难为小萝莉了，她是那种站着不如坐着，坐着不如躺着的人，能为一个人出卖劳力，这不是普通的牺牲啊！"感慨之余，我不得不承认，她一定很爱他。

跟在莫亦辰身后，我一步一趋。他的左手石膏已取下，除了左脚看起来还不太利索外，右脚已大致能行，然而他似乎用不惯拐杖，笨拙得像个扯线娃娃。

就这么保持五十米距离的尾行，我忽然看到他的左前方地上有个小小的洼洞……

"莫亦辰，小心哪！"我心中呐喊着。

说时迟哪时快，他的一支拐杖不偏不倚地插进那个洞，想拔出来时，身体却失衡了，以致重重摔倒在地。

我把装书的袋子往地上一扔，立马冲上前去，但有两个大男生动作比我还快，他们联手将跌坐在地上的莫亦辰扶起，我遂停下脚步。

此时不知从哪儿冒出来的江彩云不要命似地飞奔过去，关心地询问他哪里跌疼了？要不要紧？……

就在不经意的一回头，她瞧见我了。

不过是几秒钟的事，她果断把我变不见，而且非常担心莫亦辰也会看见我似的，扶起他火速离开。

在中国城看见毛律师虽然有点儿意外，但也不到吃惊的地步，毕竟华人隔三岔五会来趟中国城喝喝早茶、会会朋友，然而真正看到毛律师的那一刹那，我还是吃了一惊，因为他的身边不是汤尼，而是美丽的毛太太。

他俩伫足在Michael Hill珠宝店的橱窗前，毛太太似乎看中一件饰物，毛先生怂恿她进去看看，两人依偎着走进店内。

"古龙水先生呢？"我很纳闷。

想起几个月前的一幕，毛太太交给汤尼一纸袋的百元大钞……

难道这就是交易？几万块钱打发古龙水先生，然后让失去情人的毛先生回归家庭？

虽然我不认为事情会这么简单，但摆在眼前的是：古龙水先生不告而别，毛先生挽着毛太太卿卿我我……

正当我撇开乱如麻的思绪，想弯进小巷到"美味餐厅"打工时，突来的一幕吓得我寒毛直立。

不知何时，那个粗旷的大胡子正倚着道路指示牌，虎视眈眈地望着珠宝店的门口……

第六十一章/毛利节

新学期的第四周有个毛利节的活动，班上的毛利同学Joyce问我愿不愿意当义工？我没多做考虑就答应了。

Joyce是百分百的毛利人，不是混的那一种，这可以从她的深棕色肤色和微胖体型看出。她总是笑咪咪的，在班上人缘很好，但成绩不太理想，本来比我高一届，留级一年后与我同班。

在一次闲聊中，我问Joyce有没有男朋友？她噗嗤一笑说她儿子都五岁了，老公也是毛利人。

其实这也不是什么新鲜事，原住民普遍都有早婚倾向，所以Joyce十四、五岁就当妈不稀奇，只是我很难想像大孩子带小孩子的光景。

毛利人是新西兰的原住民，属于蒙古人种和澳大利亚人种的混合类型，目前占新西兰总人数的9%。

有4/5的毛利人居住在城市，但多数从事工资少的体力活，那是因为他们所受的教育少的缘故，所以政府特别为毛利人的教育大开方便之门，除了设立教育基金，让他们能免费受高等教育外，每年还有一定的保障名额提供，与我们这群莘莘学子的挑灯夜战、悬梁刺骨比，他们简直就是乘着喷射机直接入读大学的天之骄子。

可想而知，Joyce在她的族群里应当属于高级知识分子，但我不认为她把学习这件事看得很重，因为经常见她参加活动，今天合唱团、明天义务画海报、后天筹款帮助弱势团体……等。即使不参加活动，我也很少看到她拿起课本，大概天性乐观的缘故，即便大考来临，她也老神在在，毫不紧张。

有一次她问我chemistry怎么拼？着实把我吓一跳，一问才知道，原来毛利人有自己的语言和文字，既然英语非母语，那么拼写不比我好也就不足为奇了。

回到毛利节，学校历史学院的大厅被选为这次活动的会场，入口处不知从哪儿搬来了很多大型毛利木雕摆设，墙上也挂了很多有关毛利文化的介绍，包括食衣住行及历史演变等。

通过这些照片，我讶异地发现就在两百多年前，毛利人还是吃人族，想到被Joyce的祖先血盆大口地吞下肚，不禁毛骨悚然。

我很早就到会场布置，把奥克兰市长送的大盆栽放在显眼处，再把饮用水和小点心放在角落的长条桌上。学校食堂搬来了两桶热饮，不用猜也知道是咖啡和红茶，另外还附带了牛奶，因为新西兰人对奶精敬谢不敏。

九点一到，活动正式展开，几乎所有的学校行政人员都到场了，包括校长。身着传统服饰的毛利学生（男生赤膊光足，女生系着草裙，脸上都画了脸谱）则在后台列队，等待献上迎宾舞。

迎宾舞是毛利文化中针对重要场合所跳的舞蹈，只见吆喝一声后，为首者首先上场，他手持长矛，边舞动身体边假装向客人投射过去，并不时吐舌头，跟随的舞者也一一照做。

约莫十分钟后，突然所有的动作停止，为首者转身至后台取出一把剑，用力掼在校长跟前，校长弯身拾起，恭敬地捧着，随后毛利学生继续跳舞直到舞毕，接着校长把剑奉还给为首者，整个迎宾舞才算结束。

迎宾舞之后是自由参观时间，学生义工们会带领大家参观图片和投影片，一边解说，一边回答提问。我对自己的英语口语还是不具信心，所以志愿当售货员，负责销售纪念品，所得作为推广毛利文化的基金。

在这些琳琅满目的纪念品中，我不得不提毛利人的木雕，不仅木材质地上乘而且工艺出众，一直被视为送礼佳品，其中制作精美的木雕小船最受青睐。

"这绿石上雕的是什么？"赵大同拿起一块巴掌大的雕刻问我。

"提基神像。"我边找钱给客人边答。

"眼睛这么大，嘴巴也这么大，好像青蛙。"

我瞄了一眼四周，还好没有毛利人，赶忙压低声音："赵大同，帮帮忙，这是毛利节，请尊重一下原住民的守护神，好吗？"

"我没不尊重他们，古代人有以蛇、鱼、鸟、蜥蜴……等为守护神的例子，那么毛利人以青蛙为守护神有什么不可以？"

"拜托，提基是毛利人眼中宇宙的第一个男人，好比基督教里的亚当，不是青蛙。"我耐心地解释。

"这是男人？怎么呲牙裂齿，好可怕啊！"

其实我也觉得这个宇宙的第一个男人不太可爱，但或许就像中国的门神一样，这样才能吓退一些妖魔鬼怪，达到守护主人的目的。

"你可不可以一边凉快去，没看到我在忙？"我要回答客人的询问，又要回答赵大同的"青蛙论"，简直分身乏术，觑了个空，赶紧下逐客令。

"那好，中午带午餐给妳。"他丢下一句。

大会已为义工们准备了三明治，我正想回答不用了，他已经步出会场。

哎！白浪费钱了。

我又忙了一会儿，学长忽然说要帮我拍照，然后上传到A大全球网页上，替这项活动锦上添花……

这个提议多少让我有些不自在，因为我是个低调的人，不喜欢出风头，但再一想，父母也可以借此在网上看到我，何乐而不为？于是就在这种复杂的心情下，我装模作样地完成任务。

"这绿石上雕的是什么？"

当那个熟悉的声音响起，我像武侠小说里被点了穴道的人一样，全身无法动弹。

哎！都怪我太专注拍照，以致于莫亦辰来到跟前也不自知。

"提……提基神像。"我回答。

"很像青蛙。"他带笑说。

"嗯！有点儿像，但在毛利文化里，他是守护神。"

"守护神？很好的寓意，我买一个，多少钱？"他问。

我答八十元。

"绿石旁的手工麻绳是搭配用的吗？"他又问。

"是，你可以把它们串成项链。"

莫亦辰要我替他选一条，我挑了黑色的，配上深绿色的宝石，自有一股沉静。

等我把麻绳穿进绿石背后的小孔，正要装进印有提基神像的礼品袋时，莫亦辰把项链截下，将它戴在我的脖子上。

"挺好的，很适合妳。"他说。

"莫亦辰……"

"什么话都别说，再恢复朋友关系就行。"

我答我们本来就是朋友啊！

"被妳拉黑了算什么朋友？"

我还想说什么，被莫亦辰截足先登："这里不是谈话的地方，活动结束后，我在会场外等妳，嗯？"

我同意了，该来的还是会来，讲清楚也好，讲清楚就不用躲躲藏藏了。

望着他的背影，我抚着胸口上的绿石项链，喃喃说道："提基不是我的守护神，你才是。"

可惜莫亦辰已走远，听不见我的心声。

"这绿石上雕的是什么？"

"提……提基神像。"我哆嗦着回答。

第六十二章/拥抱

"可可姐，妳怎么一副看到鬼的样子？"江彩云的眼睛叭嗒叭嗒地眨着。

"没，没呀！"我答。

鸭子解释他俩是在校园内偶遇，不是计划中的事……

"干嘛说这个？"她睨了他一眼，然后转向我，"可可姐，妳有没有看到辰哥哥？"

我答看到了，他刚离开。

"太好了，是我告诉辰哥哥妳在这里的，辰哥哥可想死妳，看得云云好心疼。"

真不知她葫芦里卖的什么药，我等着她出招，果然……

"我跟婆婆说了，她只有这么一个宝贝儿子，可千万别被蜘蛛精给缠住，缠住就糟糕了。"

我没好气地问她谁是蜘蛛精？

"妳不是住在盘丝洞里吗？妳不知道谁是蜘蛛精？"她将我一军。

我正想反击，鸭子抢先一步："我女朋友不住在盘丝洞里，她住在……我心里。"

"女朋友？！"我和江彩云同时惊呼出声。

"可可，"鸭子给了我一个寓意深远的眼神，"这是早晚的事，江彩云先知道也好，她会转告莫亦辰，省去麻烦。"

"是真的吗？可可姐。"小妮子直视着我，似乎要从我的表情中判断出真伪。

"是……是真的。"我困难地答。

鸭子表示本来我们想低调处理这段感情，但为了让莫亦辰死心，还是由他来公布吧！我们……我们已经爱得很深很深，不希望被别人打扰……

"原来……原来你们是一对，难怪……呵呵！抱歉我搞错了。"江彩云松了一口气。

"没事，我们结婚时一定会发喜帖给妳和妳的辰哥哥。"鸭子说得上岗上线。

小萝莉也豪爽地表示到时会包一个大红包祝贺，并且在这种大好心情下，出手阔绰地买了好几个木雕和绿石。

"需不需要我帮忙送货？"鸭子问。

"好呀！麻烦你了，可可知道我的住址，你问她得了，我先走一步。"

她风风火火地离开后，我问鸭子为什么要这么做？

"这样一来就不挡她的路，妳才能安全。"

"我是问，为什么你要帮我？"

"我说过妳让我想起我的初恋情人。"

我问那人现在在哪儿？

"她在……"鸭子指指天上，"上帝的怀抱里。"

看我一脸讶异，他干笑一声，痛苦地解释："父亲不同意我们的恋情，认为会阻碍我的小提琴事业，所以私下找她谈话。为顾全大局，她选择退出，然后就死在手术台上，一尸二命，后来我才知道自己当了爸爸，她是去堕胎的。"

我很想说些安慰的话，但鸭子拒绝我的同情。

"都过去了，我不希望再看到不幸发生，妳懂吗？"他说。

毛利节活动还未结束，那人就站在出口处，面色凝重。

我考虑了一下，还是走了出去。

"是真的吗？妳和那个鸭子。"莫亦辰问。

我弱弱地承认。

"妳说慌，这不是真的。"

"是真的，是真的。"我有些歇斯底里。

"可可，我……爱妳，打从妳进校园的第一天，我就爱上妳了，告诉我，妳和鸭子的事不是真的。"

莫亦辰的眼中有太多的期待，我不忍心毁了它们。

"不是真的，对吧？"他再次柔声问我。

我点了点头。

"妳点头是什么意思？"他紧张起来。

我答我和鸭子没那么回事，然后将莫妈妈的"孤寡相"及江彩云的"无线针孔摄像机"娓娓道来……

"傻可可，妳怎么不早说？"

"对……对不起……"

莫亦辰伸手拥我入怀，我也抱紧他，雨过天晴的感觉……真棒！

第六十三章/鸭子运毒

我没有想到恋爱的滋味如此美妙，不用伪装，没有隔阂，那些躲躲藏藏、你追我跑的游戏已戛然而止，取代的是相濡以沫、与子偕老的期盼。

仿佛想弥补过去的空缺似的，我和莫亦辰恨不得一天24小时都粘腻在一起，当然这只能想想，身为学生的我们还是得以学习为重，断不会做舍本逐末的傻事。

由于彼此修的课无交集，加上他住学校宿舍，而我住在离学校近一个小时的偏远地方，所以一天里的午餐时间是我们最期待且最有可能相聚的时刻。

我们通常会选择学校附近的餐厅用餐（那是因为莫亦辰的脚伤还未完全好的缘故），边吃边聊，仿佛有说不完的话。

即使不说话，有莫亦辰在我身旁，我的心便是快活的。

原来，原来爱一个人是如此的幸福，我再也不会取笑那些恋人间会做的愚蠢傻事，因为人不痴狂枉少年，人不恋爱枉……枉为人，呵呵！

莫亦辰说等复活节假期一到，他的脚伤应该复原得差不多，他打算开车载我到离奥克兰三个小时车程远的陶波湖游玩。

陶波湖是新西兰最大的湖泊，它形成于一次巨大的火山爆发，湖水现在还覆盖着好几个火山口。那些火山不是死活山，也不是眠火山，事实上，它们和美国黄石国家公园的火山一样，是个随时会爆发的超级火山。

"去年十月我和家人曾到那儿旅游，那个湖真美，当时我就想，如果妳也在那儿该有多好。"莫亦辰牵着我的手说。

"你度假的那几天，我每天都在猜想你到了哪里？做了什么？我甚至幻想自已缩小成姆指姑娘的大小，跳进你的口袋里，这样就能跟着你一起旅行了。"

莫亦辰听完停下脚步，将两手上下打开，刚好触及我的头顶和脚底，接着用力挤压成一个姆指的大小，咚的一声塞进他的衬衫口袋里。

"从现在起，妳已经被我装进口袋，跑不掉了。"他对我扬扬眉梢，一副淘气的样子。

"讨厌！"我娇嗔着，扭头就走。

"可可，别走这么快，我赶不上妳。"

其实他不需要那么赶，因为我已停下脚步。

"可可姐，辰哥哥，你们好甜蜜啊！"一股酸味从江彩云的嘴巴里冒出。

"噢！是彩云，妳没课了吗？"莫亦辰没心没肺地问些不着边际的问题。

"有课，待会儿上《毒药学》。"她答。

江彩云讲到"毒药"二字，特别加强语气，并且直挺挺地盯着我瞧。

"呵呵！真可怕，妳们护理系还学这个？"莫亦辰说。

"是啊！让我科普一下，《毒药学》就是通过各种途径使人中毒或死亡的学问，又分急性和慢性，氯化钾或氯化钠属于急性，只要服用0.1克就能让心脏骤停，这种死法最快、最没有痛苦；还有一种是慢性的，那就恐怖了，会很痛苦地死去……"江彩云像背书似地朗朗上口。

她的这番谈话让我和莫亦辰都感到浑身不自在，尤其是我，因为她明显是冲着我说。

见山雨欲来，莫亦辰赶紧催促她上课去，然而江彩云根本不理会她的辰哥哥。

"妳为什么要联合别人一起骗我？"她质问。

"鸭子这么做是为了保护我，妳懂的。"

"呵呵！他连自己都保护不了，还想保护妳？真是不自量力！"

我紧张起来，问她是什么意思？

她怒视我好一会儿，直到眼中的敌意逐渐淡去。

"什么什么意思？云云怎么听不懂？"她又变回了小萝莉，接着转向她的辰哥哥，"云云晚上想吃蒙古烤肉，你带我去。"

"好啊！"莫亦辰转对我说，"可可，妳也一起去。"

"不了，晚上我要打工。"我还在刚刚的谈话中打着哆嗦，心情很郁闷。

"好可惜啊！如果可可姐也能一起来该有多热闹。"江彩云一副惋惜的样子。

我没空探究她的言不由衷，心中暗暗担心起鸭子。

虽然我把江彩云的恶行告诉了莫亦辰，包括猫死亡事件及

无线针孔摄像机，但是莫亦辰并不买单，理由很简单-缺乏证据。

我同意前者缺乏证据，但后者……

"妳不能证明那张支票是为了肮脏交易而付的，我问过彩云，她说她有把柄落在鸭子手中，那五千元是封口费。"莫亦辰说。

"什么？你把这件事告诉江彩云了？！"我惊讶不已。

"对啊！怎么了？"

我把我的担忧告诉他，他思索片刻后，很沉重地表示一件事有很多面，如果鸭子只是为了掩饰自己的罪行而故意栽赃给江彩云，那江彩云不是更值得同情？

"不是的，"我摇头，"你不了解她。"

"我看是妳不了解鸭子，街头艺人多背景复杂，他们什么都来，吸毒、酗酒、玩女人……妳怎么那么容易就相信一个陌生人？"

哎！这真不好解释，我喜欢一个人或不喜欢一个人往往凭直觉，无脉络可寻。

～

在"美味餐厅"里，我正收拾客人离开后的凌乱杯盘，桌上的报纸皱巴巴地摊在酱油瓶下，我把瓶子拿开，发现报纸已被染了一大块的酱油印子。

"真脏！"我抱怨着。

放下待收的碗盘，我拿起报纸就往厨房的大垃圾桶走去，就在往下一掼的前一刻，我瞄到酱油印子上的男人照片，很少有人有那么大的脸庞。

我停止往下丢的动作，眼睛凑上去瞧个仔细，很像……很像……这不是鸭子吗？

跳开被酱油印子遮住的英文字母，我快速把内容浏览一遍。

"什么？！鸭子运毒？这怎么可能？"我太惊讶了。

虽然冰毒、摇头丸、K粉等已被明定为drug，但大麻却界限模糊，它更像提神之物多一些（好比国内的红牛饮料）。若说鸭子吸大麻，也许，但说他运毒，那可是重罪，我不认为鸭子会挺而走险。

放下报纸，我思索了一下，灵光一闪，是她。

那个小萝莉的身影跳了进来，正对着我吃吃地傻笑……

第六十四章/新加坡疑云

莫亦辰要我别管鸭子的事，这件事只是再次证明他是个乱七八糟、不能信任的人。

我不同意莫亦辰说的，从头至尾鸭子没有勉强我做任何事，相反的，他一直在帮我，让我远离灾难。为了这份义气，我肯定要和他见上一面，问他需要什么帮助。

通过洋同学的帮忙，我知道鸭子现在被羁押在Manukau法院，候审期排在两个月以后。

由于鸭子表明自己无财力诉讼，法院为他提供了义务辨护人，而候审期长达两个月的原因是为了给公诉人和辨护人足够的时间去搜集证据，借以定罪或无罪释放。

我的洋同学载我到离市区一个小时远的法院后，转身就走，我不能自私地要求他等我，毕竟他不认识鸭子，能让我搭顺风车已经感激不尽了，只是待会儿要怎么回去？我这个大路痴一点儿也没谱。

走进法院，我表明要见Dirk Fan。

"Are you close?"警官问我们的关系亲近吗？

我反问差别在哪里？对方没作答。

想了想，我还是回答"亲密朋友"，怕万一答"一般朋友"不给见。

那个混血毛利警官紧接着问我是不是Dirk Fan的女朋友？

我无奈答是，然后那个大块头要我稍等一下。

不到一刻钟，他从里间走了出来，后面跟着一位金发女警。

女警先用金属探测器扫描我全身，接着上下其手，确定我没携带任何违禁品后，对大块头点了点头。

"Follow me."大块头对我说。

于是我跟随他走进左右两排都有小房间的长廊，最后停在尽头左侧的那一间。

打开房门，空荡荡的房间内只有一张桌子、两把椅子，墙角还有第三把椅子。

大块头警官要我坐在南边的椅子上，我乖乖坐好后，他转身离去。

没多久我听到唏唏嗖嗖的脚步声，一个亚裔脸孔的警官押着鸭子走进来，毫无疑问的，"犯人"被安排坐在北面的那张椅子上，而角落那把椅子原来是给警官坐的。

"我还以为谁是我的女朋友，原来是妳。"鸭子带着一丝苦笑说。

几天没见，他已经有流浪汉的落魄相。

"你好吗？鸭子。"我问。

"没有比现在更好的了，有吃有住，还有干净衣服穿，而且不用干家务，简直就像在度假。"

"那你怎么……怎么一副消沉的样子？"

"无缘无故被栽赃，妳认为我应该额手称庆？"

果真如同我猜想的一样，鸭子是被陷害的。

"到底怎么回事？"我问。

鸭子没回答我的问题，反而上下左右观察起这个房间。

"妳的背后右上角有个监视器。"他说。

我好奇一转身，只看到一个音箱，没看到什么监视器。

"Hi."鸭子向"监视器"挥了挥手，紧接着说，"那个黄皮肤警官听得懂普通话，所以别说妳暗恋我很久了，因为他也爱上我。"

黄皮肤警官大力咳嗽两声，似在警告他别胡言乱语。

我没想到鸭子此刻还有心情开玩笑，我都替他紧张死了，这是运毒哪！不是乱丢垃圾或制造噪音这类的小事。

"有人从中国给我寄来两盒重约900克的感冒药，引起了海关的注意。妳想，一般人需要900克的感冒药吗？就是天天感冒也能吃上好几年，所以海关肯定认为这个收货人不是想贩卖就是东西本身有问题。"

鸭子突然伸出右手食指敲击桌面，这引起亚裔警官的重视，他看看鸭子又看看我，再看看音箱。

"不是什么暗语，我敲着好玩。"鸭子敲了好一会儿后，转头对警官说。

"稿线！"警官啐他一句，泄露他是广东人或香港人。

恶作剧完毕，鸭子继续说正事。

"我强烈怀疑寄东西给我的人，压根儿就希望海关查，有谁会乖乖填写内容物是感冒药，价值22万美元，而收货人非药店，这不是找死吗？"他突然转向亚裔警官以普通话问，"好想抽烟，可以来一根吗？"

警官看他一眼，不予理会，鸭子摸摸鼻子，一副踢到铁板的样子。

"不过是感冒药，有必要大张旗鼓吗？"我问。

"妳错了，海关把感冒药拆封后，发现药本身含有伪麻黄碱，是制毒的主要原料。如果把它们全制成毒品，价值将高达上亿元。哇噻！这辈子我还没亲眼见过这么多钱，啧啧啧……"

鸭子还在惋惜他错失致富的机会，我却为这笔数额庞大的贩毒交易担心不已，这……这得判多少年啊？！

"22万美元不是小数目，谁有这份财力？会不会寄错了？"我问，心中暗自祈祷是乌龙事件。

鸭子答不会寄错，名字对，地址也对。

"有财力又知道你的姓名和地址，那不就是……"

"没错，就是江彩云。"

"为什么？"

"因为我挡了她的路，现在她对付我，下一个便是妳了。"

我望着鸭子，好半天说不出话来。

"鸭子，江彩云到底在新加坡发生了什么事？"我想从根源找答案。

"她……"

鸭子似乎就要掀开谜底了。

第六十五章/再见，我的爱

以下是鸭子的回忆录～

当鸭子在新加坡的戒瘾学院戒酒瘾时，某天上完经验分享课，一走出上课大楼便迫不及待地掏出口袋里的香烟抽上一口，就在吞云吐雾之际，他瞧见不远处的花丛中躲着一个人。

"哈！不想上课就躲起来，真好玩。"他用力抽上最后一口烟，然后把还在冒着火星的烟头朝那个黑色人头扔去。

"哎呦！"一个女孩捂住后脑勺，痛苦地哀叫一声。

怎么是个女的？

鸭子赶紧跑过去道歉，问她哪里弄疼了？

"嘻嘻！一点儿也不疼，你再扔一次，好好玩。"

"妳是新来的？"鸭子松了一口气，索性也坐在花丛里，"以前没见过妳。"

"新来的？……嗯！刚到。"

鸭子问她是什么上瘾？

"上瘾？"

鸭子答这没什么好害羞的，来这里的人都是为了寻求帮助，好比他就是来戒酒瘾的……

"我没病，真的，大家都说我有病，给我戴手铐、脚铐，为什么？只有犯人才需要戴这些东西，不是吗？所以我就吼啊！叫啊！还把医护人员打伤，结果他们就强迫我穿上束身衣，热得我长了一身的痱子。"

"怎么会这样？我不知道戒瘾学院这么对待学员。"

"我不是戒瘾学院的，我是……"她指着东边的方向。

"哪里？"鸭子问。

"没事，"她站起身来，拍拍屁股上的灰尘，"我走了。"

那女人走后没多久，一群医护人员就在戒瘾学院大肆搜查起来，原来有个中国籍的精神病患逃跑了，这时鸭子才知道戒瘾学院的东侧是一家私立精神病院，以收费高昂著称，说是高档的疗养院也不为过。

从后来听到的小道消息当中得知，那个逃跑的病人有幻想症，因在学校与室友不和而投毒，还好及时被制止，没有酿成大祸。

事后，家人把她千里迢迢送来新加坡治疗，就是希望得到好的疗效，同时杜悠悠众口，毕竟人言可畏……

"也就是说，江彩云曾进过精神病院，后来又是怎么来到新西兰？她痊愈了吗？"我有太多的问题要问。

"后续怎么发展我就不清楚了，不过我很怀疑她已经痊愈，如果痊愈，我就不会待在这里了。"鸭子答。

想到莫亦辰和一个有精神病病史的人走得那么近，我太害怕了，着急地问该怎么办？

"我要是妳才不会有空担心莫亦辰，他是猎物，江彩云要铲除的是和她一起抢夺猎物的人，譬如妳，除非……"鸭子竟然卖起关子。

"除非什么？"

"除非她认为抢夺无望，自己得不到，别人也休想得到，来个玉石俱焚。"

噢！不，莫亦辰不能有任何不测。

"还等什么？快去救妳的心上人。"鸭子说。

我像被人点拨了似，赶紧跳起："鸭子，谢谢你，我会再来看你。"

"看不看无所谓，贱命一条，妳赶紧走吧！"

我再次承诺会来看他。

"那好，我等妳。"

我看见鸭子的眼中闪过一丝哀悽，但很快又被他的吊儿郎当神情给掩盖住。

"再见，鸭子。"我说。

"再见，我的爱。"他答。

第六十六章/图书馆风暴

走出Manukau法院，一时真不知该何去何从，没有巴士站，没有出租车，连行人也不多见。私家车倒是不少，但我总不能随便拦下一辆搭顺风车吧？！

我一方面心急如焚地等出租车，另一方面也不断拨打莫亦辰的手机号，但对方一直处于关机状态，下午三点多，他应该还在上课。

就在一筹莫展之际，一辆黄色出租车刚好驶来（乘客大概是来法院办事的），我赶紧伸手拦下。

到了学校大门口，车费约等同一张粉色票子，真是大出血，同样的价钱可以搭机从上海飞厦门了。

下了车，我一路疾走，怎么办？莫亦辰还是没开机，诺大的校园要我从何找起？

我急得像热锅上的蚂蚁。

"可可，妳怎么了？慌慌张张的。"赵大同眼尖看到我。

"噢！没事，"我转身想走，忽然想起重要的事，"等等，你看到江彩云了吗？"

"妳找她有什么事？我们刚刚还一起上课，她说晚上和莫亦辰约了吃饭、看电影，一天都很开心的样子。"他答。

我问现在她人呢？

"今天轮到她清洗实验器具，估计快洗完了，听她说待会儿会上图书馆。"

我心里有底了。

江彩云曾说过不喜欢一堆人坐下来念书的感觉，让她有很大的压迫感，那么她上图书馆的惟一理由就是莫亦辰也在那儿。

"谢了。"

"可可......"

我已经没有时间理会赵大同，没看到莫亦辰，我的心永远无法安定下来。

～

走进图书馆，我试图在一个个座位上寻找那张熟悉的面孔，大的、小的、高的、矮的、胖的、瘦的、黑的、白的、黄的、棕的......通通都不是，莫亦辰你究竟在哪里？我真想拿起扩音器大声呼唤你的名。

学习区内没有莫亦辰的影子，我转向图书区，快步穿梭在一排又一排的书架间......

"不是，不是，都不是......莫亦辰，我不喜欢玩躲猫猫，你快出来吧！"我默祷着。

大概上帝收到我发射出的求助之箭，我终于看见某排书架前正立着我朝思暮想的人，那种"失而复得"的喜悦真令人发狂。

我快步跑向莫亦辰，一把抱住他，他被我这突来的举动给吓傻了。

"可可，妳怎么了？"

"别说话，我就要这么抱着你。"我把头深深埋入他的心窝，没有古龙水的味道，我却爱极了他身上独有的体香。

那个欺负我的莫亦辰、护送我回家的莫亦辰、失恋的莫亦辰、帮我抄笔记的莫亦辰、嫉妒的莫亦辰、拄着拐杖的莫亦辰、和我牵手的莫亦辰……我的新西兰之行一路有他作伴。他不是最引人注目的那一个，却是我最想牵手到老的那一位，我不要，也不愿任何人夺走他，他是我的，我一个人的……

"可可，妳不要紧吧？"莫亦辰关心地问。

"没事，"我抬起头傻气地说，"我想你了。"

"傻可可，我们不是天天见面吗？"莫亦辰也抱紧我。

就在你侬我侬之际……

"莫亦辰、张可可，你们要不要脸？光天化日之下竟行男女苟且之事！"江彩云虎着眼河东狮吼起来。

我和莫亦辰吓得弹开好几米。

"这……这哪是苟且之事？别乱说！"莫亦辰显得慌乱。

"不是苟且之事是什么？难道非要脱光衣服被逮在床上才算是？"

江彩云的言行简直粗俗得像下里巴人。

"嘘～""嘘～""嘘～"……

我听到图书馆里嘘声四起，真是的，这里可不是菜市场，哪能泼妇骂街？

"走，有话到外面说。"莫亦辰只想转移阵地。

"我偏不，就要让大家看看抢人老公的小三有多不要脸。"

"别说了，"莫亦辰抓住江彩云的臂膀，"出去说！"

谁知江彩云啪的一声甩开他的手，并以迅雷不及掩耳的速度抽出书架上的两本书，劈头便往我身上扔，第一本没击中，第二本打中我胸口。

"闹够了没？！"莫亦辰大喝一声。

江彩云最终被莫亦辰及赶来的管理员架着走出去，图书馆又恢复了宁静。

捂着被击中的胸口，我站在原地一时没了主意，半晌，还是决定走出图书馆看个究竟。

～

三三两两的学生正爬上阶梯，气喘吁吁地经过我身边，我只好紧挨着图书馆门前的大梁柱站着，没想到这个角度刚好把前方的两个人纳入眼底。

江彩云气急败坏地控诉着，莫亦辰涎着脸说好话，小妮子不依，跺脚表示抗议，莫亦辰大手一揽把她拥入怀里，母老虎瞬间成了乖巧的小白兔，两人依偎着消失在路的尽头。

"莫亦辰，在你心中到底谁更重要？"我呐喊着，红了眼眶。

第六十七章/另一种版本

"中午想吃什么？"莫亦辰问。

"随便。"我答。

"吃韩国烤肉？"

"不要，吃完满嘴大蒜味。"

"日式火锅？"

"我打工的地方就有卖，我吃的还嫌少吗？"

"炸鸡？"

"这种速食最不健康了。"

"嗯……我知道了，我家可可最爱吃茶餐厅，我们去'永利'？"他满怀希望地问。

"不去，人那么多，每次都排很长的队伍。"我继续给他出难题。

莫亦辰停下脚步，问我怎么了？

“没什么。”

“大姨妈来了？”他问。

“去你的！”

我推他一把，反被莫亦辰抓住手臂：“可可，我们曾经约法三章，一、生气不隔夜。二、有误会马上澄清。三、不隐瞒。妳说，犯了哪一条？”

我把被抓的手臂抽回来，继续往前行，莫亦辰随后跟上。

“说，昨晚你干什么去了？”我开始审问。

“江彩云说想吃牛排，我请她吃，然后又看了场电影。”

我问为什么犯错的人能得到奖励？他答那不是奖励，两天前就约好了。

“但她拿书打我，你不也看见了？你怎么可以和打我的人吃饭、看电影？”

“我……我已经严厉批评过她了。”

我停下脚步，毫不客气地指责他撒谎，说他像只哈巴狗似地摇首摆尾，我都看见了……

“妳看见什么了？没错，我是没有色厉，那是因为江彩云吃软不吃硬，但等她心情平复后，我的确说了她，她也表示后悔，还说会找机会向妳道歉。”

“呵！向我道歉？不要背后捅我一刀就万分感谢了。”

“可可，妳……妳太让我失望了，原以为只有江彩云幼稚，没想到妳也一样幼稚。”

完了，我在莫亦辰眼中的女神形象已经沦落为俗不可耐的厌物。

“既然这样就别勉强，外面多的是成熟体贴的女孩，莫先生何必吊死在一棵树上？”我很艰难地说着反话。

"可可，"他看着我良久，最后还是决定放低姿态，"算我说错话，别忘了我们的约法三章。"

我想起我们是多么不容易才走到一起，顿时心软。

"说到约法三章，好，就让我来履行第三条-不隐瞒。"

随后我告诉莫亦辰，昨天我去探视鸭子，他被羁押在法院里等待审判，并把会面情形及谈话内容都一五一十给交待了。

大概消息来得太突然，莫亦辰找了张石椅坐下，说："给我五分钟的时间思考。"

我给了他想要的五分钟。

思考过后，莫亦辰问我那个亚裔警官是否听得懂普通话?

"估计是……我猜是，因为他对我和鸭子的谈话有反应，而且我听到他用广东话骂鸭子神经病。"

"所以他也听到'江彩云'这个名字?"

我点头。

"那就没错了，"他松了一口气，"可可，让我告诉妳我是怎么想的。"

以下是莫亦辰版的"毒品疑云"～

鸭子多年来以街头艺人的形象掩饰他大毒枭的身份，巧合之下他认识了江彩云（同时抓到她的把柄）。鸭子要江彩云帮他运毒，她不肯，为了避免再次受骚扰，江彩云给他五千元，以为这样就能摆脱麻烦。孰料鸭子根本不把五千元放在眼里，当着可可的面把支票撕了，为的就是拉拢可可，以后好利用她运毒。

这次鸭子运气不好，运毒被逮着了，正想找个替死鬼，昨天可可去探视他，刚好给他这个绝佳的机会。他当着警官的面提到江彩云，这下子警方会把注意力放在无辜的人身上，给他免于牢狱之灾的可能……

"怎么会这样？和我想的截然不同。"我皱紧眉头。

"当然不同，我告诉过妳一件事有很多面，妳不能只站在一个角度看事情。"

我忽然想到一个关键点，江彩云住过精神病院，所以她说过的话不足采信。

莫亦辰答江彩云的脾气的确阴晴不定，这都是被四周围的人给惯出来的，但她绝对没进过精神病院，他有两点证明：

一、江彩云高中走读，哪来的室友？

二、她的确在新加坡读过一年大学预科，因为是他帮忙申请A大，在她提供的资料里，他看到大学开出的就学证明书。

我咬住下嘴唇，一时困惑不已，剧情急转直下，对鸭子非常不利。

"傻可可，妳太单纯了，被卖还帮着数钱，这样的傻子非妳莫属。"莫亦辰调侃我。

"说什么啊你，讨厌！"我娇嗔着。

"好啦！因为别人的事，害我到现在还饿着肚子，妳说，该怎么惩罚妳？"

我答请他吃"永利"，被他拒绝了，因为惩罚太轻，我转而问他想怎样？

"我要妳答应不再和鸭子有往来。"

"不行，我已经答应他会再去看他，毕竟……毕竟他一直在帮我。"

"哎！妳真是太好骗了，难道就不曾有过怀疑，素昧平生的，人家为什么要帮妳？"

哎！我还是没办法做到全然的不隐瞒，鸭子帮我是因为我长得像他的初恋情人，爱屋及乌，不愿看到我有麻烦，但是告诉莫亦辰这个，恐怕他又有别的版本要说，而且我也不想让他误会我和鸭子之间有暧昧发生……

"怎么了？妳的表情怪怪的。"莫亦辰笑问。

"都是你啦！我肚子饿了。"

"走吧！我的小公主，请妳吃'永利'，嗯？"

莫亦辰牵起我的手，我们兴冲冲地赶去祭五脏庙……

第六十八章/什么也不是

拖着一身的疲惫走出电梯，我正往308室走去，一个学生模样的女孩刚好从313室走出来，门没关，我看见赵大同坐在床沿，脸色有些苍白。

他看见我从房外走过，赶紧冲了出来："可可，她是我学妹，妳不要误会。"

"我没误会啊！"我转向学妹，"妳也是护理系？"

"不是，我是药剂系。"

这里我得解释一下，在国内，医学系相较于兽医、护理、药剂系等，算是天之骄子，录取的门槛也高，但在新西兰，以医科领域而言，第一难进反倒是兽医系（因为医治的对象数以万计，每种动物的身体结构又都不同，可想而知，如果没有一个绝顶聪明的头脑，的确无法驾驭），其次为医学系和药剂系，两者并驾齐驱，为什么呢？你可别以为药剂系只是数药丸的简单工作，它还有个利好。

根据新西兰的规定，医师只负责开处方，不能卖药，所以病患看完病得直奔药房。药房可不是你有钱就能开，首先得有药剂师资格，这其中的利润可想而知。

再说了，新西兰的药房可不只卖药，它好比国內的屈臣氏，里面卖的东西包罗万象，而且为了避免恶性竞争，药房的开设是根椐人口多少有一定的区域划分，有效保障了药房的利益。

在这个以钱为挂帅的资本主义社会里，开业医师的收入已经不菲，而一个药剂师的收入又往往高于开业医师（如果还兼药房老板的话）。在此前提下，药剂系无疑成了当红炸子鸡，每年吸引着成千上万的莘莘学子就读，入学门槛之高不难想象。

"药剂系啊！妳一定很聪明。"我由衷羡慕着。

"没啦!"学妹羞红了脸。

我立刻喜欢上这个清汤挂面、体型微胖的学妹。

"我叫张可可，园艺系三年级。"我先自我介绍。

"我叫罗静宜，药剂系一年级。"她答。

"罗静宜，妳快回去吧！很晚了。"赵大同催促她。

我低头看了腕表，惊呼："都这个点了，妳住哪儿？现在怕没公交车了。"

她解释自己就住在学校附近，不用担心，她开车过来的。

"赶紧走吧！"赵大同又一次催促。

"好，那你自己保重身子，我带来的药记得吃。"她叮咛着。

赵大同答知道了，样子有些不耐烦。

罗静宜走后，我问赵大同是否病了？

"嗯！重感冒，好多天了。"

"抱歉，我不知道，你现在好点了没？"说得我心虚死了，住在同一层，我却对他的状况毫无所知。

"好很多了，妳还是快走吧！免得被我传染了。"

"那我回去了，你多保重。"

走没几步，我被他叫住。

"可可，我和罗静宜真的没什么，她送药上门，如此而已。"

我说这是他们两人之间的事，不需要跟我解释。

"有些事还是说开来比较好，譬如……妳和莫亦辰之间的事。"他沙哑的声音听起来更像控诉多一些。

"我跟莫亦辰之间什么事？"我微愠，"很抱歉，不管什么事，这是我和他的私事，不需要向你汇报。"

"可可～"

我转身走进308室，把赵大同的呼喊声留在门外。

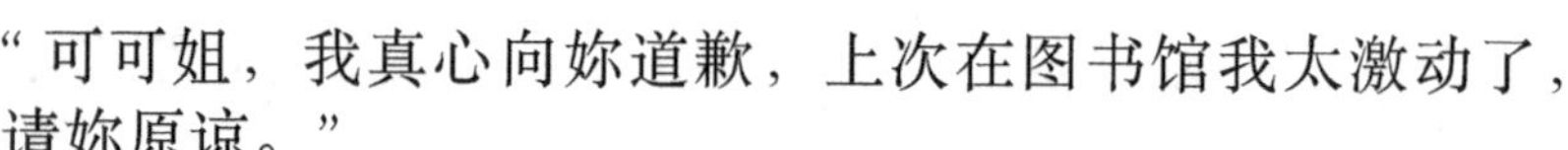

"可可姐，我真心向妳道歉，上次在图书馆我太激动了，请妳原谅。"

坐在咖啡厅里，江彩云很低声下气地跟我道歉，奇怪，她越谦卑，我就越狐疑，总觉得她好假。

"可可，彩云跟妳道歉，妳是不是……"莫亦辰提醒我。

"噢！没关系。"我赶紧表态。

"就知道可可姐心好，不会跟云云计较。"她看了一眼莫亦辰，很开心地继续说，"辰哥哥和我约法三章，一、生气不隔夜。二、有误会马上澄清。三、不隐瞒。所以那天辰哥哥跟我说好话，我马上就不生气了；他还说是妳主动抱他，所以这个误会也澄清了；还有，我跟辰哥哥说鸭子的事跟我一点儿关系也没有，所以也做到了不隐瞒。"

听她这么一说，我火冒三丈，心想：

一、莫亦辰，你怎么可以和我约法三章，转身又和小萝莉约定同样的事？到底还有几个女孩子跟你"约法三章"？

二、没错，是我先抱你，但这是我俩之间的事，你干嘛巴巴地跟江彩云说去？

三、我以为你和我有共识，事情不明朗前不会说三道四，鸭子的事尚属搜证阶段，一切都还扑朔迷离，你怎么可以把讯息先洩露给"犯罪嫌疑人"？你这个大嘴巴！

见我的脸色难看到不行，莫亦辰赶紧灭火："不是这样的，我说我和妳约法三章，江彩云说她也要……

我没好气地答："她要你就给，你还真博爱。还有，如果你一定要把我们之间的谈话内容告诉别人，请事先告知，本人无法管好你的嘴，但会先管好自己的嘴，Ok？"

莫亦辰抓住我的手，要我听他解释，被我用力甩开。

"不用解释，事情不是明摆着吗？祝二位喝咖啡愉快！"

我这厢气到爆炸，江彩云那厢却笑着和我挥手："拜拜！我们会很愉快的。"

好个火上加油！

我义无反顾地拂袖而去，背后传来莫亦辰的呼唤声："可可，别走！"

"哎呀！辰哥哥你把咖啡洒了，这是我最喜欢的一件衣服，怎么办哪！"

我听见莫亦辰忙着向小妮子说好话，任由我远去。

"哈！我算什么？什么也不是！"我自嘲，眼眶跟着热了起来。

第六十九章/小太阳

一进"美味餐厅"，老板娘Kumiko便忙不迭告诉我今晚要招待一个日本旅游团，请我马上到几个 blocks 远的日本超市拿味霖、土豆、牛蒡、豆腐等。看她一副眉开眼笑的样子，可以猜到这个旅游团的人数应该不少。

我放下随身物，赶紧往超市走去。

等我拎着大包小包跨进餐厅，所有的工作人员已经各就各位，迅速分好工忙碌起来。

四间大包廂已被打通三间，中间摆上一长溜的黑色矮几，再把素雅的坐垫一一铺上。角落的大花瓶不知何时已被插上几株君子兰和朱顶红，整个房间顿时香气四溢，气氛马上变得不一样，让人不得不佩服日本人的细心。花本身不见得很贵重，但接待客人的心弥足珍贵，当然，我也不否认一个旅游团的消费，值得Kumiko为他们鞠躬尽瘁、死而后已。

六点不到，导游便把大批人马带到，根据以往的经验，客人绝对是VIP级别，不是某个株式会社的高管人员，就是日本政坛的重要级人物，不同的是前者有时会带家属随行，后者……偶尔也会带伴侣啦！但小三居多，这可以从衣着打扮和彼此的互动中看出。

我把客人带进包廂，他们客气地彼此谦让一番，毫无疑问的，女士优先。等到男士也都上了榻榻米后，我负责把每个客人的鞋子通通收进鞋柜内，而且鞋头一律朝外，方便客人一伸脚就能穿上。

别看日本客人现在客客气气、人模人样，那是因为酒还未下肚。等到酒上了桌，一切都不一样了，男客人会松开领带，摇头晃脑地载歌载舞；女客人则会拿起筷子，击碗应合……

这样的情景，一开始真让人不能适应，有点儿像看到良家妇女突然成了站街女郎，不伦不类的。

我拉上包廂的拉门，里面的声浪还是一浪高过一浪，是谁说日本人彬彬有礼、轻声细语来着？那么里面那一堆放浪形骸的又是哪国人？

捧着堆满肮脏杯盘的托盘，正想一股脑儿地全送进厨房，同事小周刚好从惟一一间不被旅游团占领的包廂中退出，门还未拉上，我穿着木屐小碎步经过，那个大胡子的身影就那么不偏不倚地又和我打上照面。

有了大胡子，当我再度看到毛太太就不那么惊讶了，只是我不明白，毛先生不是回归家庭了吗？怎么毛太太又和大胡子在一起？这演的是哪一出？

走出餐厅，我才发现天空飘起绵绵细雨，我没带伞，正不知如何是好，忽然想起临走前忘了打卡，所以又回到餐厅内补打，就两分钟的事，等我推开大门，细雨已经转成中雨。我踌躇了几秒钟，害怕中雨又变成大雨，决定跳进雨中。

"叭叭……叭叭……"

一辆私家车在我身后猛按喇叭，搞什么？我没挡你的路啊！

"叭叭……叭叭……"

喇叭声持续着，我不得不停下脚步看是哪个冒失鬼？

就这么一转头，我看到坐在驾驶座上笑得一脸灿烂的莫亦辰。

"他的脚好了，能开车了。"我心想。

没高兴多久，我忽然想起他的"背叛"，决定来个不理不睬。

"可可，可可～"莫亦辰打开车窗对我喊起来。

我依旧当个聋子。

雨越下越大，莫亦辰的呼喊声很快淹没在淅沥沥的雨声当中……

公交站牌就在不远处，只要跑到那儿，就能不被雨打湿，这给了我继续向前跑的勇气和希望。

想必后方有个人也和我有同样的想法，跑得比我还快，等他赶上我时，我才发现是莫亦辰。

"你……干嘛下车？"我大喊，因为雨声太大了。

"我来履行我们的约法三章第二条，走，到公交站牌下说。"他不由分说地抓起我的手往前跑。

公交站牌处有个简易的遮雨棚（你也可以说是遮阳棚），借着这小小的体贴，我和莫亦辰终于摆脱雨的纠缠。

"别碰我！"他想梳理一下我的乱发，被我挥手一挡。

"可可，我知道妳在生气，因为江彩云说的那些话，但是如果妳也在现场，就会了解事情不像她所理解的那样，很多时候是她一厢情愿认定的，譬如我告诉她，妳是我深爱的女朋友，她好像听不见，反而纠结在那个拥抱场面是谁先抱谁的问题上，然后认定是妳倒追我。天知道我是多么不容易才追上妳，如果是妳倒追我就好了，我也不用像跑马拉松似的，累得不成人形。"他对我大吐苦水。

"弃权好了，弃权就不用那么累了。"我说。

他答能弃权就好了，但一切为时已晚，我把他的心带走，他只能跑到终点才有活下去的可能，问我让不让他活？

"说什么傻话？"我既好气又好笑，但明显已不再生气。

"原谅我好吗？从现在起我俩好好的，不再吵架，嗯？"

他的头发上粘着一片树叶，我选择不告诉他，当作"背叛我"的惩罚。既然已经惩罚过了，我没有理由不原谅他。

"嗯！"我点头。

莫亦辰像得到大赦般地过来拥抱我："别说话，我就要这么抱着妳。"

北风吹来，带来阵阵寒意，我却不觉得寒冷，因为两个人的体温刚刚好，像两个小太阳似地温暖彼此的心……

第七十章/歌剧魅影

每当看到电视剧或电影里的女主角问男主角那第1001个脑残问题："你爱我吗？"，心中总有个疑问，这样的对白已经老旧到掉牙，编剧难道不能换点儿有创意的新词？但遇上莫亦辰后，我不得不承认，这老掉牙的问题恰好是我最想问的。

"你……爱我吗？"吃完午饭，我们在校园内溜达，我把一直想问的问题丢给他。

他答不爱我就不会等我两年多；不爱我就不会受那么多的磨难。

"那……如果我和江彩云同时掉进水里，你会先救谁？"我问第1002个脑残问题。

"为什么妳要问假设性的问题？这很重要吗？"

"对我来说很重要。"我嗫嗫地说。

我们不约而同又来到池塘边，夏蝉呲呲作响，花儿吐露着芬芳，硕大的蜻蜓像一架架的直升机在水面上盘旋，我总担心水底下会突然伸出大舌头把它们都一一吞噬进去。

"首先我得声明自己的泳技不佳，救人恐怕有问题，但假设我泳技超群好了，下意识我当然想先救妳，然而倘使我游到江彩云身边，听到她呼喊救命，我能不救她吗？这是人道问题，也是个两难问题。"

"我知道了，如果江彩云呼救，你会先救她，然后不管我死活。"我嘟着嘴，非常不满意他的回答。

"可可，别误解我的意思，如果妳死了，我的心也跟着死，妳知道行尸走肉吧？我就会成为那样的人；但如果换成江彩云死了，凭良心讲，我也会心痛，因为我和她打小一块儿长大，是青梅竹马，有很多共同的回忆……"

我撇撇嘴表示不认同。

"当然，她有许多不讨人喜欢的缺点，但她是我妹妹，妳说有哪个哥哥会嫌弃妹妹？"莫亦辰摸摸我的头，"如果妳爱我，能否也能爱我周边的人，不管他们是不是讨人喜欢？"

哎！这真叫人为难，要我去爱小萝莉好比强迫自己去高空弹跳，偏偏我又有惧高症。

"能不能把妳自己摆在高处，向下俯首把她当作三岁小孩，包容她的任性与调皮，好吗？"他问。

"好吧！我试试。"我勉为其难地答应。

"就知道我的可可最善解人意。"他拥我入怀。

"可可学姐，真巧，在这儿遇见妳。"

我刚下完课，正想上图书馆查点儿资料，就在篮球场边遇到罗静宜。

"嗯！是很巧，妳刚上完体育课？"我问。

罗静宜身着体育服装，脸上红扑扑的，一副气喘如牛的样子。

"不是上课，而是被同学抓来打了一场篮球赛。"她解释。

"赢了？"

"没有输赢，人太少，只打半场，就当练练投篮，顺便运动运动。"她看了一眼自己圆筒形的肚腩，"是该减肥了。"

我答她多虑了，有些外国人就喜欢肉肉的女孩子，像我这种干扁形的，不见得讨人喜欢。

"但讨赵大同的喜欢。"她说。

一时真让我无语。

"那天我送药过去的时候就看出来了，妳千万不要误会喔！我和赵大同之间真的一点儿事也没有，只是听说他生病很多天，而我手边刚好有成药……"

我赶紧表明心迹，说误会的人是她，也许赵大同对我有意思，但我对他完全不来电，况且我已经有男朋友了，他也是Λ大的学生。

"真的？哪天该认识认识妳男友，不然怕没机会了，因为我只打算待在新西兰一年，下学年就要回新加坡了。"

新加坡？我问为什么？

罗静宜笑咪咪地答："因为我是新加坡人呀！"

原来如此，难怪我觉得她的腔调怪怪的。

"既然是新加坡人，为什么不在当地上大学，反而跑来新西兰？"我问。

她答国外正流行"a gap year"，也就是空档年，意即学生在高中毕业后不马上入读大学，而是去旅游或打工，借以增广见闻或累积经验。一年过后再上大学，这样的学生往往学习得更好、人也更加成熟。

虽然空档年的寓意听起来很好，但我不认为中国父母能接受自己的孩子"中途辍学"，遂问她的父母没反对过吗？

"我父亲是新加坡国立大学的教授，他很赞同空档年的意义，但他提出一个想法，认为我可以利用这一年的时间去国外学习，既能了解当地风土人情，又可以独立生活。我想想也对，我是比较喜欢念书的那类学生，错过一年的在校学习的确可惜。和父亲商量过后，我决定大一在新西兰念，大二以后回新加坡念。"

"真好，妳把生活安排得很充实。"

"我父亲说过人的一生很短暂，所以要在短暂的时间内做令自己开心的事，我喜欢学习，也高兴自己一直在学习，那么等到被上帝召唤的那一天，便可以无怨无悔了。"她说。

～

我曾自问为什么要上大学？难道就为了给自己的头脑再多塞进一些可有可无的东西？后来我才发现上大学的价值在于认识更多像罗静宜这样的学生，在她面前我变得好渺小，当我还在为情所困，人家已经想到生命的意义这种大议题，而我甚至不敢想像自己也会有头发花白的时候……

走出图书馆，太阳亮晃晃地令人睁不开眼，我抱着书本下阶梯，有个人影正好往上走，与我擦肩而过后，飘来了一股熟悉的香气，那是最迷惑我的古龙水味道，我赶紧转头察看，那双长腿很快走进图书馆內。

我的古龙水先生竟然回来了，心中涌起千层浪。

他的身影像极了《歌剧魅影》里的幽灵，让我神魂颠倒。我不由自主地为自己插上翅膀，随着歌声再次飞回到图书馆內……

第七十一章 / I AM MARRIED

我像个遗失小孩的母亲般，来回地在图书馆内寻觅，边找边感叹，拥有一双长腿真的比较吃香，他跨一步等于我的两步，加上图书馆又大，叫我从何找起？

一楼没找着，我上二楼又翻了个遍，还是没有，我气馁地趴在二楼栏杆上唉声叹气，有点儿怀疑是否午后阳光太明亮，让我看走了眼，要不就是太想念我的古龙水先生，以致产生幻觉。

感叹归感叹，望着眼皮底下的图书馆，我的脑子还是开了小差，心想："A大图书馆真的没法儿和牛津大学那种百年学府比，后者有古色古香的静谧，不像眼前这个，虽然简洁明亮，但我还是比较喜欢古朴的那一种……"

当我还在无厘头地从"找人"变成"比较两所大学图书馆之差异"的跳跃式思考中流连，那双长腿已经毫无预警地往出口处走去，我赶紧冲下楼。

这次我的古龙水先生虽然还是健步如飞，但他的鹤立鸡群在空旷的校园中仍然被我一眼锁定。本来想大声喊他（做我在图书馆內不敢做的事），但转念一想，汤尼不告而别那么久了，也许有不可告人的秘密，我还是先静观其变吧！

我再一次尾随我的古龙水先生，和他保持约五十米的距离。

十几分钟后，他离开校园往Queen Street的方向走去，看来汤尼是想回"The Grand"。如果他还住在"The Grand"，那代表他和毛先生依旧藕断丝连着，难怪毛太太又回头找大胡子了。

我看紧眼前的这个高个儿，深怕给跟丢了。此时正是市区人潮最汹涌的时候，有几次我被迎面而来的人给撞个正着，还好后来又跟上了，但是人算不如天算，当那群黑衣人奕奕然地走过来时，我还是顾不上古龙水先生，赶紧闪！

新西兰的黑衣人最令人头疼，都是由一些家庭有问题的青少年组成，一律从头黑到脚，不是黑的发就染黑，再画上黑眼线、涂上黑唇膏及黑色指甲油、套上黑色衣裤和鞋袜，个个仿佛成了从地狱来的黑色使者。

这些"黑孩子"通常以废弃的工厂为家，整天放着吵死人的音乐，里面乌烟瘴气、男女杂处，可惜玩乐终治不了肚饿，干些偷鸡摸狗的勾当便成了家常便饭。

由于大部分的黑衣人都未成年，即使被逮，警察口头告诫一下又放行，所以势力才会越来越壮大，成了社会毒瘤。

看到这群瘟神，我躲都来不及，哪里还想得到其他？等他们吊儿啷当地离去，我的古龙水先生早已没了踪影。

站在街头，我沮丧得不知如何是好。

"妳在找我吗？"

一回头，我的古龙水先生正俯身给我一个狡狯的笑脸。

"没……没啊！我在找……找公交站牌。"

"一路从图书馆找到Queen Street，都没找着吗？"

"原来你早就知道，还走这么快？"我埋怨起来。

他解释走这么快是为了上超市买做Spaghetti的材料。

我注意到他的手上拎着一个沈甸甸的塑料袋，里面果然有大大小小的食材。

"爱吃意大利面吗？"他给了我一个意外的邀约。

坐在古龙水先生的豪华公寓里，心情是不可言喻的激动。他说我是第一个被邀请到他家的女性，对于这项殊荣，我受宠若惊，尤其看到一个伟男子系上围裙为我"洗手做羹汤"，就更加笃定自己是那千万分之一的宠儿。

"今天做的是佛罗伦萨口味的Spaghetti，用的是牛肉末，因为新西兰的豬肉有股酸味，我不爱吃。蔬菜选用的是青椒和西红柿，这些妳都可以接受吧？"他问。

"可以，没问题。"我很快回答，心中却叫苦连天。

我极不爱青椒的味道，吃青椒好比吃苦味皮革，蔬菜能难吃到这种程度，真让人怀疑那原本就不是给人吃的。

本来想当汤尼的下手，帮他洗洗切切，但被婉拒了，他说不习惯别人打乱他煮食的秩序，所以我乐得坐下来享受现成的，并且不由得羡慕起他未来的另一半。瞧！这公寓窗明几净、井然有序，汤尼又爱下厨，还有比这个更好的结婚对象吗？

只见他先把水烧上，在等待水开的同时把肉末放入碗内打散，然后加盐和黑胡椒，再把西红柿和青椒切成丝、大蒜压碎，等到这些准备工作都备齐，便是大展拳脚的时候。

他开火加热平底锅，接着倒入橄榄油，食材也依序下锅，最后加上面酱。等到面条煮熟捞起，淋上这一大勺色香味俱全的酱料，真是不想大快朵颐也难。

古龙水先生把两大盘Spaghetti摆上桌后，问我要不要来杯红酒？因为意大利面配红酒，绝配！

"好啊！"我愉快地答应。

"吃不吃起司？"他又问。

"不了，起司有股臭味。"

我已经勉强接受青椒，若再来个起司，自己恐怕得退避三舍。

古龙水先生边在自己的面上洒起司粉边问我爱吃臭豆腐吗？我给于肯定的答案。

"既然能接受臭豆腐，为什么不能接受起司？"他问。

"因为......臭得不一样啊！"

"呵呵......呵呵......"古龙水先生笑得差点儿岔了气，"可可，妳真有趣。"

"是真的嘛！"我呐呐地说。

等汤尼笑完，他举起酒杯说："Cheers!"

"Cheers!"我也举杯，"For what?"

"For......I am married."他笑着回答，顺便展示左手无名指上的白金戒指。

什么？！我的古龙水先生竟然结婚了？我呆若木鸡。

第七十二章/愿赌服输

"Con……Congratulations!"我非常言不由衷地祝贺他。

"谢谢！"汤尼竟然听不出我内心的波涛汹涌，反而理所当然地接受我的祝福。

我略带醋意地问他谁是那个lucky girl? 我以为他爱的是毛先生。

"我是爱着他呀！"他给了我一个寓意深远的笑脸，"我就是和David结婚的。"

我再次受到冲击。

"新西兰已经在2013年4月通过《同性婚姻法案》，也就是说这个国家已经承认同性婚姻了。"他接着解释。

我问毛太太怎么办？

"愿赌服输，她已经退出了。"

"愿赌服输？"

"是的，毛太太……噢！不是，我应该称她邵女士，邵女士给了我一笔钱，让我离开新西兰三个月，如果在这三个月当中，她成功让David回归家庭，我便永远消失；反之，她会离开他，重新寻找幸福。"

原来这就是那笔钱的由来，可是古龙水先生何以如此笃定毛先生一定非他莫属？

汤尼答他原本也没那么大的把握，那是因为毛先生还有很深的传统观念，认为出柜会引起非议，尤其华人圈子小，怕失颜面，所以多年来他们一直偷偷摸摸地爱着。这次他的出走带给毛先生很大的打击，还好最后幸运之神降临在他这一边……

"我以为只有北欧那些性开放的国家才有可能同性婚姻合法化，你确定……"我还在做最后的努力，希望那个白金婚戒不过是个口头承诺罢了。

"我确定，因为上个礼拜我和David已经在奥克兰AA大楼内政部登记结婚了。"他答。

这么说是真的了，我像只泄了气的皮球。

虽然古龙水先生早已表明他是gay，不可能和我发展成恋人关系，但内心还是期待会有奇迹发生……

"所以前阵子你不告而别，就是拿着毛太太……呃！邵女士的钱到处旅行？

伤心归伤心，我还是管不住自己的好奇心。

"没错，我去了澳大利亚、日本、韩国，还回了一趟台湾。"

"你不觉得……嗯……即使是个赌注，也应该很有骨气地离开，不应该拿钱，尤其那是女人的钱。"我红着脸问。

在我心中，我的初恋情人应该高风亮节、不会为了五斗米折腰，所以希望他能给我一个合理的解释。

古龙水先生把口中的意大利面咀嚼完毕，又喝了一小口红酒后，才慢慢告诉我残酷的事实。

"这个公寓一星期的租金是1200元，我衣柜里的一件衬衫等闲也要五百元一件。我在A大教中文，时数不多，一个月只有五千元左右，单身汉纳税约百分之五十，也就是说我一个月的收入大概只够付半个月的房租或买五件衬衫。"

"这么说你被……"我实在说不出"包养"二字。

"没错，David负担我生活上的开销，另外还给了我一张信用卡。"他毫无羞愧地承认。

我低下头去，感觉难受极了，我的古龙水先生竟然是株藤蔓，攀着大树蹭蹭蹭地往上爬。

"很抱歉让妳失望了。在我的爱情观里，钱一向不占重要位置，如果今天我和David角色互换，我也会负担他的生活开销。"

古龙水先生起身去厨房倒了两杯水回来，一杯给了我。

"谢谢！"我说。

"当你爱一个人，总想着要对方开心，好比小时候，你会把一支铅笔送给同桌，那样单纯的给予，为何不能坦然接受，反而要把它和交易划上等号呢？"

听完，我总觉得哪里怪怪的，不求回报的付出不符合人性，不是吗？

我问汤尼如果毛先生只是个清道夫，无法负担他的生活所需，他还爱他吗？

"不爱。"他斩钉截铁地答不，倒叫我一时语塞。

"我不爱是因为我无法和一个清道夫有心灵上的交流与沟通，如果妳的意思是David破产了，沦为清道夫，但他的脑子和心没变，Of course, 我爱他如昔。"

我拿着叉子搅动那盘冷掉的Spaghetti，心里想着古龙水先生的爱情观，是人类把情感物质化，还是物质被情感化了？

见我仍有不解，古龙水先生索性开诚布公："达芬奇历经四年完成他的旷世杰作《蒙娜丽莎的微笑》，这幅画最后送给了他的同性恋人，妳想想，艺术家把画作送给爱人，这是多么浪漫的事。虽说这幅画的价值如今已无法用钱来衡量，让我们保守地说值一百个亿好了，当我们听说有人把一百亿送给爱人时，舆论会是什么结果？我相信交易论、阴谋论等等都会一一出笼，为什么？因为人们习惯爱得不单纯，我爱你是因为你会带给我什么，他们宁愿相信两人在一起是基于经济应用的最大化所做的结合，而不是单纯的喜欢。"

汤尼的这番谈话把我搞迷糊了，如果爱和钱没有任何关联，爱是爱，钱是钱，那么为什么老人家会说"贫贱夫妻百世哀"？又为什么谈到结婚，房子、车子、银子都在考虑之列，难道要结婚的两个人并不爱对方？

我想汤尼不过是挑对他有利的说，毕竟毛先生有钱得很，汤尼当然可以"视金钱如粪土"。

我的古龙水先生仿佛听见我内心的疑虑，他说："妳问我为什么拿邵女士的钱？原因很简单，我把那场赌注当成交易，但如果邵女士不给我钱，我会不会就不交易？答案是我仍然会交易，因为……我深爱David。"

第七十三章/初恋情人

古龙水先生深爱着他"亘古不变"的恋人，我应该替他高兴，也应该替自己庆幸，毕竟我的初恋情人是个痴情种子，不是个花心大萝卜(虽然他痴情的对象是个四十多岁的中年男人，而不是二十一岁含苞待放的我)。

我把古龙水先生送我的旅游纪念品抱在怀里，里面有一个日本木偶娃娃，他说看到那个娃娃就想到我；还有一个台湾制的猫咪发夹，蓝色的，他说我原来的那一个是粉色的，送我一个不一样颜色的，我可以根据心情换着戴。

啊！他是如此体贴，连送礼都能送到心坎里，可惜他已经使君有"夫"了……

"Hi."莫亦辰从后面将我揽腰一抱，"去哪儿？"

"是你啊！吓我一跳，还以为是谁呢！"

"有谁会这么抱妳？说！"他放开手与我并肩而行，并且假装生气地质问我。

"多着呢！从奥克兰排队到北京。"

莫亦辰说那么岂不是有人队排着排着就掉进南太平洋？我答可不是。

"那么我得看好妳，免得妳被人拐跑了。"他在我耳边低语，嘴巴喷出的气息挠得耳朵痒痒的。

不知为什么，我的心跳因此加速，呼吸也显得紊乱。

"妳怎么了？脸好红啊！"莫亦辰不明所以地问。

"都是你啦！靠我那麼近，热死人了。"我把他往外一推，"离我远一点儿！"

"这是怎么了？好好的大晴天突然转阴了。"他研究性地看着我。

哎！这真是件难以启齿的事，虽然我不是男的，但也有"少年维特的烦恼"，莫亦辰，难道你没有吗？

~

莫亦辰说要开车送我上工，我高兴极了。

一般情况下，"温馨接送情"不太可能发生，因为他的课通常排到下午五、六点，而那时的我早已在餐厅內忙活。

上车后，莫亦辰熟练地发动汽车，车子晃动一下便平稳地上路，一点儿也看不出他的脚曾经受伤过，这让我悬着的心终于可以放下。

"妳白天都忙些什么？"他问。

"没忙什么，离开图书馆后遇见汤尼，他煮Spaghetti给我吃，我们聊了一下，他还送旅游纪念品给我，就这样。"我像记流水账似地背给他听。

"你去了汤尼家，他还煮面给妳吃？"

"对啊！"我心无芥蒂地承认。

见莫亦辰久久不说话，我转头看他，他竟铁青着一张脸。

"呵呵！你忌妒的样子好可爱啊！"我说，突然很想把这个生气的大男孩抱在怀里。

"知道我会忌妒，妳还这么做？"

想到我和他的约法三章，呃……我好像犯了第二条和第三条，得赶紧弥补，遂把汤尼和毛先生的喜事告诉他。

"这么说汤尼结婚了，他这算是有夫之妇，还是有妇之夫呢？"莫亦辰问。

"是有夫之夫。"

我问过古龙水先生，他和毛先生互称对方"老公"。

"也就是说他不再是我的威胁，对吗？"他又问。

我弱弱称是，但……如果汤尼不是Gay, 哪怕对我只有一点点儿的喜欢，我会不会舍了莫亦辰，然后投向古龙水先生的怀抱？我不知道，真的，也许正是古龙水先生的性取向救了我，让我不用在取舍间徘徊。

"妳在想什么？"莫亦辰扳动方向盘，来个大转弯，"在想汤尼吗？"

"也是也不是……莫亦辰，你有初恋情人吗？"我问了一个很早以前就想问的问题。

"初恋情人啊～"他把句尾拉得好长，整个人仿佛跌进回忆的旋涡里，"我的初恋情人不食人间烟火，就像童话故事里的公主一样。我以为会一直牵着她的手到老，直到某一天，她没能买到限量版的MJ纪念CD，失望之余竟要我去偷、去抢。当下我发现自己已经是个有思想的青少年，而她却没跟着我一起成长，还是记忆中五、六岁的模样。彼此的关系就在那时候悄然生变，她成了我妹妹，不再是小情人了。"

"你说的该不会是……"

"是啊！"他对我点头。

真是糟糕，江彩云竟然是莫亦辰的初恋情人，那么莫亦辰想必也是江彩云的初恋情人啰！

没想到遭到否认，原来江彩云的初恋情人是日本动画片Pokemon里的Ash，当Ash后来喜欢剧中女主角时，她愤恨地把后面几集的录像带全给剪了，哭得撕心裂肺……

"她是不是有幻想症？"话一出口，我吐了吐舌头，想到鸭子曾说过江彩云有幻想症一事。

"我不知道，但……有一天她突然告诉我，我就是Ash的化身，还怪自己寻寻觅觅竟没及早发现，哈！我竟然成了动画人物了。"莫亦辰自嘲。

第七十四章/被警方带走的她

我又去探望了鸭子几次，他的神情一次比一次憔悴，话却一次多过一次，简直成了话痨。

"我曾看过一部电影，讲的是男主角一直在重复生命中一个再平常不过的日子，包括所遇见的人和所经历的事，如果这种好事降临在我身上，我要回到十四岁时与初恋女友初尝禁果的那一日，我们从早干到晚，每一次都像第一次一样新鲜刺激……"

那个亚裔警官大概已经听惯他的疯言疯语，所以当鸭子又在"风花雪月"时，他竟低下头审视自己的指甲是否塞了脏东西。

对于鸭子这样毫无惮忌地谈论他的床第之事，我觉得浑身不自在，但看在他狱中孤寂的份上，我勉为其难地当起沉默的听众。

"除了那一天特别难忘，我还想重复另外一天……噢！其实不需要一整天，就五分钟吧！我想一直重复那五分钟。"鸭子说。

"该不会又是另一段性史吧？！"我损他。

"不是，我想回到今年元旦的一开始。"

元旦的一开始？那不就是……

"很难忘吧？可可。"他对我扬扬眉梢。

"哼！也许你认为自己的吻功一流，但那不是我的初吻，所以……不是特别有感觉，就是一般的吻罢了。"我故意轻描淡写。

他答那真可惜，为了那个吻，他对着充气娃娃沙盘演练无数回，而我竟然没感觉……

"鸭子，stop，我感觉不舒服。"我终于失去耐性，同时也觉得他太over了。

"我都快死了，还不让说。"

"你……不会吧？"

看我一脸惨淡，鸭子噗嗤一笑："哈哈！骗妳的，不过跟死刑差不多，我的律师说如果不出意外，我应该会待在狱中N多年，出来时大概已成白发苍苍的老头子。"

我想不出安慰的话，只是一再重复"不会的"。

"我很高兴把帕尔曼的海报给了妳，真的，帮我好好收藏，这是我惟一能送给妳的礼物……如果妳不把那个吻算进去的话。"他有些感伤地说。

Mr.Miller 说我的报告有抄袭的嫌疑，说得我面红耳赤的。

我当然知道写报告时如果引用了别人的著作或观点，必须在报告末页注明作者和出处，即使是网络信息也必须提供链接，但……天知道，所有有关虫子的知识都不是来自于我个人，如果按照游戏规则走，那么从报告的第一个字到最后一个字，完完全全都会是别人的思想，压根儿跟我没半毛钱关系。

为了让报告看起来不那么"人云亦云"，我不得不把部分占为己有，谁知道Mr.Miller眼尖，抓到我这个"小偷"，除了上缴"赃物"外，我还单独聆听Mr.Miller的十分钟训话。

" How can you make this kind of mistake? "我的老师语重心长地问我。

" Sorry."除了对不起，我还能说什么？

训话完毕就是等待判决的时刻，大概Mr.Miller看在我是国际学生的份上，语言理解难免有障碍，所以不了解如何正确写报告云云（呃！这个借口好像有点儿牵强，毕竟我已是大三的学生，而且也不是第一次写报告）。Anyway, 那个好好先生只判我"重写"，对于这样的轻判，我应该跪下来磕头谢恩，但……怎么办呢？我还有两个报告未完成，而且期限全辄在一起，真要急死人了。

我很好奇别人的报告是怎么过关的，反正我对虫子是不可能有什么"独到见解"，但是现在的我好像没得选，没看法也得有看法，没观点也得挤出观点，否则就等着来年重修好了。

什么？！请人代写报告，这……

一来我是个穷学生，付不起高昂的代写费，二来代写的人程度参差不齐，而且难保他不会一个报告多个卖，到时Mr.Miller收到完全一样的报告，我能想像他的脸色会有多难看。

在新西兰，"cheating"是很严重的事，不仅丢脸，还会根据情节轻重有相应的惩罚，如果你因此得了鸭蛋，那么该去买串鞭炮庆贺一下，因为得零分是最好的结局。

至于大型考试作弊（如雅思、托福等），在有些国家竟不可思议地属于刑事犯罪，会坐牢的。我可不想大学文凭没拿到，反倒穿起囚衣（虽然我还不清楚在新西兰作弊会不会锒铛入狱）。

～

"怎么了？一副闷闷不乐的样子。"何丽问。

我低着头走路，脑中正做着不同的时间组合排列，好能在一个半月内赶出三份报告，所以连何丽和Ben靠近我，我都浑然不知。

"没什么，报告没通过，得重写。"我心情郁闷地说。

"那就重写啊！"Ben说。

呃！这句话怎么听起来很逆耳？好像……好像晋惠帝说过的经典名句："何不食肉糜？"

我答要是那么简单，何必烦恼？我……另外还有两份报告得交。

"可可，妳一定没问题，妳要相信自己，也要相信主。"何丽说。

于是我们就在众目睽睽之下，向伟大的天主发射求助之箭。

"阿门。"何丽完成祝祷。

"阿门。"我和Ben跟着应合。

也许是"自我暗示"起了作用，祷告完毕，我好像被注入正能量，不再焦急地像只无头苍蝇，反而很有信心能克服难关，这大概就是宗教的神秘之处吧？！

～

为了达成目标，我不得不把儿女情长放下，莫亦辰首当其冲，每天只被允许和我共进半小时的午餐，其他时间恕不接待。

课外活动当然也得取消，除了必要的打工外，能利用上的时间都被我拿来写报告，日以继夜、焚膏继晷的结果是连做梦我都会梦见数以万计的虫子向我飞来，而另外两份报告所带来的化学程式和土壤分析数据也好死不死地从天而降，将我砸得肝脑涂地、血流成河。

就在壮烈的挽歌中，我终于把最后一份报告也上缴了，这真算得上是呕心沥血之作啊！

我真想问问是谁说在国外上学很容易来着？依我看是进大学容易，但想要成功地待到毕业却很难，很多学生就死在半路上，只得了个"肄业"的美称。当然也有学比尔盖茨，认为在大学中学不到东西而及早改变前进方向的怪咖，不过有这想法的多半是从小"自由"惯了的学生，国内来的很少这么"离经叛道"，再怎么着也得混个文凭回国交差。

好不容易熬到下课铃响，我像只雀跃的鸟儿，马上夺门展翅高飞，心中是无限欣喜，想着该和莫亦辰好好聚聚，弥补这段日子对他的冷落，但此时手机短信却传来惊天消息：**江彩云被警方带走，我上警局了解情况，不和妳吃饭了，辰。**

什么？！我一时没了主意。

第七十五章/瑕疵的爱

我赶紧打给莫亦辰，然而这小子竟然关机，什么天大的事要关机？又不是在上课！

怪就怪在每隔一、两个小时拨给他，他依旧没开机，这是怎么回事？莫亦辰，你好歹也给我个电话，你不知道我会着急吗？

直到离开"美味餐厅"，躺回308室的床上，我才彻底死心，莫亦辰今天是不可能来电了。

没有任何日子比今天更让我着急，我在老地方等他，心急如焚。没多久，我看到他奕奕然向我走来。

"怎么回事？江彩云为什么被警方带走？是不是跟鸭子的事有关？你为什么关机？昨晚你在哪儿？……"我丢给他一连串问题。

他显然慌了，不知该先回答哪一题。

"可可，我们到视听教室好吗？我有话对妳说。"

听莫亦辰这么一说，我的心咯噔了一下，上次和赵大同摊牌，不就选在视听教室？

看着莫亦辰如丧考妣的神情，我努力让自己的声音听起来不那么胆怯："好啊！"

走进视听教室，莫亦辰突然向我飞扑过来，我还没来得及问话，他的嘴便吻上来，粗鲁得像个强盗似的，手也不安分起来，我发现不对劲，一把推开他。

眼前的他样子很狼狈，我也好不到哪里去，两个人都神情尴尬地望着对方。

"怎么了？"我问。

"没什么。"

我走过去帮他整理一头乱发，再度问他怎么了？

也许因为温柔的语气，也或许是他早有认罪的心理准备，他告诉我江彩云在warehouse偷了件衣服，被店家报警抓到警局去了。

江彩云跑到warehouse偷衣服？这真是太奇怪了。

新西兰的warehouse就是国内家乐福的水平，整个卖场是个大仓库，卖些廉价的衣物和玩具，江彩云不去偷连卡佛或香奈儿那类高档的奢侈品，反而改走平民路线，真让人纳闷。

后来通过莫亦辰的叙述，我终于知道个大概：小妮子因为莫亦辰疏远她，在精神极度恍惚下，拿了衣服忘了结账，所以……

在新西兰，"顺手牵羊"的小恶时有发生，店家通常不愿走法律程序，因为烧钱又闹心，所以多半只要付钱买下"赃物"，人就可以走了。偏偏江彩云不合作，又哭又闹的，店家只好报警。

当莫亦辰知道只要当场付费就能带走"小偷"时，立马掏出钱包，警察并没有刁难他们。

"这不就好了吗？你为什么关机，而且消失一整天？"我不解。

"我关机是为了集中精神和警察斡旋，后来回到车上，江彩云哭得像个泪人似的，我安慰她都来不及，哪里想得到开不开机的问题？"

"你送她回家，然后呢？"我握紧他的手。

"她……她说我最近不理她，不再关心她，又……又说何丽经常不在家，她有些害怕，希望我陪她上楼查看家里是否安全，然后我就可以离开了。"

"你送她上楼，然后就离开了，对吧？"我再次握紧他的手，但喉咙发干。

莫亦辰答他又陪喝了点儿小酒。

"开车的人还喝酒？喝完酒你就走了，对吧？"我的手心开始冒汗。

"可可～"

"告诉我答案！"我大喝一声，连自己都没发觉原来已经憋气这么久了。

"我发誓自己有两瓶啤酒的酒量，但昨天真的只喝一小杯就不醒人事了，我也不知道是怎么回事。"

听他这么一说，我简直站不住脚，赶紧找把椅子坐下。

"所以昨晚你在江彩云那儿过夜了，那也没什么，因为你已经不醒人事了。"我还在做春秋大梦。

"不……不是这样的，可可，你要相信我，我真的什么都记不起来了。"他开始讨饶。

"所以意思是你和江彩云……上床了？"我非常痛苦地质问他。

沉默许久后，他灰头土脸地表示这是个意外，江彩云没要求他负责……

"呵呵！好个吃干抹净，莫亦辰，我算是看清你了。"我站起身来，只想马上远离这个人渣。

"可可，你听我说。"

我劈头就赏他一个耳括子，接着对他拳打脚踢。

"为什么？为什么你要这么做？我……我以为……以为你对我是认真的。"我边打他边呜咽得厉害。

打着打着，实在打不下去，因为莫亦辰就一副任我宰割的模样。

"可可，我对妳当然是认真的，如果打我能让妳好过，妳尽量打，来！"他抓起我的手向自己挥拳过去。

"别碰我，"我把手收回米，"You make me sick."

我当然知道说这句话会深深刺伤他，但我管不了那么多，伤心绝望的女人什么都看不见。

离开莫亦辰算是对恋情的又一次告别，虽然古龙水先生同样让我心痛，但这次不一样，我真的不舍，因为我知道莫亦辰即使犯错还是深爱着我，而我也爱着他……

第七十六章/对不起，我爱你

"所以莫亦辰跟江彩云上床了？"何丽问。

"嗯！"我喝了一口抹茶拿铁，口感还是那么淳厚，但少了一份闲适的心情，"他犯错后还想和我亲热，真搞不懂他是怎么想的。"

"我想他是心生愧疚想弥补吧？！呃……我的意思是肉体上的弥补。"

我问这不是很奇怪吗？如果他同时和两个女人发生关系，岂不是让自己陷入更深的漩涡？

"妳错了，像莫亦辰这种实心汉子是不愿辜负女人的，现在发生这种事，从道义上，他认为应该对江彩云负责，但他爱的是妳，如果他也跟妳发生关系，形势就改变了，反正注定他得二选一，两害相权取其轻，他可以有借口选择妳。"

"呵呵！这么说昨天我应该被他拿下才是。"我自弃地说。

"可可，照我看，莫亦辰是真的在乎妳，如果妳也在乎他，何必在小枝小节上过不去？谁没迷失过？原谅他，自己也能得到救赎。"

我答这不是小枝小节的事，我也想原谅他，但自己过不了那个坎，只要想到他和江彩云卿卿我我的样子，我就痛苦地想死掉……

"可可，来，让我们向天主祷告。"

她握住我的手，被我用力一扫："祷告个屁！天天祷告还不是烦恼事一堆，我再也不相信妳的主，祂……根本不存在。"

我站起来，头也不回地往外跑，边跑边拭泪，莫亦辰，我再也不理你，你把我的纯情都给搅黄了，让我成了低俗笑闹片里的女主角，我还能期待什么？一个一毛钱不值的吻别吗？

我漫无目的地走在繁忙的商业区，看着橱窗里精致而索价不菲的商品，想把眼睛都塞满，好弥补心里的空虚。

当我经过pharmacy时，看到橱窗里摆着古龙水先生最钟爱的那一款香水，想着他婚后是否幸福快乐？然后眼一飘，看到Durex保险套的广告。

"那晚莫亦辰戴了没？如果没有，万一江彩云中奖了，他岂不是当了爸爸？"我心想，脑海浮现他趴在地上给孩子当座骑的情景。

如果那天真的来到，他是否还会记得在芳草碧连天的新西兰，曾有个叫可可的女孩与他相识、相惜、相爱过？

"可可学姐，妳怎么在这里？"罗静宜突然现身。

"噢！随便逛逛就逛到这儿来，"我收起悲伤，"妳怎么也在这里？"

罗静宜笑咪咪地答她在这儿打工呢！

我想到她是药剂系的学生，在pharmacy打工算是专业对上口了。

"下班了吗？"我问。

"没，我等人……"罗静宜的眼光落在我身后，整张脸亮了起来，"噢！他来了。"

我很好奇来者是谁，遂转过身去。

"可可～"赵大同有些尴尬地和我打招呼。

我眼光锐利地扫向那两人，想根据一些蛛丝马迹判断两者的关系，罗静宜是一贯的坦荡荡，赵大同反倒有些长戚戚。

"赵大同说他也想在pharmacy打工，所以我向老板推荐他，待会儿他会有一个interview。"罗静宜解释。

"噢！那赶紧进去，Good Luck."

"可可学姐，那我们进去啰！"她笑着打开商店大门。

赵大同一反常态地没多做解释，低头跨入商店。

就在大门闭上的前一刻，我看见罗静宜把手勾住赵大同的臂膀，不知和他说了什么，赵大同听着，没有拒绝她的热情。

我微笑着离开pharmacy，最近老是不顺，总算有件事值得高兴。罗静宜配赵大同，药剂系配护理系，嗯！满不错的组合。

我正做着功课，虽然努力想集中精神，但脑袋中的画面老是四分五裂，等我好不容易拼装完毕，莫亦辰亲吻江彩云的影像又把拼图整个给打散了，如此浑浑噩噩，叫我如何学习？

"Shit!"我骂道。

又写错字了，最近老是这样。

我拿起修正液抖了两下，妈的，竟然那么快就用完了？我不假思索地打开抽屉找新的修正液，没找着，却在角落发现莫亦辰送我的提基神像。

提基神像是毛利人的守护神，莫亦辰把守护神送给我，是希望我能得到神的庇佑，但庇佑在哪里？

我抚摸着那块绿石，眼泪像决了堤似的。

你说过要把我像姆指姑娘一样塞进口袋里；你说过要看好我，免得被别人拐跑了；你说过打从我一进校园就喜欢上我……难道这些只是随便说说而已？莫亦辰，你这个大话王！

我愤然把提基神像丢向墙头，碰的一声，绿石直线下落，碎了一地。

"Oh no！"我这才大梦初醒，赶紧走过去收拾残局。

神像的头被削了一大半，脚掌也少了一块，我懊恼地把这些零星碎石在桌上拼凑起来，然后找来强力胶，细心地一个个给沾粘好。

"好了，不是吗？"我自问自答。

虽然努力想欺骗自己，但看着歪歪扭扭的神像，我还是忍不住嚎啕大哭。

"张可可，看妳干的好事，把莫亦辰送给妳的礼物搞成四不像，他知道了会多难过！"内心的声音向我提出控诉。

我边抚摸神像边哭："对不起……对不起……莫亦辰……对不起……我爱你……"

第七十七章/合约到期

我走出房门，没想到赵大同也刚好从313室出来。

"早啊！"我说。

"早！"

走进电梯，我问他昨天的面试结果，他答他被录取了。

"恭喜，这样一来，你和罗静宜就是同事了。"

"可可，如果我搬走了，妳……怎么想？"

赵大同要搬家了？这真是条大新闻，我问他搬去哪儿？他答"市区"。

"那很好，离学校和打工的地方都很近。"我边说边走出电梯。

"就这样？"他有些失望，"我以为妳会挽留我。"

老实说，我不知道该如何回答，所以先和窗口的伍迪艾伦道早安。

"Good morning."伍迪艾伦和我挥挥手，"Have a good day!"

"You too."我回礼。

推开大门，我不忘跟在身后的赵大同，直到他也把手搭在门上，我才放手。

刚来新西兰时，就因为只顾着自己出大门，不管后面有没有人，当门结结实实打在后方来者的身上时，我被当成来自蛮荒地带的野蛮人，没文化兼没教养，简直丢脸死了。

"我觉得搬家是好事，这里太偏远了。"我还是有礼地回答他刚才的提问。

"可可，妳等等，"赵大同拉住我，"我有话跟妳说。"

我遂停下脚步看着他。

"罗静宜……罗静宜说她喜欢我，想跟我确认恋爱关系。"他脸红了，"但……只要妳说一句，我马上离开她，回到妳身边。"

我没想到罗静宜的动作这么快。

"赵大同，罗静宜是个好女孩，开朗、积极，刚好弥补你个性上的阴郁。你俩很般配，这就是我要说的。"我说得很慢，并且尽量把话说得不那么刺耳。

"可可，妳……"他的喉结上下滚动了一下，"那……就算是我把妳给甩了吧！我和罗静宜会很幸福，幸福得让妳妒忌，然后妳会后悔，后悔当初的抉择。"

他恨恨地看着我，我没躲开，反而很有风度地祝他幸福。

"我一定会的！"他吐出一句，听起来像是赌气来着。

虽然被赵大同甩了，我一点儿也不忧伤。

他是星期六搬的家，当时我还在周末补眠中，有人很有礼貌地轻敲我房门，扣扣两声便停止。

我睁着惺忪的双眼去开门。

"可可学姐，不好意思，我不知道妳在睡觉。"罗静宜吐了吐舌头说。

"没关系，我醒了，什么事？"

"我……我们走了，"她往左看了一眼，"告诉妳一声。"

我往外探去，赵大同双手叉腰站在313室门口，地上搁着两个行李箱，直挺挺地瞪着我瞧。

"抱歉，我还没梳洗，没办法帮你们。"我对罗静宜说。

"不用了，赵大同的行李不多，就两个箱子，我的车在楼下，很方便的，可可学姐妳继续睡回笼觉吧！"

"那……好吧！See you."

"Bye!"她说。

~

待我梳洗完毕，突然想到楼下买个 MUFFIN 当早餐，经过伍迪艾伦的窗口，被他大声叫住。

他吧啦吧啦地说了一长串，我Pardon了两次，终于搞清楚我住的308室还有四个星期就到期，如要继续住得重新签合同。

哎呀！我怎么把这么重要的事给忘了？鸭子只预付一年的租金，租我时还剩下大半年，算算时间也差不多了，可是如果继续住下去，我将比现在多付3倍的价钱，加上往返的交通费及时间上的浪费，倒不如住市区，难怪赵大同要搬走。

此时的我不得不承认，赵大同为了接近我的确做了不少牺牲……

"I will think about it. "我对伍迪艾伦说。

虽然说要考虑一下，其实心里非常清楚，搬家势在必行。

我回头望了一眼"Golden Castle"，不禁心怀感激："谢谢你，在我最困难的时候解了我的燃眉之急，并且带给我恬静小镇的温暖人情……"

第七十八章/依旧爱你

"可可学姐～"

当我踽踽走在校园里，罗静宜的声音突然在耳边响起。

"下课了？"我停下脚步。

"嗯！连着上两堂大课，有点儿累。"

我要她早点儿回去休息，她反倒问我待会儿有课吗？如果没有，我们聊一下。

下堂课是三点十分，我还有一个多小时的时间可挥霍。

"好啊！"我答。

我们来到球场边休息区，罗静宜借故走开，回来时，手上多了两个纸杯咖啡，她肯定是从热饮自动贩卖机那儿买来的。

"谢谢。"我说。

"学姐，小心烫。"她提醒我。

上帝没给罗静宜美貌，却给了她一颗金心，这多少公平些。

"可可学姐，"她坐了下来，"因为……因为妳说对赵大同不来电，所以……所以我对他表白了，妳不介意吧？！"

我笑了："这是什么傻话？我高兴都来不及，怎么可能会介意？"

"真的？"

"真的，我非常非常的高兴。"

"那就好。"她低下头，像一朵羞涩的百合。

我很好奇她怎么就对赵大同情有独钟？

她沉默了一会儿后，压低声音问："如果我告诉妳，妳能答应我不告诉别人，包括赵大同吗？"

"当然没问题。"我答。

于是她向我娓娓道来。

原来罗静宜的学习一向很好，父母也很开明，但她的内心一直很孤寂，觉得世界上没有人能真正懂她、理解她。高三时，由于功课压力大，有时她会上网聊天，借以排解压力，赵大同就是那时遇上的网友之一，他当时的网名恰巧是"孤寂"，与她的心境不谋而合。

"赵大同到现在还不知道妳是他的网友吗？"我问。

"应该不知道，我没说。"

"那妳来新西兰……"

她答那的确是部分原因，既然两人都来自一个叫"孤寂"的星球，就应该互相扶持，不是吗？

我放下咖啡，诚意十足地说："罗静宜，我相信妳和赵大同一定会得到幸福。"

"谢谢妳，我也希望如此。"她笑得一脸灿烂。

～

罗静宜说她没课了，可以陪我一起走到实验大楼。我们边走边聊，就在转角处，不巧与那两人不期而遇。

不知是不是我过度敏感，莫亦辰瘦了不止十斤，神情也极度委靡；江彩云则一脸惊恐，拉着她的辰哥哥绕道而行，莫亦辰还频频回首，用眼睛和我说了不少话。

"那个男生为什么一直看妳？你们认识吗？"罗静宜问。

"他……他是我的前男友。"

"Oh, I am sorry."

我答没事，已经过去了。

"那江彩云……"

"妳怎么认识她？"我停下脚步。

"她是赵大同的同学，不是吗？"

然后罗静宜告诉我一件匪疑所思的事……

有一次他们三人一起用餐，赵大同突然提到江彩云曾在新加坡上过一年大学预科，罗静宜便自然而然地问起江彩云上的是哪所大学？

"新加坡国立大学。"她答。

罗静宜很高兴地表示自己的父亲正是那所大学的教授，还问她在哪个校区上课？国际学生部组长是否还是Dr.Chen？

江彩云惊呼一声："哎呀！真糟糕，记错了，我上的是'新加坡大学'不是'新加坡国立大学'。"

我问这很奇怪吗？

罗静宜答当然奇怪，因为新加坡大学和南洋大学早在1980年便已合并为新加坡国立大学了。

"妳的意思是……"

"意思是江彩云说谎，她压根儿没在新加坡上过大学预科，呃！我是说至少不是'新加坡国立大学'或者她后来更正的'新加坡大学'。"

原来这样啊！我还以为江彩云的惊恐表情是因为看见我，原来是因为罗静宜。

~

今天的实验做的是蔗糖酶的提取，我把酵母菌剪碎，然后把组织放入陶钵中，用研杆来回研磨捣碎，接着将捣碎了的粉末放入量杯中，再慢慢倒入硫酸铵溶液，不一会儿就能提取沉淀物了。

在等待沉淀的过程中，我又想起江彩云惊恐的表情，她没上过新加坡的大学预科，所以她交给莫亦辰的就学证明是假的，她为什么要造假呢？

我想起鸭子说过江彩云曾是精神病人，又忆起莫妈妈对于两家成为亲家所采取的保留态度，所以……所以莫亦辰正和一个随时会引爆的炸弹在一起。

想到此，我五雷轰顶。

" CoCo, what are you doing?"我的老师摇头，一副难以置信的模样。

我瞄了一眼量杯，原来沉淀过久，沉淀物都结块了。

" Sorry."我说。

我的老师轻敲我的脑袋瓜，喊着" Knock.Knock."，意思是唤醒我沉睡的脑子。

这下子实验又得重做了，哎~

~

冬天到了，白杨树上的枝干早已光秃秃一片，树皮也一层层地剥落下来，留下斑白的躯干，像得了白癜风的患者似的。

我把冲锋衣的拉链拉高，双手插入口袋，打算顶着寒风去打工。

"可可～"

当那熟悉的声音响起，我忽然被冻成了冰棍。

我慢慢转过身去，树下的莫亦辰正神情哀伤地看着我。他的裤腰松垮垮的，连腰带都系不住，双颊也凹陷下去，留下两个空洞无神的大眼睛。

"你瘦了。"我干涩地说。

"想妳的结果……"

我要他别说了，我不想听。

"可可……我爱妳，真的。"他沉哑的声音听起来令人心碎。

"给我一个同样爱你的理由。"我赌气地问。

然后他为我清唱一段：

那一段我们曾心贴着心，

我想我更有权力关心妳。

不愿妳已走进别人风景，

多希望也有星光的投影。

他把"可能妳已走进别人风景"改成"不愿妳已走进别人风景"，让我很感动。

唱完，他上前一步："可可，千错万错都是我的错，原谅我，好吗？"

想起这些日子以来的痛苦与折磨，我不禁悲从中来。他温柔地划去我脸上的泪水，拥我入怀，此时的我们又心贴着心。

啊！莫亦辰，即使你犯错，我还是这么，这么没出息地爱着你……

第七十九章/毛奶奶病了

我告诉莫亦辰我得搬家了，因为"Golden Castle"的租约快到期，而我负担不起租金，加上地点偏僻，购物、吃饭都挺不方便的。

"妳说得对，但是市区的房租很贵，尤其是套间。"

这的确是个大问题，看来只能合租了，我问他有没有这方面的讯息？

"我知道有人想合租二居室，不过对方是个男的。"他答。

"男的？这样不太好吧！"我犹豫了。

"没问题的，这个男生人品很好。"

不知道为什么莫亦辰笑得很开心。

"我觉得还是不要……"

"傻瓜，那个男的是我。"

"你？你住男生宿舍好好的，为什么……"

"还问为什么，当然是为了可可妳啊！"

"不来了。"我推开他，把手伸进自己冲锋衣的口袋内，并且佯装着急等公车的样子，探头探脑的。

莫亦辰走到我身边："可可，妳也知道很多大学情侣都同居起来，过起夫妻生活，我们已经认识三年多了，一起租屋同住，应该……妳应该可以接受吧？"

我答我可以接受租屋同住，但不能接受婚前就过夫妻生活，对我来说这太不莊重了。

"明白，那么我负责租屋，钱的事妳不用操心。"

"不，该付的我照付。"

"为什么？"

哎! 我如何告诉他穷人也有傲骨？

"反正……反正房租我是一定要付的，所以你最好找一个我负担得起的住房。"

"好，听妳的，什么都听妳的。"他笑得很傻气。

当那辆熟悉的公车摇摇晃晃地驶来，我催促莫亦辰快回去上课，自己则跳上车找个靠窗的位子坐下。一转头，看到公交站牌下有个男人对我比出爱心手势，我捂住嘴，心里喜滋滋的。

～

下了车，走几个Blocks就能抵达"美味餐厅"，所以我悠栽悠栽地散步过去。

经过华人超市时，我看见店门口摆出大大小小、南北不同口味的粽子，难道端午节就要来到？

在国外生活就是这样，经常会忘了各种佳节，往往要靠超市或华文报纸的提醒才不致于错过。

"这不是可可吗？"好久不见的王妈提着大包小包从超市走出

来，笑对我说。

"王妈好，真巧啊！在这里遇见您。"

"要过节了，总得上这儿来采办采办。"

我瞥见王妈的塑料袋里有粽叶和食材，这不难理解，端午节快到了嘛！但除了这些应景的东西外，我还看到几包用白报纸包的中药，因为我闻到浓浓的中药味。

"王妈，妳还上中药店？"我问。

"嗯！老太太病了。"

"病了？"我的心纠了起来。

"老太太一病，全家都笼罩在忧伤的气氛中，谁也没想要过节，但我老头儿说了，节还是要过，这可以带动氛围，毛宅才不致于死气沉沉……"

我问奶奶哪儿不舒服？要不要紧？

"哎！老太太有心脏病，她自己也知道，所以平常很重视养生，尽量过规律的生活，并且保持情绪上的稳定。不知为什么，最近这几个月她的情绪非常不稳，很焦躁的样子，嘴巴老说着'来不及了'之类的话，认人摸不着头绪。"王妈把袋子往地上一搁，"人的情绪一不稳，麻烦就来，有天老太太说她胸口闷，我正要打电话给家庭医生，谁知电话还没打通，她整个人就瘫了下去，把我给吓得……"

"那奶奶现在……"

"还在皇后医院，不过已经转到普通病房了。哎！年纪大了，连心血管支架也做不了，现在只能求上苍保佑了。"王妈摇头叹息。

我问这中药是不是治心脏病的？

"噢！这中药跟她的心脏病无关，补身子的。"她突然想起什么，"忘了问，妳怎么也在这儿？"

我才惊觉自己打工快迟到了，王妈说那赶紧去，她会跟老太太说今天看到我了，她老人家可惦记着我呢！

"王妈，"我边跑边回头，"您跟奶奶说过几天我抽空去看她。"

"一定啊！"王妈在我身后大喊。

第八十章/白色堡垒

我告诉莫亦辰毛奶奶病了，他说他可以载我去医院探望，于是我们把彼此的课表对照了一下，终于挪出四个小时的时间。

一抵达医院，莫亦辰先放我下车，然后打了方向盘找停车位去。

我到询问处问了一下，毛奶奶果然住在VIP房，我熟门熟路地上到五层。

向护士报上名，得到肯定的答复后，我进入病房，没想到一股老人味立马扑了上来，我皱了皱眉头，心想若不是奶奶病了，她肯定不会让自己的体味四处飘散，因为她的身上总带有淡淡的花露水味道。

"可可妳来了，"王妈笑对我说，然后转向毛奶奶，"老太太，可可来了。"

"我听到了，可可～"

奶奶伸出手，我赶紧小跑步过去，握住她瘦骨嶙峋的手："奶奶，我来了。"

"来了就好，来了就好。"她握紧我的手，来回抚摸，像要确认这就是可可的手，"王妈，削个水果给可可吃。"

"不……不用了，王妈别忙了。"我推辞。

"削个水果有什么忙的？妳坐一下，我马上就削好。"

看王妈因我的到来而忙活，心里很过意不去。没多久她端来水果盘，我们俩边吃边话家常，连有人推门进来也没发觉。

"可可～"莫亦辰轻唤我的名。

"怎么现在才来？"我怪嗔，然后把他带到毛奶奶跟前，"奶奶，这是莫亦辰，我的男朋友。"

毛奶奶抬起头，试着睁大眼睛看清楚眼前人。

"奶奶。"莫亦辰羞涩地喊了一声。

毛奶奶出奇的安静，她转动着不落力的眼球，死盯着莫亦辰。

"奶奶，他是莫亦辰。"我再次提醒。

没想到毛奶奶非常激动地抓住他："小凯，你是小凯，你来看我了。"

"老太太，"王妈走过去安抚，"他是莫亦辰，可可的男朋友，不是什么小凯。"

我忽然想到心脏病患者最忌情绪激动，于是小声地解释："奶奶，他不是小凯，他是我男朋友。"

"奶奶，我不是小凯，我是可可的男朋友。"莫亦辰像学语鹦鹉。

"……不是小凯……不是小凯……"毛奶奶喃喃说道。

王妈应合，说的确不是小凯。

"为什么小凯不来看我？他说过会来看我……"毛奶奶不知向谁问话。

王妈答等病好了，小凯就会来看她。

"等我病好了，小凯就会来看我。"毛奶奶重复王妈说过的话。

"对。"王妈小心翼翼地让毛奶奶往后躺，顺手盖上毛毯，然后示意我和莫亦辰到房外。

关上房门后，王妈说："抱歉啊！老太太的病不能激动，而且她的身子弱，不适宜说过多的话，你们大老远跑来，实在不好意思。"

"王妈，快别这么说，今天能看到奶奶心里不知有多高兴。我们下午其实还有课，现在回去刚好赶上上课。"

"这样啊！那还是上课重要，你们快回去吧！路上小心。"她说。

～

"谁是小凯？"回去的路上，莫亦辰问我。

"小凯是……"我娓娓道来。

"原来如此，奶奶一定很想念他。"莫亦辰说。

我答想是一定会的，那样刻骨铭心的一段恋情，任谁也忘不了。再说了，奶奶都这么老了，身上又有病，什么时候撒手人寰都未知，她当然希望能在有生之年与当年的恋人见上一面……

莫亦辰问有没有办法找到小凯？

"二十多年前的事，早已物是人非，从何找起？"

"听说国内的户政体制很完善，有人名和相关资料应该不难找到。"

"你去找还是我去找？我俩的功课压力还不够重吗？"我问。

"说的也是。"

莫亦辰说没料到探病这么快就结束了，他可以顺路带我去一个地方。

Jeep被莫亦辰开上一个坡路，转了个弯，眼前出现一栋白色建筑物。他刷开楼下大门，我们沿着旋转式楼梯上到二楼，Room 211.

打开深褐色房门，莫亦辰做了个"请进"的手势。我问要不要脱鞋？他答不用。

这是栋刚完工不久的公寓，我还可以闻到空气中那股簇新的味道，家具也是新的，IKEA风格。

客厅连着开放式厨房，两间房，一大一小，大的那间有独立卫生间。

我打开落地窗，窗外有个大阳台，阳台上有藤制躺椅，躺在上面可以观看无敌海景。此时海面上白帆点点，原来前方就是风帆俱乐部。

回到屋內，我问莫亦辰这是谁的房？

他没回答，反而问我喜不喜欢？

"太贵了，负担不起。"我已经猜出这是莫亦辰打算租的房。

"那么妳是喜欢的，对吧？"

我答有谁会不喜欢？但……还是另外再找吧！

没想到莫亦辰说他已经租下了。

"什么？！你动作也太快了，我的租约还有两、三个星期才到期。"

"没关系，妳可以慢慢打包。"

"可是……两天前我才告诉你搬家的事，怎么你一下子就……"

莫亦辰的嘴角有了笑意，我因此猜到这是他父母买的房。想到莫妈妈是多么反对我和莫亦辰在一起，如果她知道我和她儿子"同居"在她买的房子里会做何感想？

"可可，妳怎么一副不高兴的样子？"

"万一，万一你父母来新西兰发现我们住在一起……"

"妳忘了？我们已经大三了，还剩下一年多就毕业，下次妳看到我父母应该是在毕业典礼上，而那时也该是尘埃落定的时候。"

"尘埃落定？"

"嗯！我要把妳娶进门，让妳当莫太太。"他走过来拥抱我，"妳愿意吗？"

难道这就是传说中的"求婚"？我以为会更正式些，譬如鲜花、气球、下跪……等。

"我……我猜我们上课要迟到了。"我提醒他。

莫亦辰转头看墙上挂钟，顿时惊慌失措。

"快跑！"他喊。

我们以跑百米的速度离开这栋白色堡垒，然后动作神速地跳上Jeep。莫亦辰脚踩油门，车子便怒吼着往A大急驶而去……

第八十一章/好爱好爱妳

我问何丽我该搬去和莫亦辰同住吗？她反问我为什么会烦恼这个问题？

"因为我怕莫妈妈发现了，把我当成高攀的假凤凰。"

"还有呢？"她问。

我答没有了。

"妳不好意思说，我帮妳说，妳怕妳是干柴，莫亦辰是烈火，稍一不小心就会野火燎原。"

"这……这也是个问题啦！"

"那么就要看妳对性的看法是什么，如果妳把它当成自然而然的生理需求，像饿了要吃饭，尿急了要上厕所，这件事就算水道渠成；但如果妳把它当成个人最重要的东西，不肯轻易交付，那么还是别同居了，你俩不可能把持得住。"

我怎么觉得我和莫亦辰在何丽眼中就是两个少不更事的家伙。

"何丽，性……很快乐吗？"我嗫嗫地问。

"嗯！它应该是快乐的，如果不快乐，动物就不会想做它，生命便无法延续。"

我问如果它是快乐的，为什么我既好奇又不敢尝试；既想做又羞愧去做？

"那是因为妳被社会规范给制约了，这个社会给纵容生理需求的女性贴上标签，尤其是未婚女性。"

"那么妳是赞成婚前性行为啰？这似乎和妳的宗教相背而行。"

"我只能说我理解婚前性行为，但不能说赞成婚前性行为。当我传教时，很多女性反馈一旦有了婚前性行为，相恋的两人见面后，最重要的一件事就变成了上床，所有恋爱的甜蜜和关心好像都消失了。"何丽替我把空了的茶杯斟上茶水，"如果妳把恋爱当成观察和试炼未来伴侣的过程，那就得守贞，这跟考上驾照再上路是一样的道理。当然，妳也可以不考驾照就上路，但心理上多少有些担心受怕，即使妳的驾驶技术无庸置疑。"

何丽的一番话又把我打入深不见底的深渊，我已经禁欲22年了，再继续下去也不是不可能，修女、和尚不也如此？但……

如果我一定得考上驾照才能上路，不练习怎么考？

莫亦辰说吃完饭去他的公寓坐一下，今天海边有风帆比赛，他家阳台就是最佳的观赏地点，能把整个比赛过程尽收眼底。

我没在阳台待多久就被莫亦辰拉回到客厅沙发上。

"妳好香啊! 用的是什么香水？"他在我耳鬓厮磨。

"没喷香水，大概是洗发水的味道。"

莫亦辰将我揽腰一抱："现在几斤重？我怎么觉得妳又瘦了？"

我答没瘦，大概今天穿牛仔裤的关系，显得修长。

"为什么不穿裙子？妳的牛仔裤很紧啊！"他动手去解我的牛仔裤裤头。

"莫亦辰，你想干嘛？！"

"没干嘛！就是不想妳的牛仔裤太紧。"

我"啪"的一声大力挥掉他不安分的手，并且推开他紧压的身子。

"妳……不喜欢我？"他一副受伤的样子。

"我……我喜欢你，但……你压得我好不舒服。"

"可可，每次和妳见面，我是既高兴又烦躁，高兴是因为可以和妳在一起；烦躁是因为每当妳离去，我往往得洗冷水澡才能让自己冷静下来。我……我想要妳，难道妳不想？"

我答不知道他在说什么，还是回学校吧！早点儿去可以占个好位子。

"可可，妳知道我在说什么。"

望着他那张微愠的脸，我不得不承认了解他的意思，但我们还没考上驾照，所以不能上路。

"这跟考不考驾照扯得上关系吗？"他不解。

于是我把何丽的驾照论拿来开讲。

"反正我们将来是要结婚的。"

"那就等结完婚再……"

"走！"他一把将我拉起。

我问去哪里？他答去做结婚登记。

"别傻了。"我一屁股又坐下。

"妳知不知道我现在夜夜想妳，想得不能入睡？"他非常痛苦地看着我。

沉默半晌后，我答我们还是分开一阵子比较好，因为我还迈不出这一步。

"别……别这么说，是我不好，不该勉强妳，我们不做了，好不好？"莫亦辰神情紧张地对我说。

我的心马上软了下来。

"考上驾照再做。"他补上一句。

"讨厌！"我出手捶打他。

他抓住捶打的手，一脸无奈地说："我真是服了我自己，谁让我好爱好爱妳！"

第八十二章/狼心狗肺

在饥饿的人面前摆上珍馐，却命令他只能看不能吃，这是极其残酷的事。我心疼莫亦辰，所以另外择屋居住的念头也就更加坚定。

我一方面上网查租房信息，另一方面也向周遭的朋友放出消息，华文报纸当然也被我翻了个遍。地点好、房屋状况佳的，我负担不起；地点不好、房屋状况又不佳的，我看不上眼；介于两者之间的，我一时又无法马上做出决定，等我终于可以勉强自己委屈求全时，房子却早一步给出租出去，真要急死人了。

走出教室，我思忖着该上哪儿吃午餐（今天我得独自用餐，因为莫亦辰给我发来短信说临时有事，不得不取消午餐的约会）。

"去食堂吃吧！快点儿吃完，我还可以有时间查租房信息。"我心里盘算着。

经过学校停车场，我老远就听到男女吵架的声音，男的试图压低音量，女的却扯开喉咙，尖锐的声音像小刀划过玻璃，想不注意也难。

等我能听出说的是普通话，人已经离他们很近了，近到可以分辨是莫亦辰和江彩云。

他俩就站在Jeep车旁，驾驶座上的门开着，引擎正热着，莫亦辰边说好话边把江彩云往车内塞，后者不依，两人拉拉扯扯。

我躲到红色HONDA车后，想搞清楚事情原委。

"上车好不好？求妳了。"

"不去。"

"我都约好了，再约很麻烦。"

"那就别约。"

"妳昨天不是答应了？现在怎么反悔？"

"我反悔又不是第一次，你不知道我经常反悔吗？"

"别孩子气了，这件事不能闹着玩，再晚就危险了。"

"孩子待在妈妈的肚子里有什么危险？把他拿掉才危险。"

听到这，宛如晴天霹雳，原来……原来江彩云真的中奖了。

我扶住HONDA车体，感觉快撑不住。

莫亦辰还在跟江彩云说好话，我已经拖着羸弱的身子往食堂走去。

～

"今天中午妳吃了什么？"莫亦辰当晚打电话给我。

"在食堂随便吃吃。"

"怎么可以随便吃？一个人也要好好吃饭，看妳瘦的……"

我的眼眶突然湿润起来。

"你中午吃了什么？"我反问。

"吃了速食。"

"一个人吃？"

"……嗯！"

我问他今天去办什么事？为什么不能和我一起吃午饭？

"车子出了点儿毛病，送修去了"

"修好了吗？"

"嗯！小毛病，一下子就修好了。"他答。

本来我还抱着一线希望，莫亦辰带着江彩云堕胎去，一切又回归正常，但是……

隔天早上，我在图书馆自习，刚一打开电脑，右下角提示有封新邮件，我随手点击进去。

信件上的主题只写着For you，另外附了附件。我打开附件，一张黑白照片跳了出来，有点儿像……像宇宙混沌照。我的眼光往下一扫，看到一行字：This is my and Jerry's lovely baby.

顿时我吓傻了，往上一瞄，收件人竟高达108人，看来她已经迫不及待要把这个天大的喜讯昭告世人。

"呵呵……哈哈……呵呵呵……"我像个疯子似地大笑起来，不知道的人还以为我在网上看到了什么好笑的笑话。

我没心情和莫亦辰有什么午餐约会，但也没力气跑回家

哭，所以像个幽灵似地从这间教室转移到那间教室，上课老师的声音像催眠曲，一曲接着一曲……

当下课铃声再度响起，我起身，看到莫亦辰在教室外探头探脑。

"可可～"他唤我。

我不理睬他，迳自往外走去。

"今天为什么没跟我一起吃午餐？"他跟上我。

我答因为他的车子没送修。

"送……送修了，已……已经修好了。"

"你确定修好了？修好了怎么还会蹦出一个Baby?"

"妳……妳看到了？"

我大笑说不只我，恐怕全校都看到了，恭喜莫先生，你他妈的就要当爸爸了……

"可可，妳听我说。"莫亦辰一把抓住我。

我甩开他的手："我们还有什么好说的？你不知道有一种东西叫保险套吗？再怎么淫欲上身，总得做好防护措施，你连这点儿保护意识也没有吗？还是太猴急，连这会儿功夫也舍不得浪费？！"

"可可！"莫亦辰对我大喝一声，"瞧妳说的什么话？！我告诉过妳，当时……当时我已经无意识了。"

"哈哈！你的意思是江彩云强奸你了？！我算是看清楚你们这些狼心狗肺的臭男人，滚！离我远一点儿。"

我推开莫亦辰，大踏步离去。

第八十三章/搬进毛宅

我又去看望毛奶奶，一个人。

她对我嘘寒问暖、关怀备至，让我感受到家人般的温暖，也让我暂时忘却失去莫亦辰的痛苦。

"我的金丝雀死了。"毛奶奶说。

"啊！怎么会？"

"人老了就会死，鸟老了当然也会死。"

听到这个消息我很震惊。

"I am sorry. 噢！我的意思是很遗憾。"

"遗憾？我不知道我的鸟儿死时是否有遗憾，但……如果死前不能和小凯见上一面，我一定有遗憾。每晚闭上眼睛睡觉，我都不确定明天还能不能醒过来，我的日子不多了，我知道。"

"奶奶，快别这么说，可可还有好多书要念给您听呢！"

"真的？妳愿意念给我听？"毛奶奶的声音又有了朝气。

我点头表示下次会多带几本书过来，奶奶喜欢听什么，我就念什么。

"好，好，我等妳。对了，上次和妳一起来的那个男孩子，这次怎么没来？"

"他……功课忙。"

"是不是上次我把他给吓着了？"

我赶紧否认。

"可可长大了，是该有男朋友。"毛奶奶说。

"他不是我男朋友……"

"噢！对不起，我以为……哎！人老了就是这样，记忆力变差，我以为妳告诉过我，他是妳的男朋友。"

我答上次来时他还是我男友，但现在……现在不是了。

"没事，小朋友谈恋爱哪有一次就成功？咱们也要多谈几个比较比较，妳说是吧？"

"但……我还是爱着他。"

"爱他就告诉他，女孩子稍微示弱一下，男孩子多半会回头。"

"不……不是这样的，他……我相信他也爱着我。"

毛奶奶说她不懂，我爱他，他爱我，这不就好了？闹什么分手？

"我……我不想分哪！"虽然努力想不哭出来，但还是呜咽得厉害，"他……他也不想分，但……没办法……他当爸爸了……"

"噢！我的小心肝，听妳哭，奶奶的心都碎了。"她拥我入怀。

我问毛奶奶，为什么我这么爱一个人，他还要做对不起我的事？

"他还年轻，妳要原谅他。"

"即使原谅他，他还是别人的，不是我的。"

"可可，等妳再大一点儿，妳就会明白，人生不是我们想怎样就能怎样，妳只能尽人事听天命。乖，别哭，把眼泪擦干。"毛奶奶拍拍我的肩膀。

我们又谈了点儿别的，试着冲淡悲伤的情绪。

"老太太，今天上超市我碰到董老师了，她要我向您问好……啊！这不是可可吗？妳来了，来多久了？"王妈放下大包小包问。

"来好一会儿了。"毛奶奶替我回答。

"妳要经常来，自从妳上次来过，老太太就经常叨念着可可什么时候会来？今天会不会来？"

"快别这么说，给可可压力了，"毛奶奶替我解围，"年轻孩子的活动多，是该到处玩玩。"

我告诉奶奶，今后我会常来看她，但最近不太方便，因为我还没找到合适的租处，接着把大致情况交待一下。

"找什么出租房？医生说过几天我就出院了，到时妳搬过来和我们一起住吧！"毛奶奶说。

"这……不太好吧？！"

"有什么不好？"王妈接话，"毛宅这么多空房间，妳搬进来，多少也带来活力，老太太不知会有多高兴！"

"是啊！搬进来吧！不收妳房租，打工费照付，妳就安心住下吧！"毛奶奶再度发话。

"我……我考虑考虑。"

~

我是星期六早上搬的家，伍迪艾伦帮我把行李搬进出租车的后车箱內，然后给我一个Hug.

"Good Luck!"他说。

"You too."

我把自己塞进出租车內，对伍迪艾伦挥一挥手，车子卟呲一声便箭似地往毛宅驶去。

第八十四章/八卦

毛宅虽然空房间很多，但王妈和老王并不住在大屋里。

是这样的，我们总以为外国人不时兴和老一辈的人住在一起，这的确是一般现象，但也有例外，譬如新西兰就有"母子房"的产生，也就是经济来源者住大屋，年老的父母住小屋，既不过分亲近产生磨擦，也能就近照顾年迈老人。

毛家的情况比较特殊，所以老奶奶住大屋，闲置的小屋就留给王妈和老王，而我……被安置在楼梯下方的客房里，和奶奶的房间有点儿距离。

我喜欢这样的安排，因为即使住在一起，我也有想要"独处"的时候。

"毛先生和毛太太分开了，可惜啊！那么相配的一对。"王妈边捡豆荚边对我说。

"好像很少看见毛先生。"我答。

自从搬进来就只见过男主人那么一回，他对我点点头，然后安静地上楼。

"毛先生和他的伴侣就住在市中心的公寓里，很少回来。"王妈解释。

"毛奶奶……知道吗？"我坐下来帮忙捡豆荚。

"我们谁都没说，但我估计她心里清楚着，不然毛太太那么久不在家，她一句话都没问，肯定是知道了。"

我问毛先生的伴侣会来这儿吗？心中期待能再次见到我的古龙水先生。

"以前偶尔来，"王妈突然压低声音，"都是趁着毛太太不在，偷偷摸摸来的。哼！小三就是小三，见不得光，一看就知道不是什么好东西，骄傲得很。妳说毛先生怎么会喜欢个男的？毛太太哪点儿不好？"

我不喜欢王妈像三姑六婆似地搬弄是非，所以赶紧转话题。

"豆荚捡完后，还要我帮忙做点儿什么吗？"

"不用了，这里交给我，妳洗洗手，然后看老太太醒了没？如果还没，时间就是妳的了。"

我像得到特赦般，很快离开厨房。

"你们听说了没？物理系的莫亦辰和护理系的江彩云就要奉子成婚了。"

"真的假的？莫亦辰不是另外还有个女朋友？"

"这年头得先下手为强，听说莫亦辰原来的女友是个教徒，连手都不让碰，难怪他要另找别人。"

"你别瞎说好不好？江彩云才是莫亦辰的正牌女友，两人是青梅竹马的恋人，是那个园艺系的硬把莫亦辰抢走，江彩云不过是抢回来罢了。"

"现在那个园艺系的悔不当初，听说不当教徒了，夜夜笙歌，自弃得很。"

"那你上，这种女人现在是下手的最好时机。"

"你嘴巴积点儿德好吗？园艺系那个又没惹你。"

"就你清高？不过听说莫亦辰现在的这个也不好惹，两人已经同居在海边公寓里，半夜江彩云把莫亦辰踢下床。"

"怎么了？男的睡觉打呼？"

"才不呢！大小姐半夜醒来说肚里的宝宝想吃臭豆腐，让他给买。"

"臭豆腐？新西兰哪来的臭豆腐？要有我也买来吃。"

"估计若有，新西兰人会群起抗议，然后把境内的中国人全给轰出去。"

"我倒好奇，莫亦辰要如何应付这个无理要求。"

"听说当夜他买了一张飞湖南的机票，然后直奔长沙，因为长沙臭豆腐最臭。"

"哈哈……哈哈……哈哈哈……"

在日式包厢外，我几次想冲进去对那群忙着庆生的臭男生泼洒手中的茶水，简直太欺负人了，原来男生八卦起来不输女生，而且更恶毒。

在他们眼中，我成了小三，江彩云成了恶婆娘，而莫亦辰无疑成了小丑。

"りょくちゃ，お愿い"包厢的门突然打开，一个懂日语的男生冲着我要茶水,并且误以为我是日本人，殊不知我就是他们口中那个夜夜笙歌的自弃女生。

“ はい”我捧着茶壶走进包厢，替他们一一斟上那绿色的苦涩茶水……

“ はい”我捧着茶壶走进包厢，替他们一一斟上那绿色的苦涩茶水……

第八十五章/柳暗花明

这是我第一次在校园內看到赵大同和罗静宜走在一起，他们手牵着手，很甜蜜的样子，我不知道该不该上前打声招呼？

"哎呀！你的鞋带松了。"罗静宜轻叹一聲，然后蹲下去帮赵大同系鞋带。

赵大同说得没错，他俩幸福得让我妒忌，但我不后悔做了那个抉择，因为他们本来就该属于彼此。

"可可学姐，妳也在这儿。"罗静宜系完鞋带，一抬头，看见我了。

"嗯！很难得在校园內同时看到你们两个。"我说。

罗静宜看看赵大同又看看我，很高兴的样子："赵大同说我是他的，所以要天天腻在一起。"

"谁让妳说这个？！"赵大同仿佛被人瞧见秘密似地恼怒起来。

"有什么关系？可可学姐又不是外人。"罗静宜讨饶。

我也说的确没什么关系，这样很好，没有什么比两人相爱更好的了……

"我早看清楚莫亦辰就不是个东西，也只有妳把他当宝贝。"赵大同突然义愤填膺起来。

听在耳里，这简直就是棒打落水狗。

"大同，你不是说还有事？赶紧走吧！让我和可可学姐谈会儿话。"

赵大同似乎还想说些什么，被罗静宜的眼神给制止住，耸耸肩，走了。

"对不起啊！他不应该这么说话。"看赵大同走远，罗静宜对我说。

"你们也知道了？"我问。

"嗯！流言的速度有多快，妳又不是不清楚，听说江彩云还发宝宝的超音波照片给妳。"

我无奈表示不只发给我，很多人都收到了。

"给我看一下，好吗？"

我想问为什么，但看到她一脸思无邪的样子，也就同意了。

"这就是他们的宝宝啊！都这么大了。"罗静宜死盯着我的手机屏幕说。

我探头过去，不过是一堆几何图形。

"这也看得出大小？"我问。

"嗯！妳忘了我是医科学生，虽然不是妇产科，但看懂一张超音波照片还是绰绰有余。"

接着她帮我上了一堂"医学常识"课：照片最上端的数字和英文字是专业数据，一般人无需知道，重要的是右下角的信息。GS表示胎囊直径，也就是宝宝目前房间的大小；GA表示周期，也就是宝宝现在多大岁数；EDD表示预产期。

根据罗静宜的说明，照片中央最大的黑洞便是子宫，直径有5.5公分长，预产期是明年一月九日，而宝宝的岁数是12w3d，也就是12个星期零3天。

"都三个月大了，她的肚子还是一片平坦啊！"罗静宜摸摸自己微突的小腹，很感慨地说道。

"三个月？不可能啊！时间对不上。"我皱起眉头。

"可可学姐，妳说这话是什么意思？"

我告诉她，莫亦辰和江彩云发生关系是在我去法院探望一个朋友的后几天，我清楚地记得那天是4月1日愚人节，也就是说他们的宝宝顶多一个多月大。

罗静宜思考片刻后，说："如果妳确定他们两人发生关系的时间不是早于妳说的日期，那么惟一的解释是莫亦辰当了别人孩子的爹。"

什么？！如果莫亦辰不是孩子的爸，那会是谁？虽然我不喜欢江彩云，但也不认为她会为了和莫亦辰在一起，随便找个男人上床。

罗静宜反问为什么一定得跟男人上床才能制造出一个Baby來？江彩云是护理系学生，经常会上医院实习，打印一张超音波照片易如反掌。

"这么说……"我几乎要喜极而泣，"罗静宜，我爱妳！"

我跳起来拥抱她。

第八十六章／FM2

我问罗静宜有什么药物吃了之后会让人昏迷？

"妳是说医用吗？"

"不是，莫亦辰说他在江彩云家喝了一小杯酒后就失去意识，而平常他有两瓶啤酒的酒量。"

"那么妳指的可能是FM2,它是一种白色药片，可以迅速溶解在液体中，无色无味，不易察觉，又称为……嗯！不是太好听的名词-约会强暴药。"

我问这种药合法吗？

"它是处方药，服用者会在半小时内呈现意识模糊状态，药效可持续六到八小时，原本是用来治疗重度失眠者，可惜后来被有心人士利用，拿它实施犯罪。"她解释。

我问江彩云有没有可能在医院拿到FM2?

"估计不太可能，因为医院对药物的管制很严格，但其实也无需从医院下手，因为利之所趋，现在网上也能买到，不需要处方签。"

什么？！原来这么容易就能拿到。

"意思是很可能那天晚上什么事也没发生，对吧？"我满怀希望地问。

"这只有当事人才知道，不过……我认为学长被设陷的可能性很高。"

"这么说，是我误会他了……"我喃喃说道。

星期六早晨，虽然已经九点多，但冬天昼短夜长，所以天才朦胧亮。

站在沙滩上，我望着那栋白色建筑物的二楼阳台出神。

莫亦辰家的客厅亮着灯，我知道他在家，而且醒着。

寒风凛冽，我缩着身子想让自己温暖些，但还是太冷了，不得不原地跑步，增加点儿热量。

没多久，我瞧见那扇落地窗被拉开，莫亦辰走了出来，他趴在阳台栏杆上望着大海出神，挺落寞的样子。

冬天树叶都掉光了，我躲在大树下，如果他仔细找，一定不难找到我。

"莫亦辰，我在这儿，头转过来一点点儿。"我开始对他行传心术。

他毫无反应，反而从口袋里掏出一小包东西，背风点火后，抽起烟来。

我不知道莫亦辰会抽烟，他一向烟酒不沾，只有在特殊情况下才会小酌一下。

"他一定很无助。"我替他的抽烟举动下了结论。

此时落地窗又被拉开，这次是江彩云，她穿着睡袍走出来。

阳台上的两人短暂交流一下后，莫亦辰把江彩云往屋里推，小妮子不悦，碰的一声拉上落地窗。

我感觉很受伤，原来他俩真的同居在海边的公寓里，那个原本属于我和莫亦辰的小天地……

"嘎嘎……嘎……嘎嘎……"一群白色的海鸟飞过来，落在沙滩上觅食。

新西兰的鸟儿很特殊，不怕人，大概这里的人都很爱护动物，不会做伤害它们的事，所以敢肆无忌惮地在我四周围大踏步。

"嘘！嘘！走开！"我说。

有只鸟竟啄起我的靴子。

赶了几次，见它仍对我的靴子情有独钟，我只好抬起脚往地上一踩，没想到这个举动惊动了鸟群，数十只鸟儿展翅齐飞，颇为壮观。

这副景象当然也吸引了莫亦辰的目光，他的头真的转过来一点点儿，然后……他发现我了。

没过几分钟，我看到那个日夜思念的人儿急匆匆地向我奔来。

"可可～"他给了我一个熊抱。

他抱得那样紧，好像怕我又会飞走了似的。

"莫亦辰……我……我快不能呼吸了。"我不得不提醒他。

"噢！对不起。"他松手，直愣愣地盯着我瞧。

"我……我来看看你过得好不好。"我说。

他答不好，很不好，接着反问我过得好不好？

"也不好。"

"哈！扯平了。"

我忽然发现我和莫亦辰就是一对傻子，原本应该享受恋爱的甜蜜，却被江彩云胡搞瞎闹，日子过得惨兮兮，还有比这个更愚蠢的吗？

"给你看样东西。"我把手机从口袋里掏出来，找出那张超音波照片，开始给莫亦辰上课。

"这么说，这不是我小孩啰！"他指着照片上的黑洞明知故问。

我答罗静宜是这么说的，接着把FM2的作用告诉他，这次我承认是有那么点儿"落井下石"的意味。

"没想到江彩云一下子变得这么多，我都快不认识了。"他摇头，"可可，妳放心，我不会再让她为所欲为，我会捍卫我们的爱情，彻底与她划清界线。"

"真的？"

"当然是真的，妳等着瞧好了。"

"假的，假的，通通是假的，你为什么不告诉可可，你爱的是我？"江彩云穿着睡袍，眼光凌厉地质问莫亦辰。

第八十七章/谢谢你的爱

"我……我……妳怎么来了？"莫亦辰打着哆嗦问。

"我怎么不能来？老公跑出来幽会，做老婆的不该尾随吗？"

莫亦辰想起刚才对我的誓言，马上和江彩云划清界线，表明两人不过是青梅竹马的朋友，不是夫妻关系。

"我们不只是朋友，你是我肚里孩子的爹，"她走上前，"你忘了吗？"

一阵寒风袭来，我冷得牙齿上下打颤，江彩云却不惧寒冷，身上的睡袍看着很单薄。

"那……那张超……超音波照……照片是假的，宝……宝不可能三……三个月大。"实在太冷，短短一句话我都说不利索，最后海风还送了我一嘴的海沙。

"小三，闭嘴,旁边纳凉去！"小妮子直接给我下马威，然后转向莫亦辰，"那天晚上我们赤裸着身体抱在一起，你说我是你的惟一，难道你忘了？"

"我真没印象，对了，妳是不是在我酒里放了FM2?"

江彩云不做正面回答，反而提到他俩小时候已成过亲，辰哥哥答应会爱她一辈子……

"那是小时候，妳都多大了，不能分辨游戏和现实吗？"莫亦辰板起脸孔说。

"现实是你爱我，我也爱你，我们的宝宝需要爸爸妈妈的呵护才能快乐长大，要不是可可从中作梗，我们早就是幸福的一对，不是吗？"

"不是，我爱的是可可，妳是妹妹，是家人，不是伴侣。"

莫亦辰的坦诚让我感到欣慰，他像棵大树般张开枝桠为我挡风遮雨。

"那么以前的誓言哪里去了？"江彩云用双手捂住脸，我不确定她是否哭了，"你说过会一直牵着我的手。"

"我仍然会一直牵着妳的手直到把妳交到另一个男孩的手里。"

江彩云放下手怔怔地看着莫亦辰，然后说她的肚子好痛，好痛。

"这招不管用了，妳……自己回家吧！"

说完，莫亦辰拉着我的手往山下走去，我还频频回首看那身睡袍。

"别看了，越看她越来劲。"莫亦辰压低声音对我说。

然而我还是觉得不对劲，就在第四次回眸时，江彩云把睡袍拉高，露出细长白晰的小腿……

"啊～"我惊叫一声，"莫亦辰，快，江彩云流血了。"

莫亦辰也被这个突发事件吓住，赶紧往回跑，抱起江彩云后，一时没了方向。

"先回公寓，这里太冷了，我打999."我提醒他。

就在拨打手机之际，我看见远去的身影中，江彩云双手勾住莫亦辰的脖子，嘴巴不停地亲吻他。

"Hello,"救护车专线拨通了。

"Oh.Hi.Hello……"

老天，我在讲什么？这这这……"流产"的英文该怎么讲？

在医疗室外，我和莫亦辰就像两个木头人似的，我不知他心里是怎么想的，如果他想的是他可能逝去的宝宝，那么我无疑成了挑拨离间者；而我想的是，罗静宜说的怎么会出差错？一切都有科学依据，难道……难道三个月前莫亦辰和江彩云就已经发生关系了？

我转头望着莫亦辰，想从他的表情中看出端倪，他反而握住我的手，要我别担心，一切都会好转的。

"江彩云她……流产了吗？"我嗫嗫地问。

"不知道，待会儿问医生。"

没多久，医疗室的门打开了，护士说医生要跟病人的"夫婚夫"谈话，我这个外人只好待在房外，心里七上八下的。

大概有一个世纪那么长，莫亦辰终于走出来。

"怎么了？到底怎么回事？"我着急问。

他示意我坐下，然后慢条斯理地答"功能失调性子宫出血"，是压力过大引起的內分泌失调，妇女病的一种。

"不是流产？"

"没怀孕哪来的流产？"莫亦辰有些生气地说。

"原来这一切都是她安排好的。"我突然有受骗的感觉。

"既然水落石出，就别再责怪她了，她的方式虽不对，用意不过是想和我在一起，只要我摆明态度，她应该会退出。"

她会退出吗？我还真没谱。

~

我没想到被羁押三个月的鸭子，等待的结果竟然是"驱逐出境"。

法院做出这个判决其来有自，虽然他运毒的证据不足，但鸭子的签证早已过期半年，也就是说在羁押前，他已经过期居留了。

我应该替鸭子感到庆幸，真的，"驱逐出境"是所有可能性当中最好的一个。

当我赶到机场时，鸭子正要进候机室。

"鸭子～"我大喊一声。

他转过头来，手上覆盖着一件深色衣服，我想是为了掩饰手上的手铐吧！

"May I speak to my girlfriend?"鸭子对押解他的左右护法说。

没想到他的请求遭到拒绝。

"Come on."他推了其中一名警察一把。

"Sorry."我赶紧代替他道歉，"Could you give us some time? Please!"

也许我的"低姿态"奏效，最后被法外施恩五分钟，但他们丝毫无离开之意，我们只好在别人的虎视眈眈下快速以普通话交谈。

"回中国？"

"嗯！"

"还会回新西兰吗？"

"估计不会，有坏记录很难得到签证。"

我说我的邮箱和手机号不变，我们常联系。

"不了，我想忘掉从前，重新开始。"

哎！我还以为他会高兴与我联系。

"可可，"他忽然表情严肃地看着我，"妳是我这段荒唐岁月里惟一一道美丽的风景，我要把妳深深埋在心里，直到地老天荒。我不要看到妳老了的样子，也不要听到有人喊妳'妈妈'，在我心中，妳永远会是现在这副模样。"

"鸭子……"

"我知道自己配不上妳，就让我在回忆中与妳共舞，"左右护法开始拉着他的臂膀往前，他回过头对我说，"可可，我……爱妳，好好照顾自己，答应我，永远别让任何人在新年开始的第十二分钟亲吻妳，因为，因为那是我的时间……"

他的话在机场中回荡，带来一丝伤感。

我想起在中央公园里与他的第一次邂逅，他拉了首《梁祝》，余音绕梁。如今那个放荡不羁的小提琴手就将远去，而我仍开不了口对他说："谢谢你的爱。"

第八十八章／皇后与公主之争

我拎着麻油鸡进入VIP病房，江彩云正坐在床上打游戏。

"我认识的一位阿姨帮我煮了麻油鸡，她的手艺比我好太多，妳尝尝就知道。"我把保温锅放在餐桌上，再到厨房拿了个碗，小心翼翼地盛了半碗。

"喏！小心烫。"我把碗递过去，她丝毫不为所动，仍在战场上撕杀。

"待会儿再玩吧！"我把她的PSV机拿走，重新递上麻油鸡。

没料到江彩云把游戏机抢回去，顺手把滚烫的麻油鸡往我身上泼，我的白色大衣顿时成了褐色的水墨画。

"妳……"

"我怎么了？谁说妳可以碰我的游戏机？！"她张大眼睛，怒不可遏。

"但妳也不用这样，如果不是为了莫亦辰，我才不会大老远替妳送补品。"

"谁让妳送了？而且是补品还是毒药，妳心里清楚。"

我费了好大的劲儿才把怒火压下去。

"妳是病人，我不与妳计较。"我云淡风轻地说（只有自己心里清楚，这是"打落牙齿和血吞"）。

看着一身狼狈，我决定上洗手间把大衣擦干净。

"可千万别留下印子啊！我只有一件大衣。"我心想。

刚替脱下来的大衣打上肥皂，洗手间的门突然碰的一声给关上了。

我湿着手去转动门把，果然起不了作用。

"江彩云，妳开门，这一点儿也不好玩。"我大喊，但门外毫无反应。

上下摸索一番后，我才想起手机被自己搁在餐桌上。没了手机等于断了求助的渠道，我只好捶打门板："江彩云，开门啊！"

尽管我苦苦哀求，那个可恶的家伙还是无动于衷，事实上我不确定她还在，因为门外静悄悄的，了无生息。

就这么被关了好长一段时间，长到让我打起盹来，直到……

咳、咳、这是怎么回事？外面着火了吗？然而任凭我喊破喉咙，依旧无人回应，此时小小的洗手间已经烟雾弥漫。

我赶紧将洗手槽蓄满水，时不时把脸浸在里面，以免呛昏。

听说危急时，人的五感六觉会特别灵敏，这可不，我分辨出空气中飘散的是印度香的气味，应该是有人在门缝处燃香，对，门缝。

我离开水槽仔细观察门板，原来下方有三道细长的透气孔，烟就是从那里渗透进来的。

哈利路亚！事情总算出现转机。

我大力去踹透气孔，虽然一时没踹开，但成功引起注意，因为房外传来说话的声音。

"Help～"我扯开喉咙大声喊叫，并且加大踹门的力度。

"辰哥哥，你要相信我，是可可说要玩Hide & Seek，我把洗手间的房门反锁不过是跟她开个玩笑，谁知道她大呼小叫还踹门，惊动了护士，云云……云云真的不是故意的，只是觉得好玩而已。"

那个不要脸的东西还在找理由搪塞。

"有这种玩法吗？把我关在里面两、三个小时，而且我根本没说要玩Hide & Seek."我怒目相对。

"那妳进洗手间干嘛？"

"我去洗我的大衣，因为妳把它弄脏了。"

好个明知故问，真要给跪了。

"哇～我不管，妳自己把大衣弄脏了还赖我，我知道辰哥哥肯定相信妳，不相信云云，云云……云云只好一死表清白。"

她环顾一下四周，很快走向厨房，然后拿起搁在洗手槽旁边的水果刀……

"干什么妳！"莫亦辰一个箭步把刀夺下。

"你不相信我嘛！"她哭丧着一张脸。

"我相信，我相信，妳现在是病人，赶快回床上躺下。"

江彩云一脸高兴，蹦蹦跳跳地回床上待着，像只温驯的小羊。

"辰哥哥，我想听睡前故事。"盖好被子后，她说。

"妳都多大了？"莫亦辰有些不耐烦。

"人家就是想听，不然睡不着。"

真是开了眼界，世界上竟然还有如此厚颜之人？

我杵在那儿，感觉像个外人似的，无端闯入别人的爱情故事里。

"你赶紧说故事给公主听吧！我走了。"我拿起餐桌上的保温锅就要走人。

"可可，"莫亦辰抓住我的臂膀，"别走，我开车送妳。"

"辰哥哥，你还没说故事给云云听呢！"江彩云催促着。

我眼光凌厉地扫向那个立场不明的男人，问他走还是不走？

莫亦辰看看我，又看看病床上的小萝莉，一时没了主意。

"那好，做你的辰哥哥去吧！别管我！"我抽回自己的手，头也不回地走了。

莫亦辰，有你这样的吗？把女朋友晾在一边，急巴巴地去照顾你口中的"妹妹"，既然这么在乎妹妹，要我做什么？亏我还千里迢迢跑来送补品，只因你说要"爱屋及乌"，我看干脆我退出，直接成全你俩得了。

"怎么这么生气？"

一个转弯，我瞧见莫亦辰和他的Jeep。

"公主睡了？"我亏他。

"不知道，我没说故事就冲下来拦我的皇后。"

"谁是你皇后？"我撇开脸，但气已消了一大半。

"你说谁是我皇后？除了可可，还会有谁？"

我要他少来这套！

"不来这套，来哪套？"

"贫嘴！"

莫亦辰把我手上的保温锅接了过去，很诚心诚意地谢谢我帮他照顾妹妹，他知道我今天受委屈了，但江彩云是病人，所以得先安抚她，问我能理解不？

"不能，我不喜欢你是非不分、态度模糊。"

"可可，我能怎么办？妳教我。"他一副可怜兮兮的样子。

我答别理江彩云，她不是好人。

"这……有难度，她毕竟是我记忆中的一部分，抛下她犹如抛下自己的手足，那种愧疚感会一直跟随我。"

"你的意思是我得和她分享你？"我很痛苦地反问。

"不是的，"他苦笑，"彩云离不开我是因为还没有找到心爱的人，一旦她找到了，就会转移目标，好比那个赵大同。"

莫亦辰提起赵大同，我果真无话可说，他和罗静宜现在是A大留学生里有名的神仙眷侣，罗静宜甚至为了他决定留在A大完成学业，不回新加坡了。

"你说的也有道理啦！但万一她一直没找到Mr.Right,那怎么办呢？"

"妳放心，她找不到Mr.Right,我帮她找，我有一堆哥们儿苦于找不到女朋友，江彩云是幼稚了点儿，但她貌美，家里又有钱，我想会是很多男生的理想对象。再说了，我没那么完美，也只有妳把我当宝贝。"

"谁把你当宝贝？臭美！"

"不当宝贝没关系，把我当老公也行。"他说。

又来了，什么时候才能正经说话？我正要反击，莫亦辰耸动一下鼻翼，问："可可，怎么妳身上有麻油鸡的味道？"

我听完大惊，赶紧闻大衣，糟糕！这味道恐怕三天三夜都去不掉。

"我说呢！怎么我的肚子咕噜咕噜地喊饿？"莫亦辰取笑我。

"少气我。"我推他一把。

"走，"他牵起我的手，"去吃韩国人参鸡，天气冷，吃这个最好。吃完，我买件大衣送妳，算是谢罪。"

"谢什么罪？"

"能让妳这么爱我，这不是很大的罪过吗？"

"莫亦辰～"我气得直跺脚，"不理你了！"

我作势要走，莫亦辰一拉，将我塞进副驾驶座上，我没多做反抗，车子安稳地往中国城驶去……

第八十九章/承诺

虽然我替毛奶奶准备了不同的书目，包括爱情、侦探、武侠、科幻等，而且来源囊括国内、港澳台，甚至外国翻译小说，但毛奶奶似乎不感冒。有时我不禁怀疑她是不是听着听着就睡着了？还是根本就对我选的书不感兴趣？

"奶奶，最近有一本畅销书叫《跳舞的豬》，很好笑，我念给您听，好吗？"我问。

"好啊！"毛奶奶淡淡地回应。

于是我开始念起这本无厘头又带点儿黑色幽默的小说，然而当我念到令人捧腹大笑的段落，连自己也忍不住哈哈大笑时，毛奶奶却一点儿反应也没有。

"奶奶，是不是这本书不合您的口味？"我小心地问。

"很好，继续念。"

"可是……我还是念另外一本吧！"我翻找了一下，"琼瑶的六个梦，好吗？"

这是本"比较老"的爱情小说，奶奶应该会喜欢。

"琼瑶的不错。"她点点头。

于是我把从图书馆借来，已经很破旧的书翻开，正要念第一章……

"皇后镇现在肯定白雪皑皑。"毛奶奶没预警地来上一句

"皇后镇？"

"嗯！那个地方好美，我死的时候要葬在那里。"

我忽然觉得感伤，奶奶又想起他了。

"小凯会不会在'La Bella'餐厅外的红旗下等我？"她问。

"La Bella?"

"嗯！他说每年我生日时都会给我一个吻，就在那家餐厅外的红旗下。"

我问奶奶的生日是何时？她答一月七日。

这么说还有四、五个月就到了约定的日子。

"那个餐厅不知道还在不在？如果不在了，他会不会找不到红旗？还有，红旗会不会移动位置？如果移动了可不妙，小凯就找不到地了。"奶奶很担忧。

我乐观地答不会，如果真那样，我们就沿着湖畔找，一定会找到小凯。

"真的？"毛奶奶突然很激动地抓住我的手，"妳真的愿意带我去见小凯？这真是太好了，我就知道妳是上帝派来的使者，帮助我在归天之前完成心愿。"

真是糟糕！我的安慰之语传到毛奶奶耳中竟成了承诺。

"可可，现在几月了？"毛奶奶忽然急着问。

我答八月二十八日。

"这么说还有四个多月，"她摸摸自己的脸颊又拢拢头发，"

我得开始保养了，脸上皱纹太多，也好久没染发，衣服该买件新的，小凯喜欢我穿粉色长裙，现在是冬天，夏天的裙子恐怕不好买。"

"没事，天气很快就会热起来，到时候我带您上街买漂亮的粉色长裙。"

不知道为什么，我非但没有扼止毛奶奶的遐想，反而在她的梦上锦上添花。

"好，太好了……对了，我生日那几天的机票会不会卖光了？"毛奶奶突然担心起别的。

我要她放心，还有四个月，机票不会那么快就卖光……

"不成，妳得早点儿订，万一卖光了，让小凯好等了。"说完，毛奶奶差遣我到她房內的梳妆台上拿一个饼干盒子。

我很快就找到那个印有小熊图案的可爱铁盒。

"奶奶，这是您要的盒子。"我把盒子交给她。

毛奶奶用手指触碰一下盒面，确定这就是她指定的盒子后，扳开盒盖，里面有满满一盒子的百元大钞，让我惊讶不已。

"我老早为了这次会面准备的，"她忽然压低声音，"景然不喜欢小凯，所以肯定不会帮我，我得自己攒够旅费，喏！妳收好。"

"奶奶，这可不好，万一毛先生知道了……"

这事非同小可，我可不想成了小偷或诈骗分子。

"妳别告诉他，这事妳知我知，没有其他人会知道。"

"可是……"

"收着收着，妳得订机票、酒店，可能还得租车，加上杂七杂八的费用，我想这些应该够，如果不够，我还有一些首饰，就放在……"

我赶紧阻止毛奶奶往下说，表示这些钱足够了，不需要动用到首饰。

"够了就好，够了就好，不够妳再说。"毛奶奶像完成使命般，整个人松懈下来，"妳念《六个梦》给我听吧！"

"好的。"

打开第一章，我开始念起这荡气迴肠的爱情故事。

奇怪的是，明明是悲哀的故事，毛奶奶的嘴角却有一丝笑意，仿佛她听出第一个梦将会有一个完美的结局……

第九十章/贞洁牌坊

我盯着床上的铁盒子，一时没了主意。

这么多钱该藏哪里？藏在我的房间里肯定不行，王妈每天都会进来打扫卫生（尽管跟她说过我会自己整理，但她好似听不见，照样来去自如）。

把钱存到自己的银行账户里？不好，不好，万一有人查起，这么一大笔钱，我该如何解释？

哎！原来从天而降的钱财会让人如此烦恼，看来没钱也有没钱的快乐。

当我拿不定主意时，一个人影跳了进来，我拿起铁盒子，决定找他商量去。

我和莫亦辰同时盯着茶几上的铁盒子出神。

"这么说，毛奶奶是铁了心要飞去皇后镇会会她的小情人。"

"看样子……是的。"

莫亦辰问毛奶奶多大岁数？我答七、八十岁。

"小凯呢？"

"五十几。"

莫亦辰拿起茶几上的笔开始转起来，我知道他在思考，但笔在他手中转了两、三分钟都没掉下来，真是神奇，正想开口赞美他时……

"可可，"他的笔掉了下来，"这件事得从长计议，不是我们想怎样就能怎样，帮助别人是好事，但不要帮着帮着反倒成了坏事。"

"这话是什么意思？"

"毛奶奶已是耄耋老人，又有心脏病，能禁得起一路颠簸吗？还有，万一小凯没如约到场，她会多伤心，如果因此引发心脏病，妳承担得起吗？"

莫亦辰分析得没错，是我大意，光凭一腔热血，忘记背后可能带来的隐患。

我问现在该怎么办？如果回绝毛奶奶，她会有多失望，他没看到她今天的神情，简直就是十八岁情窦初开的小女生，我怎能将那股热情浇熄？这多残忍啊！我做不到……

"可可，"莫亦辰握住我的手，"我认为妳应该跟毛先生谈谈，他是大律师，资源肯定比我们多，再说了，有谁会比他更在乎毛奶奶？"

"那这钱……"我指着茶几上的铁盒子。

"当然得交给毛先生。"

我还是觉得不妥，但莫亦辰给我吃定心丸，他说毛先生绝对知道该怎么做。

看他一副笃定的样子，我暂且相信这个建议是对的，决定等毛先生在家时和他好好谈谈。

～

毛先生是在两个星期后的周六清晨进的门，我听到行李箱的轮子在木质地板上滚动的声音。

"早。"我跑出房间向他打招呼。

毛先生看见是我，微微一颔首："Good morning."

他匆匆回礼后便想上楼，我赶紧走过去："毛先生，我有事想跟您谈谈，您有空吗？"

他站在楼梯上俯视我，答："我不过是回来洗个澡，马上又得出门，妳的事很重要吗？"

我用力点一下头。

"那么……"他抬手看了一眼腕表，"八点半妳到我的书房来，准时，别讲废话，妳有十分钟。"

"好的。"我懦懦称是。

毛先生很骄傲地上楼去，我对接下来的谈话信心全无，这么自以为是的人能听得进去别人的建言吗？

～

我准时在八点三十分零一秒敲毛先生的书房门。

"Come in."他说。

我战战兢兢地推门进去。

"Have a seat."他指着前面的椅子。

"Thanks!"我坐了下来，顺便把铁盒子放在书桌上。

因为毛先生说我只有十分钟，所以我以飞快的速度把事情的来龙去脉交待完毕，然后等待大律师的裁决。

"我没想到母亲还念念不忘那个人，究竟把我和父亲摆在什么位置？简直是胡闹！"

听毛先生这么一说，我的心开始往下沉。

"Miss Zhang, 谢谢妳告诉我这些，这个月我会额外付妳五百元，辛苦了。"毛先生起身，代表谈话已结束。

"毛先生，"我也急急起身，"我……我不要那五百元，这不是我的用意，我不是来讨赏的，我……我是……是想问您，有没有可能完成毛奶奶的心愿？"

"什么心愿？"

"想见小凯的心愿。"我答。

毛先生一屁股坐回原来的位子，哈哈哈地大笑起来，让人很不舒服，我问他笑什么？

"我笑妳说了个笑话，这样说吧！如果妳母亲要去会旧情人，而妳深爱着父亲，妳会为那两个有不伦之恋的人牵线吗？"

"我知道这对您来说很难，但毛奶奶已经这么老了，你不觉得在有生之年完成她的愿望比什么都重要吗？"

"Miss Zhang，"他大起声来，"让我告诉妳什么最重要，名节最重要，一个人如果背负着不洁之名离去，那是最蒙羞的，不只她个人，她的子孙也同样蒙羞。我的任务就是要保证母亲离去时是干净的，这才对得起父亲和毛家世世代代祖祖辈辈。"

"毛先生，"我吞了一口口水，"要说不洁，同性恋长久以来都被冠以不洁之名，你身在其中，应当知道苦恋的滋味，如果你能接受自己，为什么不能接受自己的母亲？原谅她吧！她也有软弱的时候。"

"Miss Zhang，"毛先生虎着眼，"妳的十分钟到了，门在身后，请回！"

如果眼光能杀人，我大概已被他千刀万剐，尸首无存了。

虽然还想说些什么，但看到他坚毅的眼神，我知道大势已去，只好无奈地转身，就在触及门把时，背后传来毛先生冷冰冰的声音："别轻举妄动，如果我母亲有什么闪失，我以身家性命担保，绝不会让妳好过！"

迟疑了几秒钟，我转开门把，黯然走出毛先生的视野……

第九十一章/守贞

我现在非常害怕和毛奶奶在一起，对我来说，那不啻是一种折磨。

"妳说小凯看到我会不会很失望？我都那么老了，样子一定很难看。"毛奶奶说。

"不会，您做做头发、化化妆，再把粉色长裙穿上，还会是他心目中的小粉蝶儿。"

"妳说小凯会不会胖了？他以前挺瘦的。"

"不知道，可能会吧！很多人中年以后会发福。"

毛奶奶仰起头看窗外，问："我生日那天会不会下雨？"

"应该不会，皇后镇很少下雨。"

"还是把伞带上，多带一把，如果小凯淋雨着了凉，那就不好了。"

"好的。"我答。

毛奶奶还在编织她的"皇后镇之行"美梦，殊不知我已放弃，这样的对话残酷地凌迟着我，只好无奈地跟毛奶奶告假，说考试快到了，想请两个礼拜的读书假。

"去吧！好好温习功课，我也有事要忙。"她很体贴地应允我。

对不起，奶奶，我需要时间冷静一下，拒绝人（尤其是您）实在是件痛苦的事啊！

～

"江彩云已经开始跟建筑系的彭泽民约会了。"莫亦辰说。

"真的？"

"当然是真的，还是我介绍的呢！"

我问进展如何？他答应该不错，最近天天约会。

"那很好。"

"是啊！"

我和莫亦辰站在海边公寓的阳台上，他拥着我，边敍敍叨叨边把舌头伸进我耳中，酥酥痒痒的。

"干什么你，好痒啊！"我说。

"不喜欢吗？"

"也不是。"

"那就是喜欢。"

这次他转个方向攻击我的右耳，我觉得全身软得像棉花。

"好了，别玩了。"我撇开脸。

"还没结束呢！"

他的手伸进我的衬衫，从腰际往上抚摸，找到我的胸罩，再往里伸……

这是我从未有过的新鲜感觉，不仅心跳加速，呼吸也开始急促起来；莫亦辰也是，简直像等待升空的火箭……

"莫亦辰～"

"嘘！别说话，让我好好爱妳。"

他的手像钢琴家的手，我的身体就是琴键，他就要弹起爱的乐章……

"不要。"我说。

"要。"他答。

"还没考驾照。"我提醒他。

"以后补考。"

"那不一样。"

"只要考过了都一样。"

我们就在阳台上边争论边纠缠不清，我是欲迎还拒，他是得寸进尺。

"叮咚！"有人在楼下按对讲机。

"别理他。"莫亦辰终于解开我的胸罩，还费了他好大的功夫，可见他真的是新手。

"不行，你去开门。"我推他一把，然后把胸罩重新系上。

"啊～"莫亦辰嘶吼一声，"早不来，晚不来，偏偏这时候来，真要气死我了！"

他真的很生气，走起路来碰碰碰像打鼓，和对讲机里的人讲话也像吃了炸药似的。

"错号？竟然是错号，那人是瞎子吗？斗大的门牌号也会看错！"

"好了，别气了，我也该回去了。"我拿起沙发上的包。

"别走，还没结束呢！"他抢下我的包。

我拍拍他的脸颊说结束了。

"就知道妳不爱我，"他的脸速地黯淡下来，"妳走吧！别管我。没人像我们这样，都认识三年了还是处男、处女。"

我说我们不一样，我们将来是要结婚的……

"妳不试试怎么知道我们合不合拍？搞不好我性无能，或者妳是石女。"

"你是不是性无能，我不知道，但我绝对不是石女，因为……因为我是有反应的。"我有些羞涩，"相信我，我是爱你的，因为爱你，所以我们要守贞。事实上你应该觉得高兴，我在这方面保守，你就不用担心我会和别人胡来，不是吗？"

莫亦辰听了之后说我聪明，他现在巴不得和我结婚，不作第二人想。

"那就赶紧准备吧！莫先生。"我站起身，把背包往肩上一搭，"就等着你把我娶进门。"

"真服了妳，走吧！我送妳。"

关上大门，我们往停车场走去……

第九十二章/又见古龙水先生

建筑系的彭泽民、法语系的钱昆、财经系的林峰奇、医学系的方进清……长则一个礼拜，短则三、四天，无一不被江彩云三振出局。

"怎么会这样？"我问。

莫亦辰也很纳闷："不知道，可能……可能没达到她的标准吧！"

"她还要什么标准？像她这样难搞，有人喜欢她，她就应该……"

见莫亦辰脸上有不豫的表情，我非常识趣地马上住嘴。

"再怎么难搞，也可以有择偶标准。"他说。

"好啦！"我扯扯他的衣袖，"说错话了，Sorry, 现在怎么办？"

"能怎么办？再帮她找呗！"

我灵光乍现，何不让我替她介绍对象？同为女人，我很清楚哪类的男孩子会受女生欢迎。再说了，没有人比我更希望江彩云找到如意郎君，只有她幸福，我才有可能幸福。

莫亦辰正苦无对策，我一提议，他乐得有人接手。

我把所有的可能人选在脑中过了一遍，最后锁定同班同学余子文。我有个感觉，太老实巴交的，江彩云看不上眼；太风流成性的，江彩云又吃不下，所以有点儿坏又不太坏的公子哥儿最好，余子文就符合上述，而且刚和前女友分手，时间点恰恰好。

余子文听说我要介绍个富二代给他，无可无不可地接受了。

我想这次应该能成，余子文是公认的美男子，照我看，江彩云绝对是"外貌协会"会员。

事情进展五、六天，我没听到任何负面消息，正庆幸自己的眼光独到，有当"媒人"的资质时……

"可可，借一步说话。"余子文挡住我的去路，表情凝重地对我说。

"好啊！"我的心七上八下。

等下课的学生都散去后，余子文劈头就问我开的是什么玩笑？

"你什么意思？"我一头雾水。

"我知道自己的名声不太好，但不表示我得接收个二手货。"

"二手货？"

"江彩云结过婚，知道不？呵！妳肯定知道，她的前夫就是妳现在的男友。"

我赶紧摇头否认。

"她还为妳的男友堕过胎。"他再补上一刀。

我几乎要掏心掏肺地证明子虚乌有。

"可可，我郑重告诉妳，我余子文交再多女友，男未婚，女未嫁，没人能说什么，但我的结婚对象必须是清白的，最好还是个处女，明白不？别再把脏水往我身上泼，我承受不起。"他瞪了我一眼，气呼呼地走了。

这下子我真是哑巴吃黄莲，有苦说不清啊！

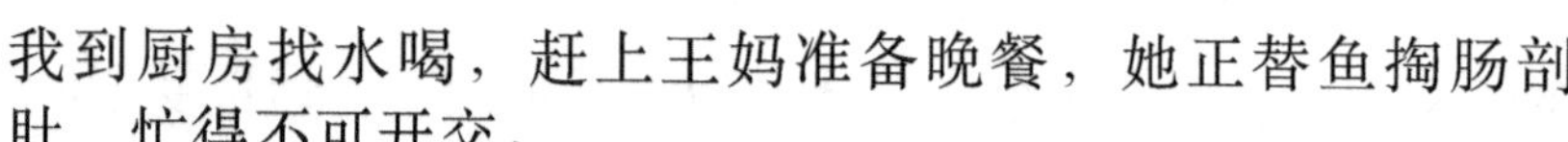

我到厨房找水喝，赶上王妈准备晚餐，她正替鱼掏肠剖肚，忙得不可开交。

"王妈，今晚吃鱼？"我问。

"嗯！老太太喜欢吃。"

"吃鱼好，我也喜欢吃。"

我端着水杯正要回房，被王妈叫住。

"可可，妳听说了吗？"

"听说什么？"

"老太太，"她停下手中的动作，压低声音，"去整型医院拉皮了。"

"拉皮？为什么呀？"

一问完，我真想敲敲自己的笨脑袋，这还要问？当然是为了小凯。

"不知道，"王妈摇摇头，"反正老太太最近怪怪的，嘴巴哼着歌，快乐得像个小女孩似的。有一次我经过她房门，竟瞧见她在房间里跳奇怪的舞，她告诉我那是佛朗明哥舞，哎！也不想想自己的眼睛都快看不见，还跳舞？这要摔了磕了还得了啊！"

我问毛奶奶是否真的拉皮了？

"没，"王妈给鱼身抹上盐，"谁敢在七、八十岁老人的脸上动刀？好歹也要家里人签字，毛先生不给签，老太太只好打道回府啰！"

"她自己一个人上医院？"我又问。

"怎么可能？司机老刘载她去的，妳知道老刘一句英语也不会说，"王妈把腌好的鱼放在盘子上，转身切葱薑，"我看老太太想整容的心很坚定，不然不会把正在开会的毛先生喊去医院签字。"

我想起那个不可能成行的旅程，喃喃说道毛奶奶不需要拉皮……

"我也这么认为，拉皮？拉给谁看？老先生都作古这么久了。"

王妈不知个中缘由，自顾自地摇头叹息。

"王妈，我走了，待会儿要上工。"我忽然想起打工快迟到了。

"好，路上小心。"

就在我即将转身之际，王妈又开口了："毛先生的那一个要搬回来住了。"

"哪一个？"

"也不知道该说是毛先生的老公还是老婆？"

原来说的是古龙水先生。

"那很好啊！"

"不好，我不想服侍一个不男不女的阴阳人。"

"王妈～"

"妳说我落伍也好，说我老古板也成，反正……反正我站在毛太太这一边。"

没想到王妈这么忠心耿耿。

"他什么时候搬进来？"我问。

"今天稍晚。"

这么说当我打工回来，汤尼应该已经在毛宅了，我迫不及待想见到他。

"王妈，谢谢，我走了。"

我高兴地转身离去，还听到王妈在身后嘀咕着："谢我什么？真是奇怪！"

第九十三章/水晶鞋

古龙水先生已经搬进毛宅好几天了，但是刨去上课和打工，我待在毛宅的时间并不多，所以虽然和他同在一个屋檐下，竟好似"人生不相见，动如参与商"。

今日当我在家庭房念书给毛奶奶听，一个庞大、赤裸着上身的身影从走廊尽头一闪而过，我听到洗衣房的后门被打开，接着是嗖嗖嗖的足步声，一直延伸至泳池的方向。

我心神不宁地念完《黛安娜传》,合上书本的同时，我的心早已飞了出去。

穿上人字托，我快步来到泳池旁。他，躺在白色躺椅上，鼻梁上架着黑超，泳裤湿漉漉的，桌上有一杯香槟和数本时尚杂志。

"Hi."我喊他一声。

我的古龙水先生摘下太阳眼镜，转头眯着眼看我："噢！是可可，坐吧！"

他重新戴上黑超，继续享受太阳浴，我则在他旁边的躺椅上坐下。

"我听David说妳搬进来了。"古龙水先生说。

"嗯！搬进来好一阵子了。"

他问我还习惯吗？

"很好，大家都很照顾我。"

"那好。"

虽然极力想避开自己的目光，但他的大肚腩还是一直刺激着我的视神经。

"胖了吧？"他读出我的心思。

"嗯！"

"我胖了二十斤，"他坐起身，呷了一口香槟，"每天不是美酒就是山珍海味，怎能不胖？"

我问他难道不工作？

"工作？一个小时八十元还不够我买几本杂志呢！"他嗤之以鼻。

"毛先生……毛先生没意见吗？"

"什么意见？他接一个案子足够我工作半年，毛家不缺钱，我何必苦巴巴去挑担子？"

我说不光为了钱，醉生梦死的日子很没意思……

"哈！妳知道人生的最高境界是什么？就是醉生梦死。人生得意须尽欢，莫使金樽空对月，李白说的。"

我顿时无语。

" DAVID花八十万买了辆FERRARI 458给我……"

" 在市区的高档餐厅里，只要我报上名，永远有个VIP房空出来给我……"

"买衣服时，店家会关上大门只服侍我一人，旁边四、五个服务员供我差遣……"

……

我想起与古龙水先生的第一次邂逅，他是如此阳光、积极，而眼前的这个人却是只被圈养的金丝雀，在笼子内倾诉着它的幸福。

"下个月我和David有个欧洲之旅，他说了，如果喜欢，他买栋屋给我，我就待在那里不回来了，他每个月飞去欧洲看我。"他站起身，上下左右做一下暖身运动，"所以我待在新西兰的时间不多了。"

说完，他碰的一声跃进泳池，像只庞大的青蛙在水里恣意来回。

我也站起身："我走了，汤尼。"

他好似没听见，一个转身，从蛙式换成自由式。

"再见了，古龙水先生，再见……再见……我的初恋……"我在心中与他告别。

我问余子文他的"误会"从何而来？

他告诉我和江彩云约会四、五次后，有一天她忽然良心发现，把真相全盘托出。

"为什么？"坐在中式茶馆内，我质问这个反复无常的女人。

"这还用问？我的心里只有辰哥哥。"她颇为生气。

"但妳也知道莫亦辰的心里只有我。"

“我知道，”她抿了抿嘴，“如果当时他选择去美国就好了，也就不会有这么多麻烦事发生。”

我说即使遇不上我，也会有另一个可可，因为他把她当妹妹，两人不可能发展成情侣关系……

“那是妳的想法，”她突然握住我的手，“可可姐，我真的好爱好爱辰哥哥，我愿意把我的所有与妳交换。”

“这不是我说了算。”我把手抽回。

“只要妳答应离开辰哥哥，其他的我来搞定。”她满怀希望地问。

我答不可能，因为我爱莫亦辰，莫亦辰也爱我。

“不管妳怎么说，辰哥哥是我的，他曾答应我，当我们结婚时会订做一双水晶鞋送我，就像灰姑娘穿的一样。”

我告诉她，她会找到帮她穿上水晶鞋的王子，但那个人不会是莫亦辰。

“这么说，一切都无望了，”她喃喃自语，“我原以为不会走到这一步，没想到……哎~”

“什么意思？”我问。

“谢谢妳的茶，”她给了我一个诡异的笑容，“再见！”

这是什么跟什么？前言不搭后语的。

她走后，我望向窗外，已是初夏，我又听到风吹过白杨树梢的声音，沙沙……沙沙……沙沙……

第九十四章/遗失的氯化钾

何丽和Ben结婚了，这个消息在留学生圈子里炸开了锅。

他们选择在奥克兰的St.Patrick's Cathedral教堂结婚，整个婚礼莊严而隆重。

天主教婚礼给我的感觉就是有好多的祷告及对神的赞美，没有喧嚣，只有肃穆；没有俗丽，只有祝福。当何丽的父亲把她交给Ben时，我几乎要热泪盈眶，刚认识何丽时，何曾想到会是这个结局？

交换完戒指，新人被簇拥着来到教堂外拍照，我和莫亦辰也被抓去当人肉背景。

"今天没空跟妳聊，咱们找机会，嗯？"何丽觑了个空，在我耳边低语。

看何丽和Ben幸福地在镜头前摆出各种亲昵动作，我好羡慕，羡慕何丽终于找到一生的伴侣，这个伴侣无私地接受她，包括那过去的不堪。

"何丽干嘛急着在大四结婚？该不会是有了吧？"莫亦辰问。

我要他别乱说话，天主教徒不能有婚前性行为，他又不是不知道。

"我当然知道，因为是何丽教妳的。"

"去你的，"我推他一把，"我又不是教徒。"

"不是教徒，妳还……"看我一副不高兴的样子，他马上见风转舵，"禁欲好，禁欲有助身体健康。"

"谁理你！"我睨了他一眼。

其实何丽赶在大四结婚是有原因的，她和Ben被教会派到南美传教。Ben已大学毕业，所以先过去，等年底何丽一毕业，她再飞南美与他会合。如果他们选择一年后结婚，那么亲戚朋友就得飞到南美，太劳民伤财了，但他们又希望能得到亲朋好友的祝福，所以……

"哎！我原以为何丽会跟个登徒子结婚。"莫亦辰说。

他想的和我想的不谋而合，但是人生啊！你永远不知道下一页会是什么。

我还在感慨，莫亦辰的眼睛突然发亮："我们也学何丽和Ben在大四结婚，好吗？"

"不好，你怎么跟你父母交待？"我说，心里想的是他母亲不杀了我才怪！

"这妳就不懂了，生米煮成熟饭，如果再加上怀孕，他们就更没辄了，总不能让孙子没妈吧？！"

"莫亦辰，你好可怕啊！我不知道你这么有心机……"

他回答这不是心机，而是心理战术，如果要成好事，这招最简单也最奏效。

我还是觉得不妥，毕竟得考虑自己父母的感受。

"那好吧！我只能等妳了。"他显得无奈。

~

虽然留学生的圈子里还是充斥着各种流言，但"张可可和莫亦辰是一对"似乎已成了定局。

在校园内我偶尔可以看到"旧爱"江彩云的身影，她总是形单影只，让我这个"新欢"颇为内疚，因为莫亦辰明显是因为我而疏远这个妹妹。

坦白说，我也不愿把事情弄拧巴，若不是因为江彩云的霸道，我不会如此小心眼，当然也就不会造成如今这尴尬的局面。

"可可学姐~"罗静宜从Tuck Shop走了出来。

"噢！罗静宜，好久不见。"我停下脚步。

"是啊！好像两、三个月没见了。"

没想到那么久了，我问她最近可好？

"很好，赵大同也很好，学姐呢？"

"我很好，莫亦辰也很好。"

语罢，我和罗静宜相视而笑。

我们又聊了一些家常，交换一下讯息，譬如哪里又开了新餐厅，哪家商店正在打折，还有，用哪个软件下载资料又快又好……

"可可学姐，赵大同说……"罗静宜突然转话题。

我问说了什么？她低下头答没事。

"干嘛吞吞吐吐？不像妳。"

她犹豫了一会儿后，告诉我江彩云最近怪怪的，有些抑郁倾向。

抑郁？我问怎么回事？

"听赵大同说她静得可怕，上课发呆，作业经常不交，老师问话也不答，有时还会无端哭泣。"

"看来她还未从失恋中走出来，过一段时间应该会好的。"

"可是……可是她试图从实验室拿走氯化钾。"

"氯化钾？"

她答氯化钾是临床常用的电解质平衡调节药，使用时要非常小心，因为有强烈的毒性。

"既然有毒性，管控肯定严格，怎么会……"

"赵大同说上周护理系做完实验，清点时发现氯化钾少了0.5克，这还得了，那个剂量瞬间可以杀死五个成人哪！于是实验室大门马上被拉下，所有在场人员也被扣留，过程我不清楚，反正最后在江彩云身上搜出0.3克，还有0.2克下落不明。江彩云辩称她不知道那是氯化钾，以为是生石灰，因为听说石灰能吸收空气中的水分，最近她的房间很潮湿，所以想拿回家使用。"

如果江彩云拿走0.2克的氯化钾，岂不是随时要人命？这个小妮子真让人不能省心，我以为能喘口气，哪知她又来上这么一出。

罗静宜安慰我也许事情没那么糟糕，因为江彩云后来被女老师叫到小房间里彻底搜身，没再发现任何氯化钾……

"但愿如此。"我答，心里一点儿谱也没有。

第九十五章/祈求

刚考完最后一科就收到莫亦辰的短信："明天早上九点接妳，辰。"

想到即将成行的陶波湖之旅，我的心快活得像只小鸟，直到收到莫亦辰的第二条短信……

"江彩云约我晚上六点上她家吃晚饭，待批准，辰。"

老天，这怎么成？

"不准。"我大手一挥下了圣旨，然后转身去打工（其实一点儿也不想去啊！）。

从"美味餐厅"回来，本想在上床前打个电话给莫亦辰道晚安，但再一想，都夜里十一点半了，他明天还要开三个小时的车，现在肯定睡了，也就破例没打。

隔天，我从早上九点等到下午三点，等不到一个影子，他的手机一直处于关机状态。

我开始感觉不妙，交待王妈如果莫亦辰来了，马上通知我后，坐上司机老刘的车往海边公寓驶去。

莫亦辰曾给我一张备用房卡，一直没用上，今天第一次使用，还有些不利索。

打开房门，海风迎面扑来，我看见阳台的落地窗开着，赶忙走过去将它合上。

转身环顾室内，它还是一样干净、整齐，我看见莫亦辰收拾好的行李箱就搁在入口处，两个房间里空空荡荡的。

走进厨房，台几上有一碗泡面，封盖被掀开，调味料也洒上了，仿佛告诉我："可可，妳看，我没有和江彩云共进晚餐。"

很明显，莫亦辰走得匆忙，落地窗忘了关，泡面也来不及吃上一口……

不安的情绪开始啃噬着我。

我没有耽搁很久，马上央求老刘载我回旧居（江彩云的住处）。莫亦辰凭空消失，除了这个头号嫌疑人之外，我不做第二个人想。

按了楼下对讲机，果然无人接听，我只好请出何丽。

"我早搬出来了，不知道江彩云换房卡了没？"她说。

上到三楼，我先敲门，无人回应，何丽拿出房卡，哔哔两声，还好江彩云没换房卡。

我与何丽先后脚进入屋内，乖乖，这还是从前我们住过的公寓吗？简直是浩劫后的惨状。瞧！瓜子壳丢了一地，桌上摆满外卖纸盒，垃圾桶早满了，衣服更是东一件，西一件……不知道的人还以为这里遭小偷了呢！

"啧啧啧！估计从我搬走，这个家就从未打扫过。"何丽摇头叹息。

我试图在一片狼藉中找出莫亦辰来过的痕迹。

"妳知道吗？我们现在是非法入侵，江彩云有权告我们。"

"告吧！"我无所谓地答。

走进江彩云的房间，床上乱成一团，也不知多久没整理过，我竟还在床单上看到她例假来时所留下的斑斑血迹。衣柜塞满衣服和包，有的甚至连标签都没拆，抽屉里面有几张收据和笔记本，我翻开笔记本，里面鬼画符，也不知写些什么，桌上倒是堆满上课用书，但书面覆盖一层薄薄的灰尘，好似很久没被翻开过。

"好像没什么有用的信息。"何丽说。

我和她意见不同，我认为莫亦辰来过。

"妳咋知道？"她问。

"女性的第六感，还有……我闻到他的味道了。"

何丽耸动一下鼻翼，似乎没闻到什么，但她没说打击的话。

"现在怎么办？人口失踪48小时后才能立案。"何丽问。

"我不知道，心里乱糟糟的。"

"这样好了，我们联系莫亦辰和江彩云的同学和朋友，看能不能找出一些蛛丝马迹。哎！可惜现在学校放长假，不然效率会高一些。"

我答就照她说的做，咱们分头进行吧！

"那好，现在也晚了，我们都各自回家，有任何消息，电话联系。"

"谢谢妳！何丽。"

"说什么傻话！"她睨了我一眼。

～

零零碎碎传来一些消息，有人两个礼拜前曾看到江彩云走进SWAROVSKI，这是一家著名的水晶饰品店……江彩云曾告诉同学下学期她不回来上课……江彩云曾咨询法律系学长怎样的婚姻算有效？……

而莫亦辰的信息只有一条：他打算在旅程中向女友求婚，戒指也买好了……

听完，我泣不成声，噢！莫亦辰，你到底在哪里？

是何丽报的案，警方受理了，同时联系莫亦辰和江彩云在中国的父母，双方家长正在赶来的飞机上，而我和何丽此时正在机场准备接机。

"何丽，我感到害怕。"看着熙熙攘攘的旅客，我忍不住说出心里话。

"别怕，主与妳同在。"她拍拍我后背。

在等待的同时，我把实验室遗失0.2克氯化钾的事告诉何丽。

"江彩云是不是想同归于尽？"何丽问出我心里的担忧，但马上打嘴，"呸呸呸！看我说的什么话？莫亦辰肯定被江彩云抓去什么地方玩了，过几天就会回来，没事，没事。"

"不用安慰我了，我也担心江彩云真的想同归于尽。"我说，感到心灰意冷。

广播声中传来班机已抵达的消息，我们等了约一小时，终于看到莫爸爸和莫妈妈的身影，旁边还有另外两位，想必是江彩云的父母。

"莫爸爸，莫妈妈，我来接你们。"我小声地说。

莫爸爸对我点一下头，莫妈妈则面无表情。

"伯父、伯母，我是莫亦辰的朋友，我叫何丽，车就停在停车场，是七人座，我们几个应该坐得下。"何丽解释。

没有比这个更尴尬的了，四个长辈直盯着我瞧，完全不理会何丽。

"那……我们到停车场吧！"何丽说，然后拉拉我的衣袖，我正想开步走，谁知莫妈妈往前一步，劈头就给我一巴掌。

"我告诉过妳离开我儿子，否则会给他带来厄运，妳听进去了没？妳有孤寡相，还来纠缠他做啥？莫亦辰万一有个闪失，我跟妳没完！"莫妈妈憋了一肚子气，正好找到发泄的对象

"好了，好了……"莫爸爸拉住自己的老婆。

"伯母，您怎能这样说话？莫亦辰失踪，可可比谁都着急，他们两人是真心相爱的……"

我捂住被打的脸颊，阻止何丽往下说。

"妳就是可可？"这次是江妈妈，"我女儿从小就喜欢亦辰，他们两人是很相配的一对，妳从中插进来，她当然受不了，若有过激行为也不是她的错，她向来要风得风，要雨得雨，哪能受得了这种委屈？"

"都是妳给惯的。"江爸爸竟指责起江妈妈。

"又说我，如果不是莫亦辰的父母从中阻挠，他们两人早成亲了，也不会闹出这么一出。"江妈妈转而炮轰莫亦辰的父母。

莫妈妈也不是省油的灯，她火药味十足地反问有哪个家庭愿意把进过精神病院的女人娶进门？

"她不是真的精神有问题，谁让她的室友联合起来孤立她，她一时冲动才会做傻事。"江妈妈开口护卫。

"现在她一时冲动绑架我儿子，妳说该怎么办？"

原来,原来鸭子说的一点儿也没错。

～

何丽把双方家长载去警局了解案情后，又分别将他们送回各自孩子的住处。

"原来江彩云真的进过精神病院。"在回毛宅的路上，我喃喃说道。

"我认为莫妈妈说的没错，江彩云绑架了莫亦辰。"

"现在他们在哪里呢？他们……他们还活着吗？"

何丽听我这么一问，驾驶盘滑了一下，车子偏离了车道，她赶紧往回拨，急急地说："可可，快祷告，求神庇护他们！"

我没有迟疑，在车内双手合十："天上的父，我诚心祈求……阿门。"

第九十六章/莫亦辰说～

听到水壶里的水开了的声音，我赶紧走进厨房把火给熄了，正要将热水注入碗面当中时，手机响了。

"辰哥哥吗？我是彩云。"

"噢！是彩云，什么事？"

"没事，只是祝你旅途愉快！"

"谢谢！这个假期妳有出游的计划吗？"

"没有，我以为你会邀请我。"

"我……"

"我知道，我不怪你，现在我特别想看到你，你能过来一下吗？"

"我……我累了，从陶波湖回来后再去看妳，好吗？"我想起可可，所以狠心拒绝。

"那时候就太晚了……没事，我一个人也很好，真的。答应我，如果我不在了，你会帮我照顾我爸妈，我……我这个女儿太不孝了。"她啜泣。

"彩云，妳怎么了？不要紧吧？"

"我好冷，冷得不得了，听说割腕后要等两个小时才会失去意识，趁着我还清醒，就想跟你说两句话。"

"妳在哪儿？我马上过去。"我紧张起来。

"在家。"她答。

拿上车钥匙，我一路飞车，同时趁等绿灯的空档，拨通了111。就在快抵达前，彩云来电话了。

"我马上就到，妳等等。"我急着告诉她。

"辰哥哥，忘了告诉你，我……搬家了，就在原来的租处往北两个Blocks，你不会错过的，是栋灰色建筑物，2118室。"

于是我转了个方向。

如同她所说，我很快就找到那栋建筑物，当我停好车，彩云又来电了。

"辰哥哥，你在哪里？"她问。

"我停好车了，马上上来。"

"你别上去，我……我记错了，哎！可能流血过多，脑筋也糊涂了，本来我想租那里，后来没租成，所以……反正不远，你走过来就是。"

我以为是几分钟的路程，谁知道她在电话里东指挥，西指挥，左拐右绕后，我竟然离开Queen Street老远，都不知身在何处了。

"你有没有看到左手边有栋粉红色洋房？"江彩云问。

"看到了。"

"推门进来吧！"她挂上电话。

我把手机放进裤袋内，走上前推了一下大门，没锁。

"彩云～"我呼唤她，但无人回应。

我往房间的方向走去，一、二、三、四、五、六、七，竟然有七个房间，还好她就在第七个房间里。

"彩云，我来了，妳还好吧？"我把声音放柔，"让我看看妳的手。"

掀开被褥，差点儿把我吓死，里面竟然是个充气娃娃。

"辰哥哥，对不起。"背后传来江彩云的声音。

我一转身，她迅速对着我的脸不知喷洒什么东西，痛得我两眼睁不开。

"亲爱的，你再等等，等那个东西一到，我们就可以结婚了。"她说。

第九十七章/粉红色大屋

莫亦辰的车被找到了，就在江彩云的公寓不远处，但人却蒸发了。

各 大 华 文 报 把 这 宗 失 踪 事 件 解 读 为 情 侣 私 奔，甚至……殉情。

我每天都过得浑浑噩噩，想做什么却又不知能做什么。

"有什么需要我帮忙的吗？"古龙水先生说。

我摇摇头，感到很无助。

"这样吧！妳仔细想想出事前江彩云有什么异于平常的地方？"

"听她的同学说她有抑郁倾向……她可能偷了氯化钾，那是种剧毒……我请她喝茶，离去时，她对我笑，那个笑很奇怪。"

汤尼问怎么个奇怪法？

"说不上，好像有些无奈又有些释然，反正她从来不这么笑。"

"你们提到什么，所以她对妳笑？"

"提到……"我努力回想，"她要我把莫亦辰还给她，我不愿意，噢！她还提到水晶鞋。"

"水晶鞋？"

我转述江彩云说过的话，然后古龙水先生要我等等，待他再度回到客厅，手上多了一份英文报。

"报上说有个华人在SWAROVSKI订做了一双水晶鞋，妳看～"汤尼指着一张斗大的照片说。

我看见一个店主人模样的男人正对着镜头骄傲地笑着，手里捧着一双晶莹剔透的水晶鞋。

"那是江彩云的鞋，她虽然不矮，但脚丫子却很小，这鞋看起来顶多36码。"我很笃定地答。

汤尼还在想其中的可能性，但我没耐心了，央求他载我到SWAROVSKI门市店，马上。

～

店主人听说我帮朋友来取水晶鞋，一脸惊讶地表示鞋子已于两个小时前送出，难道还没收到？

我和汤尼面面相觑。

他遂走到收银台，在下方的抽屉中拿出一沓纸张，翻看了一下，从中抽出一张："39 Belleaire Court. Right?"

"That's right. Sorry，our mistake."汤尼马上表达歉意。

"Don't worry."店主人答。

离开SWAROVSKI，我和汤尼马不停蹄地赶往39 Belleaire Court。

～

站在这栋粉红色大屋前，耳中传来古龙水先生急促的说话声。

我死盯着眼前屋，研究起这颜色是不是刚漆上不久？因为太鲜艳了，矗立在四周围素雅的房屋中，显得突兀。

"Shit. 警察要我们上警局做笔录，如果认为可疑才会通知屋主谈话，这下子不得两、三天？"古龙水先生挂上手机，非常气愤地说。

"那你赶快去做笔录。"我催促着，"我先观察一下再走。"

"可可，妳可别轻举妄动。"

"不会的，我顶多待十分钟。"我答。

汤尼还想说什么，我已挥手Say Goodbye。他边走边回头，最后还是无奈地走了。

店主人说水晶鞋两个小时前已送出，也就是说时间迫在眉睫，我没空等警方了。

虽然害怕，但莫亦辰的呼唤胜过一切，我毫不犹豫地走向那栋深不可测的粉红色大屋……

第九十八章/婚礼

我刻意走着猫步，而且时不时眼观四方、耳听八方，像做贼似地走入别人的地盘。

一切都静得出奇，我望了一眼大门，决定先来个旁敲侧击。

屋子的左侧被密封起来，右侧有个木栅门，上面有个警告标志：**Beware of Vicious Dog.**

我选择从那里突破（狗的鼻子很灵敏，不可能闻不到入侵者的气息），在确定那块警告标志不过是虚张声势后，我小心地推开那扇没上锁的门。

眼前是柔软的草地，我多希望这是片水泥地，那么足声就会小很多，尤其我正匍匐前进。

不知经过了几个窗口，我忽然听到衣裙扫过地面的声音，一阵风似的。

我探头过去，身着白色婚纱服的江彩雲正对着落地镜搔首弄姿，地上摆着一双水晶鞋。

"她应该把头发盘起来，她的脖子挺性感的。"我心想。

（Shit，都什么时候了，我还有闲情逸致去批评她的美丑？）

很快我便离开窗口继续匍匐，爬没几步，全身机能开始哔哔作响，好像金属探测器一样，我忍不住伸直上身，往邻近的窗口探去。

"莫……"我忍不住喊起来，但很快捂住嘴，心想，"还好他安在，虽然样子很狼狈。"

"心电感应"真是个神奇的东西，莫亦辰突然张开眼，转头凝视我。也许他以为自己正在作梦，所以丝毫没有任何反应。

我好心酸，在胸口比了个心形，他忽然张大眼睛，拼命扭动身躯。我用手势要他稍安勿躁，他马上意会并且噤声，Good Boy！

接下来怎么办？打电话报警吗？

我还在思索，那个白色的影子忽然推门进来，我连紧离开窗口。

"辰哥哥，你看我漂不漂亮？"江彩云原地转了个圈，"觉得漂亮就点个头。"

嘴巴贴上胶带的莫亦辰机械式地点头。

"就知道你喜欢，你看，我还穿了水晶鞋呢！"江彩云把裙子拉高，好让莫亦辰看个仔细，"小时候你曾答应结婚时给我买，但……管它的，谁买都一样，重要的是结果，不是吗？想到我们就要结婚了，我开心得几天都睡不好觉。"

我躲在窗户外，斜眼看屋内发生的一切，此时莫亦辰瞧了我一眼。

"亲爱的，窗户外有什么东西吗？"江彩云转过头去，我吓得又离开窗口。

"嗯嗯嗯……"

"你怎么了？抖得这么厉害，热吗？……渴吗？……想上厕所吗？……别吓我，你说话啊！"江彩云抓住莫亦辰的肩头用力摇晃几下，"哎呀！看我傻的，我得把胶带撕了你才能说话，估计有点儿疼，你忍着啊！"

胶带一被撕下，莫亦辰便抢着说他想上厕所。

"原来是这个，我扶你去。"

"不要，妳这样让我好尴尬，快帮我把绳子解开，我自己去，顺便洗个澡，换上妳给我买的礼服，总不能要结婚了还一身脏臭吧？！"

"可是……"

见江彩云犹豫，莫亦辰赶紧给她吃定心丸，说这几天他终于想明白，可可的家世背景和他家相距太大，而且心里还爱着汤尼，他不可能娶一个心里还有别人的女人……

"真的？你真的这样想？"她的声音忽然高八度。

"当然是真的，只有妳真心对我好，不娶妳，我就是天底下最愚蠢的傻瓜。"

江彩云责怪莫亦辰到现在才知道她的好……

"我已经承认错误了，妳赶紧帮我解开绳子吧！"

"那……好吧！"

她动手解开莫亦辰手上的绳子，正要解脚上的绳子时，忽然忆起炉子上还炖着牛肉，她要他等着，她去去就回。

"妳先把绳子解了吧！"莫亦辰喊着，可是那个白色影子似乎听不见，一溜烟跑了。

江彩云一走，莫亦辰跳了三大步来到窗户前开锁，我一爬进去，他马上给我一个熊抱，被我一手推开："快，没时间了。"

我蹲下身去解他脚上的绳子，听见莫亦辰唤我，声音有些颤抖。

“快解开了……好了，解开了。”

我松了口气，一抬头，发现江彩云就站在莫亦辰身后，手里举着枪。

“妳的动作好快啊！呵呵！”我强颜欢笑。

“我试穿婚纱的时候，已经从镜子里看到妳了。”

“好……好眼力。”

“不敢当，对了，帮我把我老公绑起来，因为……他不乖。”

我看了一眼莫亦辰，没想到这个举动激怒了江彩云，她大喝：“Stop it. 别在我面前眉来眼去，我受够了。妳绑还是不绑？不绑我直接毙了妳！”

她举枪的手在我眼前晃动，样子有些歇斯底里。

“可可，来吧！”莫亦辰伸出双手。

我被一盆水给泼醒。

“对不起，本来不想吵醒妳，但神父有哮喘的毛病，我怕他支撑不了多久，所以……”江彩云解释着。

迷迷糊糊当中我记起来了，当我把莫亦辰五花大绑完毕，头突然被重物敲击，人也昏了过去。

“莫亦辰在哪里？”我问。

“他在客厅，快，就缺妳这个见证人。”江彩云将我一把抓起，也不管我还头昏脑胀，强行推我向前，我这才发现双手已被戴上手铐。

一走进客厅，我倒抽一口气：“Jesus.”

那里被布置得像个教堂似的，我看见莫亦辰一身笔挺地被绑在轮椅上，台上的神父神色紧张，想必也是被绑架而来。

江彩云将我拷在楼梯扶手上，然后小跑步到莫亦辰身边，一就定位就迫不及待地催促："神父，见证人来了，你赶紧开始吧！"

"你是否愿意娶……"神父看了江彩云一眼。

"江彩云。"她答。

"你是否愿意娶江彩云为妻，按照圣……圣经的教训与她同住，在神面前和她结为一体，爱……爱她、安……安慰她、尊重她、保护她，像你爱自己一样。不论她生……生病或是健康、富……富有或贫穷，始终忠於她，直到离开世界？"

莫亦辰答不愿意。

"你说什么？"江彩云气急败坏。

"我说我不愿意，再怎么任性也有个尺度，妳这次太over了。"

没想到江彩云直接甩给莫亦辰一个大耳刮子，然后弯下身,柔声地说："亲爱的，如果你再这么任性下去，可可恐怕会少只胳臂断条腿，咱们别耽误神父的时间，他还得去做弥撒呢！"

莫亦辰恶狠狠地瞪向江彩云，江彩云故意看不见，转头要神父重来一次。

"孩子，妳现在恶魔上身在行不义之事，请和我一起祷告，让神帮助妳。"神父苦口婆心。

江彩云提醒他还有个教友被关在地下室，若不赶紧念完回去救人，那人就要变成饿死鬼了。

神父很无奈，只好继续念结婚证词："你是否愿意娶江彩云为妻，按照圣经的教训与她同住，在神面前……神面前和她结为一体，爱她、安慰她、尊……尊重她、保……保护她，像……像你爱自己一样。不……不论她生病或是健……健康，富……富有或贫……贫穷，始终忠於她，直……"

神父明显不对劲，他正大口喘气，莫亦辰问他要不要紧？

"我……不舒服，药……药……"神父痛苦地趴在地上祈求给药。

江彩云却不痛不痒地答没事，不过是犯哮喘，没什么大不了的。

我代神父求情，说哮喘会要人命，还是赶紧把药给他吧！看他这个样子，证词也念不下去了。

"真是事多！"江彩云不情不愿地踩着水晶鞋上二楼。

等她回到神父身旁，那人已经陷入昏迷。

"拜托，你现在还不能死，你死了，谁来念证词？"江彩云蹲下身推了神父两下，他没反应。

"彩云，赶紧打999。"莫亦辰大喊。

"打什么999？很快你、我、还有可可就要和他一块儿上天堂了。"她答。

第九十九章/火海

"可可，很抱歉妳得一人分饰两角，既当神父又当见证人，这是证词，"江彩云交给我一本厚厚的本子，翻开其中一页，"照上面的念。"

"这是不合法的，我不是神父，所以即使完成仪式，你们的婚姻仍属无效。"我说。

"嗯……可是……"

"妳应该去请一个真正的神父过来。"莫亦辰很有默契地和我一起打拖延战术。

"不行，"她摇头，"时间拖得越久，对我越不利，我等这一天已经等太久了，反正神父也在场，只是……不能开口，可可就充当他的发言人，上帝不会不通人情的。快，没多少时间了。"

我说我不会，因为没当过神父。

"他妈的，妳不识字吗？"江彩云虎着眼。

"这是繁体字哪！"

"可可，我实在受够妳的矫情，真不知道辰哥哥是怎么看上妳的？别告诉我妳没帮汤尼校对文章过，他写的繁体字还会少吗？"

"OK, 我是看得懂繁体字，但……这是不对的，如果不相爱的两人勉强结婚，这个仪式还有任何意义吗？"

她答有，因为她还是得到她想要的，这才是重点。

"问题是我不想跟随妳的魔杖起舞。"我较起真来。

"噢……是吗？"

江彩云扣扣扣地走向讲台，从角落无数根蜡烛中举起一根，又扣扣扣地走向窗户，点燃已被拉上的窗帘。

"妳疯了？"我和莫亦辰齐喊。

"我倒要看看可可随不随我的魔杖起舞。"她作势又要点燃另一幕窗帘。

"好，好，我念，我念。"除了弃械投降，我别无他法。

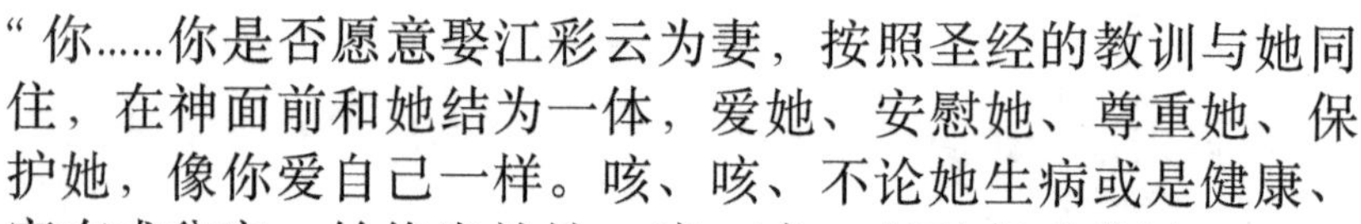

"你……你是否愿意娶江彩云为妻，按照圣经的教训与她同住，在神面前和她结为一体，爱她、安慰她、尊重她、保护她，像你爱自己一样。咳、咳、不论她生病或是健康、富有或贫穷，始终忠於她，咳、咳、直到离开世界？"

"我愿意。"莫亦辰答得飞快，因为烟雾已开始弥漫。

"妳是否愿意嫁莫亦辰为妻，按照圣经的教训与他同住，在神面前和他结为一体，爱他、安慰他、尊重他、保护他，像妳爱自己一样。不论他生……生病或是健康、富……富有或贫穷，始……始终忠於她，直……直到离开世界？"

当我看到江彩云身后的人影时，简直难以置信，以致念得坑坑巴巴。

"我……"

江彩云还没来得及答完"我愿意"，便被神父从后击倒在地。

"God forgive me."神父轻叹一声，然后把烛台往地上一扔。

面对突发状况，我吓得目瞪口呆。

"现在没空赞美我的演技，手机呢？"神父问。

我答大概在江彩云的兜里。

"不是的，她把我和可可的手机都收走了，但厨房有家用电话。"莫亦辰更正。

神父马上奔向厨房，回来时手里多了把大剪刀。

"我报警了。"他说。

接下来发生的事简直是一团混乱，神父匆忙剪开莫亦辰的绳索后离开，莫亦辰找来切肉刀对着楼梯扶手一阵猛砍，Thank God，还好扶手是木头做的，若换成金属制的，我岂不等着当炙肉？

神父不知从哪里抱来一床棉被，他想用棉被将火扑灭，可惜火太大，非但没达成目的，棉被反倒着火了。

"神父，算了吧！逃命要紧，快，从后门走。"莫亦辰边说边把江彩云塞进轮椅内，我也过去帮忙。

在黑烟弥漫中，我们四人急匆匆地逃出粉红色大屋，消防队、警车、救护车也适时赶到，此时火势已经非常凶猛了。

直到江彩云被送上救护车，我紧绷的心才终于松懈下来，谁知莫亦辰竟对着远去的救护车冲口而出："糟糕！汤尼还在里面。"

"什么？！汤尼怎么会在里面？"我太害怕了。

"妳昏迷的时候，汤尼不知怎地找上门，被江彩云瓮中捉鳖给抓个正着。"

噢！我的古龙水先生……不行，我得回去救他。

我转身想跑回大屋，被莫亦辰一把抓住，他要我别做蠢事。

"汤尼不能死，他死了，我怎么办？"我嘶吼着。

"可可妳……"莫亦辰痛苦的表情一闪而过，"妳等着，我去救妳的心上人。"

"别……"

莫亦辰没等我说完，一头钻进火海里，连警察都没能拦住。他那样决绝，倒叫我怀疑他是赌气来着。

"别去，你死了……我也不想活了。"我对着熊熊烈火喃喃自语起来。

第一百章/我们分手吧！

" Do you know that guy who rushed into the house?"一位黑皮肤警官冲着我喊。

" Yes, he is my boyfriend."我答。

" Is he crazy？ What a bloody idiot."他讽刺莫亦辰愚蠢。

新西兰人很喜欢用 bloody 这个字眼，听起来很粗鲁，血淋淋似的。

" You......shut up."我淌着泪水反击。

有谁比我更惨？两个心爱的男人同时深陷火窟，而我无能为力，还要听一个黑鬼对莫亦辰的揶揄，天哪！这是什么世界？

我卟通一声跪倒在地，双手合十，开始对万能的神射出求助之箭。

神父见状也蹲下来与我一起祷告。

大约有一个世纪这么久，打火英雄终于拖着一个人往外走。

"Ambulance!"穿着橘红色消防服的Kiwi 大喊着。

那双长腿不用靠近我也认得出，我焦急地喊着他的名。

"孩子，别过去，让医护人员做他们的工作。"神父提醒我。

我又听到救护车哇哇哇远驶而去的声音。

"莫亦辰，你怎么还不出来？"我的眼光重新回到火海，急得像热锅上的蚂蚁。

神父把他慈爱的手搭在我肩上："他会没事的，妳要相信主。"

我转头看着神父，他对我点点头，仿佛旭日和风。

我对着病房外那块"Declined to visitors"的牌子发愣。

莫亦辰在房屋倒塌的前一刻，被两个消防员及时拉了出来，匆忙送往医院。我多次想去探望，都被莫妈妈无情地挡在门外。

"拜托，别再来找我儿子，求妳了。"莫妈妈的语气很软弱但态度却很坚定。

见不到莫亦辰，日子变得异常难捱，我把注意力转向另外两人。

江彩云被鉴定为精神分裂症，需要长期治疗，她的父母想方设法将她带离新西兰，目前行踪成谜。

古龙水先生则有肺气肿和肺出血的现象，我去看过他几次，透过加护病房的玻璃门，他虚弱地举了举手和我打招呼。

人真的生不起病，原来发胖的他又瘦回我和他初识时的模样，只是少了结实，多了苍白。

毛先生认为瑞士的医疗和环境有助于汤尼的康复，于是在某个蝉声呲呲作响的午后，我和我的古龙水先生彻底告别了。

"可可，妳很好，真的，如果我不是Gay，一定会义无反顾地爱上妳。"古龙水先生拉拉我的手，笑得很苦涩。

"在我的心里，永远有个位置留给你。"我说。

"不，把那个位置拆了，没有哪个男人能忍受自己的爱人心中还有别人，尤其是莫亦辰。"

我低下头去。

"可可，莫亦辰本来可以比我早一步得到解救，但他让消防员先救我，原因是妳需要我，妳真的需要我还是需要……另外一个人？"

"我的确需要你，你是我的精神支柱，但……我更需要莫亦辰，他是……他是……"

"他是妳的家人、妳的生命，何不这么告诉他？"古龙水先生问。

我感慨，如果莫亦辰真懂我，我何必明说？如果他不懂我，说了又有何用？

"哎！这就是矫情，多少姻缘就败在此，妳得学习长大，用成熟的方式去爱人与被爱。"

古龙水先生临走前还不忘为人师表地给我上了一课。

阳光温暖地洒在医院的后花园，莫亦辰坐在轮椅上不发一语，仿佛他只是出来晒个太阳而已。

"亦辰，今天天气真好，是不？"莫妈妈问。

"嗯！"

"我们拍张照吧！"莫妈妈拿出手机。

"不要。"莫亦辰嫌恶地撇开脸。

莫妈妈问他怎么还一副阴阳怪气的样子？得赶快振作起来才行，可不能再想念那个扫把星了……

"别喊她扫把星，她没有名字吗？她叫可可，张可可。"

"噢！我还以为她的名字是妲己或褒姒，像这类红颜祸水，咱们惹不起，你说哪次进出医院不是因为她？"

莫亦辰表示这不关可可的事，是他自愿的。

"傻儿子，我该怎么说你？你这是鬼迷心窍没得救了。"

"好不容易出来透个气，能不能让人静一静？"莫亦辰一脸的不耐烦。

"哎！儿大不由娘，"莫妈妈拭去眼角的泪水，"我去帮你买个水果。"

莫妈妈走后，我慢慢地走向那个可怜的男人，越往前一步，我越胆怯，看着榕树下那个瘦弱的身躯，我感到非常的抱歉。莫妈妈说得没错，他的几次进出医院都是因我而起。

"Hi."

"妳来了。"他说。

"嗯！"

"我妈走了。"

"我知道。"

"听说汤尼也走了。"

"嗯！"

"那么我也该走了，学业虽然还剩下一年，但……这里没有让人留恋的……人，我还是到比较温暖的国家去吧！"

噢！不，我的心开始往下沉。

"能别走吗？"我哀求。

莫亦辰反问我当过别人的备胎吗？那是件很累很累的事。

"你不是备胎。"

"那是什么？"

这真是个复杂的问题，我该如何告诉他，我已经准备好把整颗心都献给他？

"瞧！妳答不上来，可见连备胎都谈不上。"

知道莫亦辰误会了，我鼓起勇气告诉他，自己太过矫情，以致明明爱他、恋他、心疼他，却要表现出一副不在乎的样子，我他妈的就不是个东西。

"快别这么说，我感谢妳的坦诚，让我……让我受宠若惊，但是经过这场生死浩劫后，我想明白了，我要的不过是平凡的爱情、平凡的妻子，然后有平凡的小孩和平凡的生活。"

"我……我以为我就是个平凡人。"

"不，妳的爱情太惊心动魄，我承受不起，我们……我们还是分手吧！"他说。

第一百零一章/进退两难

"韦丽丽住在铜锣湾，我上过她的家多次。某天，她母亲刚好回来，我简直不相信那是她的母亲。韦丽丽……"

"韦丽丽住在哪里？"毛奶奶问。

"什么？"我一时丈二摸不着头绪。

"妳刚刚念的，韦丽丽住在哪里？"

我赶紧往回找，毛奶奶的手突然盖住我的书本，问我是否有心事？我答没有。

"告诉奶奶吧！"

苍老的声音来自天籁，谁能拒绝一位老人的关怀？于是我把新近发生的事一倾而出。

"这么说，妳爱的两个男人都离妳而去了？"

"嗯！"我抿抿嘴，心情很低落。

毛奶奶说照她看来，莫亦辰还是爱我的，不管如何，只要我不放弃，爱情还是会回来找我……

"我也只能等待了，因为提出分手的是他。"我很泄气。

她拍拍我的手背："即使爱情回不来，妳也要心存感激，因为他陪妳走过一段。"

"像小凯？"我问。

"是的，噢！不……不是的，"她赶紧否认，"小凯不一样，他会回来的，他一定会回来看我的。"

老人坚毅的神情让我动容，我相信那个叫小凯的男人一定给了她爱情以外的东西，不然奶奶不会如此执着地等待二十多年，但那个东西究竟是什么？我想不明白。

~

听说期末考后，莫亦辰就要转学到澳洲上昆士兰大学了。

昆省四季如夏，这次他真的就要到温暖的国家，对我而言，今年的新西兰无疑会更冷。

我每天一个人上学、一个人吃饭、一个人上工、一个人回家、一个人哭、一个人笑、一个人……我已经忘记不是一个人的滋味了。

这一天我很早就起床，到厨房倒了杯牛奶，打算回房继续昨晚未完成的功课。经过家庭房，我瞧见毛奶奶就坐在她惯坐的贵妃椅上，腿上搁着一大本相簿，她的眼睛直视前方，手缓慢抚摸着一张又一张的老相片，我听到墙上的咕咕钟发出滴答滴答的声音。

时间像沙漏般一点一点地流失，眼前的这位老人，她的生命也正一步一步地迈向死亡……

她渴望的不过是一次的相见和拥抱，这过分吗？一点儿也不。

我快步走回房内，打开电脑啪啪啪地开始搜索信息。

原来奥克兰飞皇后镇的往返机票就要70元，我和奶奶两人便要140元。酒店普通一点儿的一晚也要30元，两晚便要60元，加上陆上交通、伙食费等，没有400元肯定无法成行。

望着电脑屏幕，我顿时泄了气。

毛奶奶给我的旅行费用已被我上缴给毛先生，现在要我自费……

虽然省吃俭用之下，我已存了四千多元，但下学年的学费就得六、七千元，虽然学费是一个Term一个Term地交，不用一次性大出血，饶是这样，我还得日日勒紧裤带过活，所以这400纽元对我而言算是个不小的数目。

犹豫再三，我想起奶奶平日对我的好，咬咬牙，豁出去了。

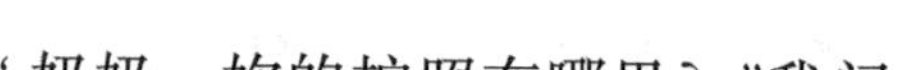

"奶奶，妳的护照在哪里？"我问。

"护照？"

我说我得订机票了。

"啊！对，该订机票了，"毛奶奶一脸欣喜，"护照……护照我搁哪儿了？"

老太太按紧太阳穴开始努力回想，终于想起护照在她儿子那儿，我答这可不妙。

"怎么了？是不是景然说了什么？"她问。

我很纠结，不知该不该说实话，老太太紧接着问是不是景然不同意她去见小凯？我只能无奈承认。

"没事，他会同意才奇怪。让我想想……我猜他把护照放在保险箱里了，妳上到二楼书房，墙上有幅蒲公英的画，将它移开，保险箱就嵌在画背面的墙上，密码是123123。"

我太惊讶了，这保险箱密码怎能轻易告诉别人？

"快去，别让老王和王妈知道，我还不清楚他们夫妻俩会站在哪一边？"毛奶奶提醒我。

～

当我把毛奶奶的个人信息输入预售机票系统时，这才发现她已经七十二岁了。

奇怪的是，不论我怎么输入，一直无法成功下单，无奈之下，我只好拨打客服电话。

客服告诉我，根据航空法的规定，七十岁以上老人购票时必须出示由家庭医师开出的适宜乘坐证明，以免飞行途中有什么闪失。

～

"老太太，妳非常非常不适合坐飞机。"那个马来西亚华裔医生斩钉截铁地说。

"可可，"毛奶奶转头问我，"奥克兰飞皇后镇要多久时间？"

我答两个多小时。

"你瞧，才两个多小时，我睡个觉就到了。"

医生放下笔并把病历表合上，说："我就怕您一睡就再也醒不过来了。"

第一百零二章/大律师的警告

扶着奶奶走出Clinic，她很沉默，我安慰她天无绝人之路，我们一定能想出法子……

"可可，我们可以从奥克兰坐火车到惠灵顿，再从惠灵顿坐渡轮到皮克顿，皮克顿有巴士到基督城，到了基督城再转另一辆巴士到皇后镇。"

我没想到奶奶的一路无语不是因为太过伤心，而是在思考如何解决问题，真让人折服。

"奶奶，我好崇拜您！"我欢呼一声，向前拥抱这位智慧老人。

我打开新西兰地图，根据老太太的方案，奥克兰到惠灵顿的火车耗时12个小时，渡轮过海时数三个半，从皮克顿到基督城的巴士需行驶5小时45分钟，基督城到皇后镇又得另外六到七个小时。

考虑到奶奶的年纪，我们肯定不能马不停蹄，所以我打算花一个礼拜的时间来完成这项壮举，只是新西兰的陆上、海上交通工具不比机票便宜，住宿也从原来的两天延长为七天，这下子就不是400纽元能解决的事，我开始烦恼起钱的问题。

~

毛奶奶和小凯的世纪之约在一月七日的晚上，那天是老太太的生日，往前推七天，那么就决定一月一日晚上出发吧！在火车上睡一觉，隔天清晨就能抵达惠灵顿……

我对自己的计划沾沾自喜。

没想到人算不如天算，一向不在家的毛先生突然在一月一日进门，而且一整天都足不出户。

我的心悬在半空中，做什么事都不对劲，还好下午五点左右他出门了，临出门前我还听到他交待王妈不用替他准备晚餐，因为他有个appointment。

哈利路亚，真是上天保佑！

毛先生前脚一走，我赶紧扶着老太太出门，还特地交待出租车停在路口，免得王妈起疑。

等车子上了High Way，我才真正松了一口气，对于即将来临的未知旅程，也开始有了期盼与憧憬。

"哎呀！我怎么忘了那个重要的东西了？"毛奶奶显得很着急。

"奶奶，您忘了什么？"

"贝壳，我把小凯送我的贝壳留在家里了。"

哎！小事一桩，我安慰她不会有小偷把它偷走。

"不是这个意思，我是……我想把贝壳带给小凯，告诉他这些年来我一直保留他送给我的礼物，一点儿也没损坏。"

"奶奶~"我轻叹。

老人的痴心让我感动，我探身对司机说："Excuse me. Can you……"

~

我跳下车，蹑手蹑脚地回到毛宅，经过厨房还能听到王妈炒菜的声音。

"可可，妳看老太太睡醒了没？再过二十分钟就能吃饭了。"

"噢……好。"

老天！这王妈的耳力也太好了。

我成功拿到贝壳后，回到厨房对王妈说："奶奶……奶奶说她太困了，今晚别喊她吃饭。"

"这怎么行？上了年纪的人不好好吃饭会生病的，"王妈熄了炉灶上的火，"我去看看她。"

"别去！"我大喊一声，把王妈给吓住了，"奶奶……奶奶说她刚吃了安眠药，现在药性发作，困得不得了，谁去吵她，她就跟谁急。"

"呵！这老太太还发脾气？早知道我就下碗面吃，煮饭也是很累人的事。"

我答那就权当她和王叔叔有个烛光晚餐，不挺浪漫的？

"都老夫老妻了，还烛光晚餐？也只有你们年轻人会想这些不切实际的事，"王妈转过身去，"可可，出门别忘了把门带上。"

"好的。"

关上大门，我心中默念着："王妈，对不起，我也是情非得已呀！"

~

考虑到奶奶的身体，我不得不买卧铺，老实说，若不是怕奶奶醒来需要人帮忙，我宁愿坐二等座，省钱。

躺在上铺，我一夜难眠，因为奶奶在下铺翻来覆去，颇不安稳。

"奶奶，您还好吧？"我问。

"嗯！没事。"

这是今晚她给我的第五个"没事"。

当我迷迷糊糊正要走入梦乡时，一阵扑天盖地而来的呕吐声把我给惊醒，我赶紧跳下床。

"奶奶，您怎么了？"

"我……不舒服，大概是晕车了。"

我找来呕吐袋，拍了拍她后背，她又吐了几次。

把地上的秽物清理干净后，我跟服务员要来温开水和晕车药，但毛奶奶只是啜了几口水，却不碰药。

"我的心脏不好，不能随便服药。"她解释。

看着奶奶苍白的脸，我开始责怪自己的孟浪，一个上了年纪、心脏又不好的人被我带上旅程，万一路上有个差池，我责无旁贷啊！

奶奶似乎读出我的担忧，从随身包里掏出一张折得整整齐齐的A4纸，说："如果我不行了，跟妳无关，这张是我手写的保证书，盖了手印，应该有法律效力。"

看着奶奶歪歪扭扭、大小不一的字体，我可以想见她是多么用心在极有限的视力下完成这张保证书，以便让我远离麻烦，而我，竟然还想着放弃，真是太不应该了！

"可可，妳可以问服务员下一站什么时候到吗？我……我得下车休息一下。"

勉强忍了五、六个小时，毛奶奶还是支撑不下去了。

~

我们在国家公园站下了火车，好个"前不着村，后不着店"的荒郊野外啊！

通过火车站服务员的帮忙，附近一家Motel答应开车过来接我们入住。

~

奶奶入睡后，我在自己的床上发呆了好一会儿，心想奶奶晕车晕得那么厉害，火车、巴士肯定都坐不了，惟一的办法就是自己开车，可以一路开开停停，问题是我不会开车，更不用说还是个大路痴……

当我还在想方设法之际，手机铃声忽然大作，我赶紧冲出门外接听，免得吵醒奶奶。

"Miss Zhang, where is my Mum?"毛先生愤怒的声音传来。

已是深夜，我不知道毛先生是怎么发现自己的母亲不见了。

"她……她……"

毛先生没耐心听我支支吾吾，他直言不管自己的母亲在哪里，我现在就得把她送回去，马上！

"毛先生，"我的正义感浮了上来，"毛奶奶的愿望就是在有生之年和小凯见上一面，难道你就不能理解？"

"我以为我们已经就这件事达成共识，没想到妳还是愚昧不堪、一意孤行，我母亲若有什么闪失……"

"你以身家性命为担保，绝对不会让我好过。"我把他的话接下去。

停了半晌，毛先生找回大律师该有的理性，但仍不忘语带威胁："Miss Zhang, 妳目前的行为已构成绑架，我警告妳……"

我没听完毛先生的警告便断然关机。

回到屋內，我微笑着上床，脑中浮现毛先生暴跳如雷的样子，极具喜剧效果。

第一百零三章/渡轮

我和毛奶奶在Motel附设的早餐室用餐，虽然汽车旅馆的设施一般，但早餐却意外的美味。瞧！松软的炒蛋、煎得恰到好处的培根、香味四溢的磨菇、刚烘焙好的面包以及可以一再续杯的茶或咖啡，让我的味蕾得到充分的满足，但毛奶奶却吃得不多。

"奶奶，早餐不合您的胃口吗？"我问。

"不错，很好，只是昨天晕车，到现在我还没缓过来。"她答。

糟糕！这个问题得尽快解决，因为我们有时间上的压力，必须赶在一月七日前抵达皇后镇。

我抓来餐巾纸，在上面写下：**会开车、愿意帮我、不要钱、不求回报……**

脑中的人选——被我删除，只剩下一个。

~

"妳在哪里？"莫亦辰问。

我答国家公园，火车站附近。

"我开车去接你们。"他说。

"等等，你……你不会告诉毛先生吧？！"我有些担心。

"可可，"他的声音有着不满，"虽然我们分手了，但我依旧关心妳，妳以为我会背叛妳吗？"

"我不认为你会背叛我，但你的良知可能会背叛你，毕竟带着一个老太太千里迢迢去找她的旧情人，这是件很冲动、很冒险的事。"

莫亦辰要我放心，他的良知在我面前起不了作用，即便有一天我杀人了，他也不会告密。

什么？！我吓坏了，一时张口结舌。

"妳会吗？如果有一天我杀人了，妳会告诉警察吗？"他问。

"这……这是什么烂问题？叫我如何回答？"我怪嗔。

"呵呵！妳现在知道我为什么要逃到澳洲了吧？因为跟妳在一起，我早已是非不分了。"

~

一个早上我都在想"如果莫亦辰杀人了，我会不会告密？"的烂问题上。

是不是不告密代表更爱这个人？还是正好相反？我没有答案。

无论如何，莫亦辰连我杀人都不会告密，那就更不用担心他会告诉毛先生。

说到毛先生，他就像只挥之不去的可恶苍蝇，不仅给我打来无数通的电话（我一律不接听），还发来无数条短信，一条比一条愤怒；一条比一条刻薄，不外警告加威胁。

真奇怪，堂堂大律师难道不知道这已构成恐吓罪，而我有权告他？

～

看到莫亦辰风尘仆仆地赶来，我大为感动。

他帮着把行李摆进后车厢，又扶老太太坐进后车座。

"谢谢你。"坐在副驾驶座上的我，很诚心地向他道谢。

他看着前方道路，莫名其妙地答上一句："我们分手了。"

"我知道。"我很无奈。

"帮妳跟爱情无关。"他又说。

我的声音不由自主地扬起，质问他为什么要强调这个？

"因为我已经告诉学校下学期就走，我不希望事情有变化。"

"什么变化？"

"任何让我走不了的变化。"

我打开车窗，让风吹散我的发，莫亦辰啊莫亦辰，你还是爱我的，我知道。

～

我们到达惠灵顿时，天已昏黑，胡乱吃完晚餐，随便找了家旅馆，要了两间房便住下。

莫亦辰开了一天的车子，现在肯定累了，老奶奶就更不用说，今天虽然没晕车，但坐了那么久的车子，身子骨肯定受不了，所以梳洗完毕便早早上床。

只有我因多喝了咖啡，精神还奕奕着，所以躺在床上看电视，一台换着一台看。没多久，电视画面突然出现老奶奶的照片，我像被雷击中，赶紧将音量加大，毛奶奶因此挪动一下身子，这下子肯定吵到她了，但我无暇他顾，因为自己的照片也出现在电视上，而且被打上血红色的两个字：The Kidnapper.

老天！我竟然成了绑匪？

毛先生也上电视了，他义愤填膺地指控我，仿佛和我有不共戴天之仇，这下子我真完了，远在中国的父母会不会也看到这则新闻？

我很想马上告诉莫亦辰这个恶耗，但我不能，因为明天他还有好长一段路要开。

~

莫亦辰去办理退房，我扶着毛奶奶上车，并把行李塞到后车厢，不知道是不是我多疑，旅馆清洁员放下手中工具死盯着我们瞧，我赶紧低头钻进副驾驶座里。

"他们知道了。"我压低声音说。

"谁？知道什么？"莫亦辰把车子开上乡间小路，很随意地问起。

我把昨晚的新闻转播给他听。

"这下子不妙了。"他拍打驾驶盘。

"是啊！待会儿上渡轮不知会不会被拦下？"我也担心着。

莫亦辰问毛先生是否知道我们去皇后镇？我答应该不知道，我没说。

"那还好，待会儿妳和毛奶奶待在车内伴装睡着了，我把车开上渡轮。"

一切都按照莫亦辰说的进行，我和奶奶非常有默契地把头埋进衣服内，验票员看了一眼后便放行。

乘客们都上二层去了，一层只剩下大大小小的车辆和我们仨。

"这就是南太平洋，很美吧？！"莫亦辰感叹着。

"嗯!"我看了一眼留在车内的奶奶，很杀风景地问，"你说待会儿毛奶奶会不会晕船？"

"I hope not. 船程有三个半小时呢！"

想到这儿，我俩都沉默了。

"我一直在想你说过的话。"我换个话题。

"我说过什么？"他转身面对我。

"你说即使我杀人，你也不会告密。"

他反问这很奇怪吗?

"不奇怪，事实上，我很感动。"

"这样就感动了？我还没说会帮妳埋尸呢！"

我要他别再往下说，越说越恐怖。

莫亦辰感叹这就是我们之间的差别，他的爱是全心全意、毫无保留的，而我的呢？我会为了良知、道义而出卖他，还好他就要到澳洲，也不用帮我埋尸了。

第一百零四章/选择

毛奶奶果然没逃过晕船的厄运，在船上大吐特吐，连胃液也吐了出来，只差没要了她的命，所以船一靠岸，莫亦辰便火速将奶奶送往医院吊点滴。

看着她老人家躺在病床上奄奄一息的模样，我不禁想着爱的力量究竟有多大？直教人生死相许。

我还在感伤，莫亦辰已经铁青着一张脸回来。

"医生说我们这样折腾老人是不对的，她不适合旅行，最好的办法是留在医院观察几天，然后搭机返回奥克兰，当然得雇个医生或护士随行。"他说。

"如此一来，奶奶的愿望便没法儿达成了。"

"任何事在生命面前都显得微不足道。"

哎～看来也只能这样了。

～

当我把医生的建议告诉毛奶奶时，她嗤之以鼻："医生都往坏里想，一个小硬块被他们想成肿瘤；一个小黑点被他们怀疑是癌细胞；连小小的晕车、晕船都会要人命。你们别信医生说的，我一个老太婆好得很呢！"

"奶奶，我们还是别冒险了，明年，我们明年再和小凯见面，好吗？"我苦口婆心。

"明年他只能和我坟上见了。"

面对毛奶奶的倔强，我一时无语。

"你们若觉得我是个累赘，没关系，你们走，我就不信我一个人到不了皇后镇。"

说完，毛奶奶把插在手腕上的管线一一拔下，挣扎着要下床。

"奶奶，别走，我们……我们一块儿走。"我急着说。

"真的？"毛奶奶立马笑颜逐开，"这就对了，事情做到一半可不好，得有始有终才行。"

莫亦辰看着眼前的闹剧，只能无奈地摇头。

皮克顿是个小城镇，然而我们的车子从医院开出来没多久便陷入车阵里，这是始料未及的，我以为交通堵塞只会发生在大都市。

奇怪的是，在缓慢的龟速中，时不时有几辆车临阵脱逃，往难行的石头路驶去。

莫亦辰探头出去拦住其中一辆，那个货车司机表示从电台广播中得知警方在皮克顿往南的主干上设栅临检，听说要找一位黄皮肤少女及花白老人……

还好货车司机的座位高，那个角度看不清楚车内乘客的脸孔，否则肯定要倒吸一口气。

莫亦辰跟他道谢后，转头看我。我看了一眼远去的货车，他马上会意，将车子掉转头后，尾随货车而去。

经过四十多分钟的煎熬，我们终于又回到柏油路上。

因为害怕警方会在前方某个路段神出鬼没地临检，我要莫亦辰打开车内的广播频道。

在几则国际新闻之后，这宗少女绑架老人案件竟列为国内新闻第一条，我越听越感到毛骨悚然，原来警方已在南、北岛洒下天罗地网，准备将我逮捕归案，这都得感谢毛先生的不遗余力。

"怎么办？"我向莫亦辰求助。

"没事，有我在。"

此时我看见他搁在驾驶座旁的手机在振动，提醒他有来电。

"别理它。"莫亦辰看都不看一眼。

"Why?"我问。

其实在休息时间里，他已背对我接听了几个电话。

"是我妈。"

"你妈……知道了？"我咽下好几口口水。

"嗯！"

完了，我几乎能看见莫妈妈提着菜刀向我砍来。

思考过后，我要他放我和奶奶下车，我会想办法，他现在脱身还来得及……

"别傻了。"

"我是说真的。"

莫亦辰愤而将车子驶离车道，停好车后，转头对我说："妳想办法？想什么办法？妳会开车吗？不开车难道坐巴士？妳和奶奶的照片早已印在每个贩夫走卒的脑海里，妳以为你们上得了车？现在恐怕连住旅馆都有问题。"

"可是……"

"没有可是，妳和奶奶需要我，"他重新发动车子，"我没得选，只能继续往前走。"

亲爱的莫亦辰，你不是没得选，而是执着地选了一个对你最不利的选项。

我该怎么说呢？我的前男友。

第一百零五章/矫情

我们还是太低估警察的办事能力。

夜晚，莫亦辰将车开进汽车旅馆，我和毛奶奶入房没多久，他就来敲门。

"瞧！我也上电视了。"莫亦辰打开新闻频道。

电视上的莫亦辰比现在胖，脸上还有婴儿肥。

"你这是什么时候拍的？呆呆的样子。"我问。

"那妳这又是什么时候拍的？简直就是村姑！"

现在的画面回到我的照片，那是我高中毕业时拍的，清汤挂面，的确很像村姑。估计他们是从学校那里拿来的，我申请A大语言班时，用的就是这张。

"我很好奇他们用的是我的哪一张照片？"毛奶奶问。

我没想到奶奶对这个也感兴趣，遂答是在花园里拍的，旁边有个鸟笼……

"就知道他们用的是又老又丑的那一张，我柜子里有一堆既年轻又漂亮的照片，他们干嘛不用？这些人是不是有病？见不得别人美。"

我和莫亦辰同时大笑起来，说奶奶真风趣！

"我是说真的，这下子小凯看到了岂不是吓得躲起来？谁会愿意和一个又老又丑的女人见面？"

"等等，奶奶您刚刚说什么？"莫亦辰忽然严肃起来。

"我说小凯看了会吓得躲起来。"

莫亦辰听完，怔在一旁，我问他怎么了？

"没……没什么，奶奶，可可，你们休息，我回房去了。"

突然的告别，让我和奶奶都有些错愕。

"莫亦辰他……"我试着解释。

"没事，开了一天的车，他也累了。"毛奶奶很体贴地说。

我们一路躲躲藏藏地开往基督城，沿路莫亦辰红着一双眼，哈欠声连连。

我强迫他停车，然后到路旁的咖啡店为他买了杯咖啡（当然，我没忘了用一顶大宽帽将自己的大半张脸给遮住）。

毛奶奶说她想待在车内，于是我和莫亦辰下车找了块阴凉处席地而坐。

"你怎么了？一副没睡好的样子。"我问。

"昨晚写了三千多字的稿，差点儿写死。"

写稿？我问这是学校功课吗？

"不是，我把奶奶和小凯的爱情故事写下来发给报社记者。"

"什么？你……"

"别急，听着，目前的情势对我们不利，我和妳成了万恶绑匪，一路像过街老鼠，如果公众知道我们不过是帮助老人完成心愿，那么情势就整个逆转了。"

"说的也是，不过你写的是奶奶的故事，是不是应该先征求她的同意？"

莫亦辰没有回答我的问题，反而问我有没有想过小凯不会来？

"的确想过，这也是我担忧的地方。"

"所以如果我们把这个二十多年前的约定炒起来，不仅新西兰会关注，整个世界，包括中国也会关注，那么小凯赴约的可能性就大大提高了。"

我不得不佩服莫亦辰的心思缜密，毕竟二十多年前的约定，谁也说不准啊！

我开始领教传媒的力量，本来我和莫亦辰是挟持老人，无恶不作的大坏蛋，等莫亦辰情文并茂的文章一见报，我和他顿时改头换面成了助人为乐的小天使。

虽然我们的行动还是得低调再低调（毕竟警方还在追查我们），但我可以感受到四周围的气氛变得不一样了，尤其当我们开进基督城，沿途树上都系上了黄丝带……

"奶奶，他们真的系上黄丝带了，就像电视上说的一样。"我转过头对后座的老人说。

"我看见了，我看见了。"她打开车窗，高兴得像个小女孩似的。

是这样的，毛奶奶的爱情故事经过报导后，她奥克兰家的左右邻居开始自主在树上系起"为人祈福"的黄丝带，后来蔚然成风，整个北岛黄海一片。没想到这股风气现在也吹到南岛的基督城，怎不让人悸动？

我和莫亦辰在旅馆外的阶梯上坐了下来，屋外满天星斗，草丛里不时传来蛙叫虫鸣。

"明天就是约定的日子了。"我说。

"是啊！终于也到了这一天。"

想到不管小凯有没有赴约，不久之后，莫亦辰仍然会到别的国家，我感到悲伤。

"如果……如果澳洲不像你想的那样温暖，你会不会回到新西兰？"我小心地问。

"妳放心，昆士兰省是热带气候，最高温能达45度，最低温不低于15度。"莫亦辰转头看我，"可可，妳到底想说什么？"

"我……我想说……既然那么热，小心中暑。"我起身，快步回到屋內。

哎！我还是改不了自己的矫情，但……莫亦辰你这块大木头，难道听不出我在挽留你吗？

第一百零六章/爱在新西兰（完结篇）

毛奶奶73岁了，我难以想像生日蛋糕上插满73根蜡烛的样子。

用完早餐，今天的寿星便催促着早点儿出发，因为见小凯前，她想先休息一下，然后做个头发，打扮打扮。

这完全是恋爱中的人才会有的心思，我可以理解，谁知道莫亦辰来上一句："奶奶，小凯不会在乎这些，搞不好他自己也齿摇发落、老态龙钟了。"

莫亦辰的不识时务，逼得我赶紧接话："奶奶，您说得对，最好再洗个香喷喷的玫瑰浴，然后全身洒上花露水，把小凯的魂全给勾过来。"

"哈哈！这样我不就成了老妖精了？"

我答奶奶一点儿也不老，是漂亮的精灵呢！

"可可，妳早餐吃蜂蜜了？怎么嘴巴这么甜？"

奶奶嘴上虽怪嗔着，但心里可乐了，这可以从她脸上愉悦的表情中看出。

"人家是说真的嘛！"我睨了一眼莫亦辰，"不像某个人，头脑不清楚，不知自己在说什么。"

莫亦辰显得无奈，他说他只会开车，不会说话，还是尽早上路吧！

～

考虑到毛奶奶的身体，我们无法马不停蹄地赶路，所以原本六、七个小时的车程，硬是被我们翻了两翻，到皇后镇已是晚上八点多了。

"奶奶，您跟小凯约的是几点？"我着急问。

"妳是问他亲吻我的时间吧？！"她很认真地回想，"高级餐厅又是餐前酒，又是甜点的，用完晚餐再走到红旗下……应该在十点左右，现在几点了？"

"八……八点多了。"我嗫嗫地答。

"那怎么办？来不及梳妆打扮了。"

我安慰她没关系，待会儿到了"La Bella"，借一下餐厅的洗手间即可。

虽然我表现得老神在在，但心里七上八下的，二十多年过去了，"La Bella"还在吗？

莫亦辰开着慢速车沿湖找，是有那么几家餐厅和酒店依着湖畔欢迎四面八方蜂拥而至的游客，但……"La Bella"在哪里呢？

对了，红旗—

"莫亦辰，奶奶说那家餐厅的旁边矗立着一根红旗。"我提醒他。

"红旗啊～"莫亦辰喃喃自语。

此时我们的眼光开始锁定红色旗帜，仿佛斗牛场上的牛，约莫几分钟后……

"那里那里！"我指着前方那面迎风飘扬的火红旗子高声呐喊，然后迫不及待地转告后座老人，"奶奶，找到了，找到您说的红旗。"

"找到就好，找到就好。"她很欣慰。

当我们以为这就是目的地时，却发现红旗旁边根本不是"La Bella"，这是怎么回事？

我们又再度绕湖一周，确认只有这面红旗，无奈之下，只好踏进这家原本应该是法式餐厅，如今却已成为家庭旅馆的大门。

旅馆主人听完我们的来意，表示他是两年前接手的，听前旅馆主人提起过，这家旅馆建成前原本是家餐厅，至于是不是"La Bella"？他不清楚。

"怎么办？小凯会不会找不到？"我忧心忡忡。

"应该不会找不到，红旗只有一个，除非……"

我知道莫亦辰想说"除非小凯没来"，这是我们三人最不愿面对的结果。

"奶奶，九点半了，我们开个房间梳洗一下吧！"我打起精神说。

于是我们在这家旅馆开了个房间，我扶奶奶入内，帮她换上长裙，脸上扑了粉，嘴唇也抹了胭脂，接着把头发放下来，她的满头白发已被染成亚麻色，这让她的肤色看起来更加白皙。

"好了，大美人一个，小凯看了会惊为天人。"我说。

奶奶对我的谄媚没反应，她问我包呢？

我赶紧把包找来，她伸手进去，掏出一个被白手绢包裹的东西。

"可可，帮我看看贝壳有没有受损？"她问。

我打开手绢，那个洁白无瑕的贝壳就在我眼前亮了起来。

"奶奶，您放心，小凯送您的贝壳完好如初。"

"那就好，那就好，"她把贝壳重新用手绢包好，"可可，我们得赶紧走，别让小凯等太久。"

～

毛奶奶已经在红旗下等了两个小时了。

"怎么办？小凯会不会不来了？"我心想。

我和莫亦辰躲在远处的大树下，此时的我早已又累又饿，累是因为赶了一天的路，饿是因为晚餐没来得及吃，那就更不用说奶奶羸弱的身子了，但那个风烛残年的老人硬是傲立在湖畔，执着地等待一个二十多年前的约定。

"莫亦辰，都十二点了，"我的眼光离开手腕上的表，"小凯肯定不会来了，奶奶……奶奶怎么受得了这个打击？"

我哽咽了。

"妳待在这儿别动。"莫亦辰说。

他的眼神有异，似乎下了某种决心，我拉住他，问他想干嘛？

"我……既然奶奶曾误认为我是小凯，何不让她再误会一次？天这么黑，她的视力又不好，肯定认不出是我李代桃僵。"

"不……不行，"我拼命摇头，"她认得出，她绝对认得出，情人身上都有一股味道，那是别人没有的，好比五十年过去了，我还是会认出你来。"

"我以为妳只认得出汤尼……"

"不，我认得出你，你的味道里……有我的味道。"

我们彼此对望，直到一个微胖男子的身影落入眼底。

"快看！"我喊着。

那人沿着湖畔走来，步伐沉稳，但略显疲态，踟蹰地向眼前的这位老太太走去。

"莫亦辰，会不会……"我抓紧他的臂膀，感觉心跳加速。

"乖，别紧张。"他握住我的手安抚我。

只见那位男子在离毛奶奶五大步远的地方停了下来，踌躇一会儿后，他举起挂在胸前的照相机，对准老人咔嚓一声。

毛奶奶转过头去，那男子放下机子，许久，唤了声："小粉蝶儿。"

~

"别走。"望着眼前的一幕，我悄声地说。

"他不会走的。"莫亦辰答。

"我是说……你别走。"

这次莫亦辰没有回答我，只是把我的手放进他的口袋里，抿了抿嘴，嘴角有一丝笑意。

啊！在这个貌似有完美结局的湖畔，我们的麻烦依然没有结束，警察会不会抓我们？毛先生会不会放过我们？我的学业能不能顺利完成？莫妈妈会不会从中作梗？……

这些已不重要，重要的是莫亦辰就在我身旁，有他同行，就算暮色苍茫、乱云飞渡，终有守得云开见月明的一天。

我……翘首以待！

《完结》

. . .

【看不够吗？**B**杜的《英伦玫瑰》正等着您，以下是前三章，先睹为快。】

【看不够吗？**B**杜的《英伦玫瑰》正等着您，以下是前三章，先睹为快。】

《英伦玫瑰》

第一章/我们在英伦

"妈咪，我要迟到了。"艾米喊着。

"妳的红萝卜还没吃。"我说

"给波波吃，它肚子饿。"

波波是艾米养的兔子。

"波波有自己的红萝卜，这个……"我用叉子指着她的盘中物，"是妳的。"

艾米嘟着嘴，转头找救兵，乔面无表情地要她听妈妈的话。

没了救兵，女儿只好抓起红萝卜啃了起来。

"Honey，妳的刀叉呢？"我说。

"好啦！"她不情愿地拿起刀叉，切块、入嘴。

艾米今年五岁，刚入小学，圣保罗私校很重视餐桌礼仪，每周都有礼仪课，她学得很好，只是偶尔还是会"回归本性"。

"夫人，还要点儿咖啡吗？"翠西拿着一壶咖啡问我。

"不了，给我橙汁。"

她转身问乔，乔说给他来点儿。

翠西小心翼翼地倒了黑咖啡在乔的WEDGWOOD咖啡杯里，我们家的瓷器都是这个牌子，它的历史可以追溯到1759年，以质地细腻、色彩丰富著称。

"贝，待会儿我载艾米去学校，今天妳有什么节目？"乔问。

我答上午有法语课，下午练瑜伽，还有，得到Piers Atkisnon那里试礼帽，这周末有马赛。

"报上说'星星之眼'是这季的大热门，夺冠机会很大。"他边说边翻了一页泰晤士报。

"星星之眼"是只六岁大的纯血马，由阿拉伯马、西班牙马及加洛韦马杂交而成，是世界上速度最快、身体结构最好的马种之一。

"爹地，我们的马儿如果赢了，会有礼物吗？"艾米问。

"会有很多很多钱。"

"多到能买棉花糖吗？"

"呵呵！比那个多得多，能买十个棉花糖。"乔伸出十个手指头。

我不禁和他相视而笑。

如果你以为这样全家和乐的画面经常有，那就错了，不久前，我们还两地分居呢！这得从六年前开始说起……

在一个春暖花开的季节里，我和乔风尘仆仆地从澳大利亚搬来英国，住了一晚香格里拉酒店，隔天酒店司机便载我们到离伦敦四个小时远的大农庄，最近的邻居与我们相距五十多公里。

"我以为我们会住在伦敦市区。"我说，心里很是失望。

"贝，这里空气清新、鸟语花香，是最好的养胎之处，妳不希望我们的小宝贝住在有空气污染和噪音污染的地方吧？！"

"可是……这里好安静，邻居又远，买个东西多不方便。"

乔要我放心，家里的佣人会把家事都做得妥妥贴贴的，不劳我费心，至于邻居……不来往也没关系，过些日子，他会把爸妈接来和我做伴。

"真的？"

"当然是真的。"

有了爸妈的陪伴，我多少不那么寂寞了，只是乔的工作在伦敦，他只能周末回来陪我。

"我也想每天见到妳，可是……这样吧！等妳生完小东西，我们一起回伦敦，嗯？"

说是生产完回伦敦，但时间一到他又有话说，这个那个的理由编派，我也因适应了乡间生活，无可无不可地接受继续分隔两地，直到艾米要上小学，我们才不得不搬回伦敦，和乔一起。

~

"妈咪，老师问我小提琴用学校的还是自购？"艾米问。

车内的女儿穿着灰黑色外套和深蓝色及膝学生裙，脚上套着被翠西擦得发亮的黑色小牛皮皮鞋。

"告诉老师，妈咪会买。"

"买一个像Dorothy的琴。"她趴在车窗口兴奋地说。

我答比那个更好。

"Great."女儿满意地和我挥挥手。

车子很快开出停车场。

~

和 Mlle Martin 上完一对一的法语课，我上 Bean Coffee 喝了杯热巧克力，又吃了个马芬当午餐。

在咖啡店里，两个中国来的大男生用不流利的英语问我大笨钟怎么走？我马上用流利的普通话指点他们。男孩们很讶异我会说普通话，其中一个男生甚至跟我要手机号，我晃一晃无名指上的婚戒说：“抱歉，结婚了。”

“天哪！妳看起来就像个大学女生，这么快就名花有主了？告诉我是哪个幸运儿，我马上谋杀他。”那男生愤愤不平。

我笑而不语。

走出 Bean Coffee，我想起艾米需要一把小提琴，1/8 尺寸的，于是信步走到圣彼得广场，那里有多家乐器行，我得赶紧在瑜伽课之前把这件事办妥，因为还得去试礼帽。

“Good afternoon，madam.”乐器行的老男孩对我说。

“Good afternoon.”我回礼。

他接着问我需要什么帮助，浓重的伦敦口音听起来很滑稽，嘴巴像含着一粒小球。

我告诉他，我想要一把 1/8 尺寸的小提琴，鱼鳞云杉做的。

他说看来我懂小提琴，那么得找把好的给我，于是佝偻着背往店后走去，留下一个店面给我。

我无聊地翻看店中的乐谱和乐器辅助器，那张海报就在角落的墙面上与我打上照面。

“Lin Nan Piano Solo Performance”斗大的字映入眼帘。

画面中的他身着白色燕尾服，眼光犀利但神情冷漠，短俏的鬓发贴在他瘦削的脸颊上。

老人的声音忽然在我背后响起，他告诉我海报上的钢琴家是颗新星，正在做世界巡回演出，这里是倒数第二站，票不好买，只有两场，问我要不要？

我很快答Yes,两场的票都要。

老人对我的大手笔很是惊奇，因为我买的是最前排正中，价格不是普通的昂贵。

"Thanks！"我拿了票想走。

"Wait，your violin……"

哎！竟然忘了重要的事。

我调好音，随意拉起巴赫的《G弦上的咏叹调》……

老人感叹音乐的美丽，问我是不是小提琴家？我否认。

他答真可惜，然后指指天上,说我有上帝给的天分。

我低下头去，感觉很气馁。

他接着问我小提琴是买给谁的？我答给我的女儿。

"She must be an angel."他说她一定是天使，一个我永远也不会否定的答案。

向老人告别后，我右手提着琴盒，左手拿着演奏会入场券，快步走向中央大街，因为那里的瑜伽课已经开始了。

第二章/对不起

我趴在床上，乔还在答答答地打着电脑，他的身上有古龙水的香气。

"妳先睡，今天我得把邮件发出去。"他说。

我不困，看乔忙公事也挺有趣的，他能连续工作好几个小时而不自知。

此时敲门声响起，轻轻的。

"进来。"我坐直身子。

"妈咪，"艾米转开门把，"我可以跟妳睡吗？"

"可以。""不可以。"我和乔同时给出不一样的答案。

最后由我提出折中方案，在乔结束工作前，她可以暂时跟我睡。

艾米高兴地跳上床，手里拿着一本厚厚铜版纸印刷的精装本故事书。

"妈咪，念书给我听。"她把书递给我。

我当然没拒绝，艾米随即钻进我胸口，期待她的睡前故事。

"宝马王子，"我先念出书名，"从前从前有一个王子，他叫宝马王子，他有一匹白马……"

原以为这又是一个王子与公主圆满大结局的故事，没想到完全错了，这个宝马王子是个Gay，外表是男孩子，内心却是女孩子……

"什么乱七八糟的故事？！"乔愤而把书抢过去扔在地上，"这书是给孩子读的吗？"

艾米吓得抱紧我。

"有话好好说，你吓到孩子了。"我抚着艾米的背安慰她。

"阿四！"乔把笔记本电脑往床头柜上一搁，站起来喊着保姆的名字。

～

乔在房门口面斥保姆买不合适的童书给艾米，她吓得像只小老鼠。

阿四是个有五名孩子的广东妇女，一家八口挤在Elephant Castle区的地下室里。面试时我不是没犹豫过，但当一身寒碜的她提及若再找不到工作，房东就要赶人到大街上，包括她七十岁的老母亲时，我一时心软，将她留下来。

"现在把艾米带走，晚上不许她上我们夫妻房间。"乔气呼呼地说。

阿四低着头进来，将艾米从床上抱起。我的宝贝儿边哭边伸手要我抱，最终还是被无情地给带走。

"你这样对艾米，不怕她心里有阴影？况且她没做错什么。"

"她已经连续好几天和我们挤一张床，她应该学着独立。"乔答。

我说艾米还只是个孩子，何况他生气不是为了这个。

他反问我不为这个，为的是哪个？

我索性不语，翻身假寐。

乔见我不说话也上了床，那晚他发邮件发到凌晨。

隔天一早艾米晨浴完，我主动接替保姆的工作，帮她绑辫子。

女儿有一头黑褐色的及肩长发，发质偏细，我要帮她绑上麻花辫，系上粉红色蝴蝶结。

"爹地为什么生气？"艾米忽然问。

我回答乔工作忙，有时心情会不好，不是真的生气。

"好了，绑好了，喜欢吗？"我系上最后一个蝴蝶结说。

艾米对着镜子左右摆头，然后满意地点点头。

"艾米，今天爹地接妳放学，然后载妳到 FOYLE's 书店买书，我亲自帮妳挑。"早餐桌上，乔温柔以对。

"真的？"女儿笑开了脸，"我喜欢王子和公主的故事。"

"那么就买好多好多王子和公主的故事书……妈咪，要不要一起去？"乔不忘邀请我。

"我……不去，今晚有香奈儿时装发表会，我和 Kristen 约了去。"

Kristen是WR英国分公司总裁的老婆，是个干练的犹太人。

"那好，"他面向女儿，"看来我只能和艾米约会。"

"呵呵……爹地和我约会……"

"不可以吗？"乔反问。

"可以，"艾米点头，"别忘了送我花。"

〜

今晚没有时装发表会，也没有Kristen，我走向皇家艾伯特演奏厅……

夜幕低垂，盛装的男女从四面八方涌入，一时商贾蜂拥、冠盖云集。我穿着Romona Keveza的红色曳地长裙，随着人群走进演奏厅。

林男晚了五分钟才上台，他仍是一身白，非常自信地走向台上正中的白色三角琴。他的手抚着琴键数秒钟，似在酝酿情绪，深呼吸一口气后，林男按下第一个琴键。

今晚是舒伯特之夜，曲目偏向夜曲，在经过白天的喧嚣后，静谧而神秘的曲子正抚慰着一颗颗浮荡、不安定的心。

多年不见，他的琴艺更精进了，少了花俏，多了沉稳。

两个小时的演奏让听众如痴如醉，安可声不绝于耳，林男光是谢场就出来谢了五次，最后不得不弹奏卡农的短曲《眼泪》，大家才放过他，鱼贯而散。

我没去找他，提不起勇气。

〜

"发表会上有什么新货？"我一上床，乔便腻了上来。

我答也就那样，换汤不换药。

"今天我帮艾米买了五十本书，书店老板说会派员工送货，明天到。"

我"嗯"了一声，表示知道了。

"今天用的是什么洗发水？"乔闻着我的发问。

"Alterna，你在比佛利山庄帮我买的。"

乔又低头闻我胸口，问我用的是什么沐浴露？

"卡玫尔，你在巴黎买的。"

然后乔的手开始不安分，他解开我浴袍的系带，人也爬了上来……

"乔……乔……Stop……Stop……"

他不听我的，将手移向我的小腹："嘘～妳会喜欢的，让我来……"

"你聋了吗？I said stop！"我边咆哮边用力推开他。

乔很错愕，问我怎么了？

我不忍看他受伤的神情，解释今天心情不对，Sorry。

"没事，"乔回到他的床位，"我也有事要忙。"

他拿起电脑很认真地打起字，答答答……答答……

约莫十分钟后，我问他为什么总有那么多事要忙？他答有五千多名员工指望他。

"我……"

"什么？"乔停止打字。

"没什么，你继续。"我翻身背对他。

乔不知是什么时候停止工作的，半夜当我睁开眼时，他仰头半躺着，被褥上放着他的电脑。

我把电脑拿开，动作轻柔地扶他躺下。

"对不起。"我亲吻他脸颊。

他迷迷糊糊嘟囔两句，转身沉沉睡去……

第三章/六年后再见

我又来到皇家艾伯特演奏厅，这次我穿上蓝色雪纺纱圆领衬衫配白色绑脚裤，脚登Jimmy Choo的金色高跟鞋。

临出门前，翠西问我今晚几点开饭？

我答和平常一样，她招呼先生和小姐用餐即可，今晚我有约。

翠西仍然锲而不舍："先生若问起夫人上哪儿，我该如何回答？"

"就说……"我想了想，"Louis Vuitton有个新包发表会。"

林男仍是一身白，只是脖子上的白领结和昨晚的不一样。

今晚是肖邦和贝多芬之夜，除了浪漫，还多了哀伤……

我捧着红玫瑰，为接下来的献花动作踌躇不已。

"再不献花，林男就要下台了。"我告诉自己，但脚步却迈不开。

终于幕帘拉上，人群离去，我捧着花坐在座位上，独自一人，落寞、后悔……

一位花白老人走了过来，他问我是不是想送花给林男？

"Yes, but……it's too late."我很懊恼。

老人说不晚,林男还在化妆间，没走。

"May I give him these flowers face to face？"我满怀希望地问。

他答不行，除非……我答应不把化妆间的东西打乱。

"No，I won't. I promise."我兴奋地说。

化妆间的门没关，我轻敲两声。

"Enough. Leave me alone."他要我别烦他，这让我进退两难。

林男大概也察觉到氛围有异，他转过头来。

"Hi."我努力挤出笑脸。

他看见我，愣了一下，但很快镇定下来："这里不是粉丝能进来的地方。"

"噢……好……我知道了……"我把花摆在化妆台上，"花我搁这里，今晚……今晚的演出很精彩。"

是时候离开了，我低头转身。

"贝贝～"

"是。"我回望他。

"妳长高了。"

"穿高跟鞋的缘故。"

林男走了过来，此时的他和我等高。

"妳化妆了。"他说。

我答演奏厅是重要场合，当然得化妆。

"妳还喷了香水。"

"Secret Wish."

"What?"

我解释那是Anna Sui的新产品，给少女用的淡香水。

林男凝视着我，时间仿佛停止了。

"六年了，六年不见，妳好吗？"他问。

"好，你好吗？"

林男没回答我的问话，反而说起ZL音乐学院每年都替我保留入学资格，但他一直读到硕士，我还是没来。

"我……我得照顾女儿。"

提到女儿，林男的眼中闪过一丝痛苦："我听说了，女儿……女儿长得像妳吗？"

"一点点儿，她比较像……像你哥。"

说到乔，我们两人都沉默了。

"我哥好吗？"还是他先开口。

"他很好……你们没联系吗？"

林男摇头表示自从他哥抢走他心爱的女人，他便不想再和那人说话。

"林男～"

"我也不想和妳說话，结婚前夕妳告诉我，不要破坏妳的幸福，别去参加婚礼，我……想死的心都有。"

我懵了，什么时候我这么不近人情？

林男说我发了短信给他，后来他想再联系就联系不上了，莫非我忘了？

我摇摇头，心里怕得要死，现在我知道那个遗失的手机是怎么回事了。

"婚礼我还是去了，但被餐厅保安架着离开，我边走边喊妳的名，妳好似听不见。"

我想起来了，婚礼进行当中的确曾有过骚动，但很快平息，婚礼策划人还跟我们比了个OK的手势。

原来……原来林男不是刻意躲我，而是乔……

"贝贝，妳在发抖？"

"没……是的，这里有点儿冷。"我答。

林男把他的白色燕尾服脱下，披在我身上："这演奏厅的冷气好像不要钱似的，不过台上倒是热得要命，十几个灯光打下来，鸡蛋都能烤熟。"

我噗嗤一笑，说他太夸张了，不过台上的确比台下热，我知道。

"贝贝～"

"嗯？"

"妳幸福吗？"

我望着林男，说不出话来。

"为什么不回答我？"他问。

该怎么回答？我应该是幸福的，有大房子、有佣人、有漂亮乖巧的女儿、有疼我爱我的老公，可是……为什么我一看到林男的演奏会海报，所谓的幸福却离我越来越远？

"贝贝，妳……"

"林男，我……"

"扣、扣、"

我和林男不约而同望向声音出处。

"It's time to close."老人催促我们离开。

于是林男牵起我的手走出化妆间。

我和林男约好明天去诺维奇，一个离伦敦三个小时车程远的古城市，或许他也怕在伦敦市区与乔相遇。

"我后天一早飞纽约，那是巡回演奏的最后一站，所以明天妳一定要来。"他叮嘱我。

然而人算不如天算，隔天一早，艾米在餐桌上说她不舒服，不想喝牛奶，我以为她又借故不喝，很是生气，她只好皱起眉头喝下。不到五秒钟的时间，她突然"喔"的一声，把喝下的牛奶全吐了出来，伴随着橙红色的液体，酸臭的味道顿时弥漫开来。看此情景，我慌了手脚，还是乔机警，他冲过来抱起女儿，口中喊着："贝贝，打电话给家庭医生；翠西，把车钥匙拿来！"

我边拨打电话边跳上车，我们一家三口在上班高峰期挤在车阵里，神色慌张地奔向诊所。

医生说是感冒引起的肠胃不适，吃过药后，记得让病人多喝开水、多休息。

回家后，我留在房间内陪女儿，乔逗留了几分钟，终因有公事要忙，很不舍地离开了。

面对病怏怏的女儿，我一方面心疼，一方面也内疚没及早注意到她的异样，直到艾米终于入睡，我才想起林男，赶紧打电话给他。

电话中的他很是失望。

"要不，你来我家。"我试探性地问。

他断然拒绝，反而问我能出来吗？就一下下，他在我家附近的BG Hotel等我。

我转头望向艾米，她睡得正沉，应该两、三个小时都不会醒来。

"好的，我来。"挂上手机，我顺手把它搁在艾米的书桌上。

作者介绍:

在异国的背景下加入缠绵悱恻的爱情故事是B杜小说的一大特点，她的文笔清新、笔触诙谐、画面感很强，读完小说有种看完一部爱情偶像剧的感觉，特别适合怀春少女及对爱情有憧憬的女性阅读。

B杜创作了一系列异国恋情N部曲，包括《法兰西情人》、《东瀛之爱》、《新西兰之恋》、《英伦玫瑰》、《爱在暹罗》、《情定布拉格》、《狮城情缘》、《爱上比佛利》、《梦回枫叶国》......等作品，欢迎关注。

ALSO BY B杜：

新西蘭之戀（繁體字）Love in New Zealand （traditional character version）

《东瀛之爱》Love in Japan

《法兰西情人》Love in France

《英伦玫瑰》Love in England

《爱在暹罗》Love in Thailand

《情定布拉格》Love in Prague

《狮城情缘》Love in Singapore

《爱上比佛利》Love in Beverly Hills

《梦回枫叶国》Love in Canada